제리엠 게임판타지 장편소설
WISHBOOKS GAME FANTASY STORY

힐통령
태양의 사제

태양의 사제 17

제리엠 게임판타지 장편소설

초판 1쇄 찍은 날 | 2020년 2월 17일
초판 1쇄 펴낸 날 | 2020년 2월 24일

지은이 | 제리엠
펴낸이 | 예경원

기획 | 위시북스
편집책임 | 이은송
편집 | 위시북스

펴낸곳 | 예원북스
등록번호 | 제396-2012-000132호
등록일자 | 2012. 7. 25
KFN | 제1-510호

주소 | 경기도 고양시 일산동구 호수로 646-24 위너스21II빌딩 206A호 (우)10401
전화 | 031-819-9431 팩스 | 031-817-9432
E-mail | yewonbooks@naver.com

ISBN 979-11-365-1455-4 04810
       979-11-89450-74-8 (set)

힐통령
태양의 사제

CONTENTS

✦ 114장 ✦
가장 악마다운 악마

"이봐! 갑자기 무슨 일이야?"

"젠장, 설명할 시간 없다. 일단 따라와!"

"해방군이다!"

몇몇 감독관들이 갱도를 뛰어다니며 여전히 광부들을 감시하는 동료들에게 손짓했다.

"……당췌 무슨 일인지. 어이! 꼼짝하지 말고 얌전히 마정석이나 캐고 있어라! 다녀와서 수확량 확인할 테니까!"

남겨진 광부들이 슬며시 허리를 폈다.

"내 귀가 잘못된 게 아니라면…… 방금 감독관들이 그들을 언급한 것 같은데?"

"나도 그렇게 들었다."

"그렇다는 건 정말로 그들이 왔다고? 이곳 7광산에?"

광부들이 눈을 반짝이며 서로를 쳐다봤다.

해방군. 드넓은 마계에서 벌써 수십 년 동안 활동 중인 레지스탕스. 그들의 추구하는 것은 우습게도 자유였다. 강자존을 인정하되, 약자를 무조건 죽이지 않는 평화롭고 자유로운 세계를 만드는 것. 그것이 바로 해방군의 존재 의의이자, 그들이 마계의 수많은 노예들을 해방시키는 이유였다.

"정말 7광산에 왔다면 우리를 해방시키기 위함이겠지."

"그렇다면…… 우리도 그곳에 갈 수 있다는 건가?"

"엘리시온."

광부들이 벅찬 표정으로 그 단어를 뱉어냈다. 해방군의 최정예가 수호하는 마계의 이상향이자, 약자들이 보호받을 수 있는 유일한 쉼터. 그곳으로 향하는 것은 힘없는 모든 악마들의 꿈이었지만, 당연히 요원한 일이었다.

"갈 수 있다. 갈 수 있어!"

해방군과 엘리시온. 고작 두 개의 단어가 광부들을 흥분 상태로 만들었다. 한 광부가 곡괭이를 머리 위로 들어 올리며 소리쳤다.

"이러고 있을 게 아니지. 우리도 어서 나가자고!"

"그, 그건 좀…… 우리가 간다고 과연 도움이 될까?"

자유를 갈망하나 그것을 위해 무언가를 지불하는 것은 꺼려 한다. 노예 근성이 뼛속까지 파고든 대부분이 보이는 모습이었다. 겁쟁이 같은 모습에 광부가 제 가슴을 두드렸다.

"이 미련한 악마들아. 해방군이 이기더라도 이곳은 7광산. 규모가 매우 큰 곳이란 말일세. 과연 그들이 모든 광부들을 엘리시온에 데리고 갈 수 있을 것 같나? 먼저 가서 따라다녀야 엘리시온에 갈 확률이 조금이라도 늘어나지 않겠나!"

그 외침에 악마들은 잠시동안 생각에 빠졌다. 그의 말이 설득력을 지녔음을 깨닫는 데 오랜 시간이 걸리지 않았다.

"그래…… 맞는 말이야."

"해방군이 왔어도 몇 명이나 왔겠어. 1,000명이 넘는 광부들을 모두 데리고 도망칠 수는 없겠지."

그것을 깨닫는 순간, 악마들은 누가 먼저랄 것 없이 갱도를 달려 나갔다. 갱도의 입구를 지나 복도로 나서자, 비슷한 생각을 한 악마들만 이미 수백이었다.

"달려! 입구, 감독관들은 입구 쪽으로 달려갔다! 우리도 그쪽으로 간다!"

질서라고는 눈에 불을 켜도 찾아볼 수 없는 어지러운 행렬들. 그런 악마들의 모습을 지켜보던 덱스가 침을 꿀꺽 삼키며 이라를 쳐다보았다.

"네 말이 맞았다. 정말로 그들이 광산에 들어와 있었어!"

"그러게요. 운이 좋았네요."

싱긋 웃어 보인 이라가 먼지를 털며 자리에서 일어났다.

카이는 본인을 카즈라라고 소개한 악마의 뒤를 따르는 중이었다. 정확히 말하면, 그를 따르는 행렬에 속한 상태.

'카즈라. 상급 악마면 전부 저 정도 수준인가.'

확실히 강하다. 아는 유저들과 비교하자면 크리스보다도 강하고 봉인을 해제했던 골리앗보다는 약한 수준이고.

'그런데 저게 겨우 상급 악마란 말이지. 저런 녀석이 마계에 몇이나 더 있는 걸까.'

헬릭이 왜 자신에게 그토록 경고했는지. 악마족의 강력함에 대해 누누이 주의를 줬는지 알 수 있는 부분이었다.

'확실히 예전의 나였다면 조금 위험했겠어.'

물론 지금은 괜찮다. 스스로 그 정도 수준은 되었다고 자부하는 중이니까. 자만심, 허세가 아닌 객관적인 평가였다.

'마계의 악마들은 크게 다섯 단계로 구분된다고 들었어.'

지난 며칠 동안 광부 생활을 하며 주변의 악마들에게 요령껏 정보를 긁어모은 카이였다.

'최하급, 하급, 중급, 상급…… 그리고 최상급.'

그 등급을 가리는 기준은 간단했다.

힘. 개인의 강력함만이 더 높은 등급을 얻을 수 있는 유일한 방법이었다.

'게다가 최상급 위로는 다섯 명의 규격 외 악마들이 있다.'

네 명의 마계 대공과, 앙골모아라고 불리는 마왕이다.

'그 녀석들의 전력은 굳이 내가 파악할 필요는 없겠지.'

그들과 충돌할 필요까지는 없다. 자신과 유하린은 이득만 챙기고 마계를 떠날 생각이었으니까.

"흐음."

콧김을 강하게 뿜어낸 카즈라가 발걸음을 멈췄다. 그 뒤를 따르던 행렬이 함께 멈추는 건 당연한 이야기. 카이는 슬금슬금 뒷걸음질 치는 광부들과는 달리 자리를 지키고 있었다. 그 결과, 그는 제법 앞으로 나와 있는 상태였다.

"오, 이 녀석 제법 깡이 좋은걸."

"하지만 그쪽에는 조금 벅찰 거다. 물러서 있어."

악마들이 카이의 어깨를 두드리며 걸어 나갔다.

그 수가 무려 다섯. 하나같이 강력했다.

'잠깐, 설마 저들이 모두 상급의 악마인가?'

그건 잠깐이지만 카이조차 놀라게 할 전력이었다. 카즈라를 필두로 위치한 여섯 악마의 뒷모습은 든든해 보였다.

'그런데 아까 카즈라가 일곱 명의 동료가 왔다고 했는데?'

이곳에 있는 것은 여섯뿐. 그렇다면 나머지 한 명은 전투원보다는, 백업맨일 가능성이 높았다.

"이 광산은 감독관들이 마중까지 나와주나."

광산의 입구를 빠져나온 카즈라가 공터에 모여 있는 감독관들을 스윽 훑어보며 중얼거렸다. 그들은 모두 중급 악마로, 그 수만 80명을 넘긴다. 하지만 지금 겁을 먹고 있는 것은 오히려 감독관들이었다.

"미친…… 영혼 탈곡기 카즈라다."

"그 옆에는 소리꾼 바리악 같은데?"

"저, 전부 상급의 악마들……."

미드 온라인의 인간들은 신분에 따라 계급을 매긴다. 쥐뿔만 한 능력도 없는 귀족이라도, 평민은 고개를 숙이고 무릎을 꿇어야 한다. 아무리 아니꼬와도, 속에서 천불이 들끓어도 참고 인내해야만 한다.

하지만 마계는 다르다. 힘에 의해 모든 것이 좌우되는 이 야만적인 세계에서는, 불만이 생기면 언제든지 도전할 수 있다. 물론 그 책임 또한 본인이 져야 하지만, 과정만 놓고 본다면 마계의 시스템이 훨씬 깨끗하다.

'저것들을 어떻게 이기라고…….'

'상급 악마만 여섯이라고? 둘이나 셋이어도 이길까 말까 한 싸움인데…….'

그 때문인지 감독관들을 싸움을 벌이기도 전에 잔뜩 주눅이 들었다. 싸우려는 의지 자체를 상실해 버린 것이다. 그리고 해방군 악마들은 그러한 심리를 잘 꿰뚫고 있었다.

"상대가 안 된다는 건 본인들이 더 잘 알겠지. 싸울 생각이 없다면 길을 비켜라."

카즈라가 으르렁거리자, 감독관들이 소스라치게 놀라며 길을 터주었다.

'다행이군.'

카즈라는 티를 내지 않았지만 안심했다. 상급 악마 중에서도 급이 있는 법이다. 제7광산의 관리자인 드라켄은 그보다 살짝 윗선의 강자. 물론 자신을 포함한 일곱 명의 동료들이 달려들면 확실히 이길 수 있다. 하지만 그 과정에서 못해도 20분은 소요될 것이다.

'시간을 끌면 불리해져. 빠르게 치고 빠져야 해.'

그것은 규모에서 밀릴 수밖에 없는 해방군의 유일한 단점이었다. 20분이면 키네사 대공이 보낸 수십의 상급 악마들이 도착할 수 있는 시간이었으니까.

"다들 속도를 높인다. 잘 따라와라."

감독관들을 병풍으로 만든 카즈라는 뒤를 따르는 광부들을 빠르게 인솔했다. 자리에 함께 없는 동료는 이동 계열의 능력을 지니고 있었다. 그 악마의 도움을 받는다면 1,000명이 넘는 이 광부들을 모두 데려갈 수 있다.

'생각보다 일이 잘 풀려서 다행……'

그렇게 생각한 순간 허공에서 하울링이 터져 나왔다.

크-라아아악!

동시에 네 개의 두꺼운 다리를 지닌 거대한 마수가 광산에 내려앉았다. 붉은색 갈기를 지닌, 얼핏 보면 드래곤처럼 보이기도 하는 도마뱀 형태의 마수였다.

"젠장."

[감히 내가 관리하는 곳에서 해방 운동이라…… 내가 그리도 만만히 보였던가.]

샛노란 눈을 번쩍인 마수, 드라켄이 분노를 토해냈다.

"젠장, 멤논, 오르단! 광부들 인솔해서 먼저 빠져나가라! 나머지 녀석들과 드라켄을 상대하겠다."

"그건 너무 위험하다. 시간을 많이 잡아먹을 텐데……."

"우리의 목표는 그의 살해가 아니다. 광부들을 안전하게 해방시키는 거지."

[재미있는 계획이군.]

그 말을 듣고 있던 드라켄이 코웃음을 쳤다.

[하나 나는 너희를 보내주겠다고 허락한 적이 없다만?]

"무시하고 어서 데리고 가!"

카즈라의 고함에 그의 동료 두 명이 광부들을 이끌었다.

"이쪽으로! 어서, 서둘러라!"

[지금부터!!]

콰드드득.

드라켄의 입에서 사자후가 터져 나왔다. 그 소리가 어찌나 거대했는지, 광산의 일부가 무너져 내릴 정도였다.

[한 발자국이라도 걸음을 떼는 노예 새끼가 있다면…… 약속하지. 그놈부터 죽여주마.]

살기가 번들거리는 거대한 파충류의 눈. 그 눈을 마주 본 광부들은 다리를 후들후들 떨면서 자리에 무너졌다. 정신이 나갔는지 게거품을 무는 이들조차 있었다.

'……망했군.'

카즈라는 본능적으로 작전이 실패했음을 직감했다.

과연 드라켄은 노련했다. 만난 지 몇 분 안 된 해방군보다, 오랜 시간 공포로 군림한 자신의 영향력이 높다는 것을 알고 있었던 것. 덕분에 광부들의 발이 묶여 버렸다. 그들은 공포에 사로잡혀 도망을 칠 수 있는 상태가 아니었다.

"카즈라. 상황이……."

카즈라의 손톱이 길게 자라나기 시작했다.

"어쩔 수 없어. 이렇게 된 이상 최대한 빠르게 놈을 죽이고 해방을 계속한다."

"난 처음부터 이쪽이 더 마음에 들었다고!"

[애송이들이!]

카즈라와 동료들이 빛살처럼 튀어나가며 드라켄의 거구와

뒤섞였다. 그들이 싸우는 모습은 그야말로 별세계의 전투였다. 물론, 광부들의 눈에서나 그러했다. 그 자리에서 상급 악마들의 움직임을 파악할 수 있는 사람은 카이뿐이었으니까.

'빨라. 그리고 하나같이 잔혹하고 파괴력이 짙다.'

그들의 움직임을 모두 쳐다보는 카이는 이미지 트레이닝을 시작했다.

'내가 드라켄과 일대일로 싸운다면 12초 정도 걸리겠어.'

강림 스킬을 사용할 수 있었다면 1초면 충분하겠지만 현재는 불가능한 일.

[카아아아악!]

17분에 걸친 싸움 끝에 드라켄의 거구가 추락했다. 떨어지면서 인간형으로 뒤바뀐 몸은 카이의 앞에 떨어졌다.

"커억! 크흐억……."

옆구리가 박살 나고, 갈비뼈가 폐를 찔러서인지 연신 피를 토해내는 끔찍한 몰골이었다.

"허억, 허억."

그를 상대한 해방군의 상급 악마들 역시 상태가 정상은 아니었다. 최대한 빨리 그를 죽이기 위해 한계 이상의 힘을 끌어냈기 때문이었다.

"됐다. 마무리하고 어서 떠……."

시간에 쫓기는 사람처럼 다급히 입을 열었던 카즈라가 돌연 말을 흐렸다. 스스로도 자신의 상태가 잘 이해되질 않았다. 마치 무언가 거대한 무언가가 그의 목을 뒤에서부터 서서히 조르는 듯했다.

'상급 악마들이 곧 도착할 거라는 압박감 때문인가?'

하지만 이상하다. 이런 상태는 자신뿐만이 아니었다.

"끄윽……?"

다섯 동료도 마찬가지였다. 눈동자의 혈관에 힘이 빡 들어간 그들은, 몸이 움직이지 않는지 안간힘을 쓰는 중이었다.

'이게 대체 무슨……?'

상황이 이해되질 않은 카즈라가 눈알만 데굴데굴 굴렸다. 마치 시간이 멈추기라도 한 것처럼 세상이 고요해졌다. 그때, 광부들 무리에서 누군가가 천천히 걸어 나왔다. 하얀 머리칼에, 붉은 눈동자를 지닌 소녀였다. 모두가 멈춘 그 공간에서 그녀만이 여유롭게 걸음을 옮겨 카즈라의 앞으로 다가왔다. 마치 흑백의 세상에서 혼자만이 색을 지닌 것처럼 돋보였다.

"쯧쯔쯔."

가볍게 혀를 찬 그녀는 죽은 개구리처럼 부들거리는 드라켄을 차갑게 내려다보았다. 드라켄의 동공은 죽음을 눈앞에 둔 악마답지 않게 요동쳤다.

"서, 설마……?"

"내가 항상 입버릇처럼 담던 말, 기억하느냐."

누가봐도 이상한 광경이었다. 일개 광부인, 그것도 나약한 소녀가 드라켄에게 하대를 하는 광경이었으니까. 허나 드라켄은 내장이 삐져나오는 와중에도 힘겹게 몸을 일으켰다.

"악마로 태어난 이상…… 악마답게 살아라……?"

"마냥 병신인 줄 알았더니, 그런 건 또 잘 기억하는구나."

만족스러운 표정을 지은 이라가 싱긋 웃었다.

"여, 역시……."

대답이 쐐기가 되었다. 드라켄은 감동의 눈물을 줄줄 흘리더니 쿵! 소리가 나게 무릎을 꿇었다.

"몰골이 이러해서 제대로 인사를 못 드리는 점, 사죄를."

"되었다. 그런 부분에서 악마미가 넘치는 것 아니겠나."

이라의 조그맣던 몸이 조금씩 커지기 시작했다. 이내 그녀의 키는 2미터까지 자라났고, 여리고 부드러웠던 몸은 단단한 근육질이 되었다. 허리까지 내려오는 긴 백발, 그리고 핏빛처럼 짙은 홍안의 눈동자. 그 영광스러운 자태에 드라켄은 제 이마를 바닥에 찍었다.

"대공님을 뵙습니다."

마계 남부의 지배자, 대공 키네사. 마계 역사상 가장 악마다운 악마라고 불릴 정도로 교활한 자로 그의 이명은.

"제법 재미있는 시간이었다. 그렇지 않았나 덱스?"

기만하는 자.

좌중이 얼어붙었다. 키네사가 숨 쉬듯 뿜어내는 강렬한 마기와 함께, 대공이라는 이름이 주는 무게감 때문이었다. 마계에서는 상급, 최상급 악마만 되어도 윤택한 삶은 물론, 왕에 버금가는 삶을 누리게 된다. 그렇다면 등급에 구애받지 않는, '규격 외' 판정을 받은 이들은 어떠할까.

　"표정을 보니 재미가 없었나? 나는 재미있었는데."

　그들은 스스로가 세상이라는 무대의 주인공이다. 삶 자체가 재미로 점철되어 있다는 소리다. 원하는 것은 가지고, 빼앗으며, 하고 싶은 것은 참지 않고 모두 할 수 있다. 그럼에도 그들을 제지할 이는 없었다. 그야말로 고삐 풀린 망아지.

　"아아, 그러고 보니 힘을 드러내니 못 움직이는군."

　벌레들의 수준을 떠올린 키네사가 힘을 거두었다.

　"허억, 허억."

　"후우우…… 하아아……."

　막혀 있던 숨을 겨우 내쉬게 된 악마들. 특히 대부분의 광부들은 감히 키네사를 마주볼 엄두조차 내지 못한 채 눈을 내리깔았다. 그것은 상급 악마들로 이루어진 해방군이라고 다를 바 없었다.

　'대공이 왜 이곳에…….'

　카즈라의 흔들리는 눈동자는 감히 키네사에게 향하지 못했다. 드라켄조차 기세 좋게 노려봤던 그였지만, 상대는 대공이다. 셀 수도 없는 악마들이 득실거리는 마계에서 다섯 손가락 안에 드는 강자. 후, 하고 숨을 불어내는 것만으로 자신을 먼지로 만들어 버릴 수 있는 존재다.

"……."

하지만 그 상황에서 가장 큰 충격을 받은 것은 다름 아닌 덱스였다. 지난 며칠간 자신을 할아버지라고 부르고 따르며, 따스한 정을 느끼게 해준 이라. 그녀가 사실은 대공 키네사였다는 사실에 그는 엄청난 충격을 받았다.

'기만의 악마…….'

대공 키네사는 무력 부분에 있어서는 다른 대공들에 비해 살짝 약하다는 평을 듣는다. 물론 다른 대공에 비해서 약하다는 소리. 하지만 그가 강자존의 마계에서 살아남을 수 있었던 이유는 간단했다. 그를 수식하는 단어들은 대개 교활한, 거짓말을 일삼는, 기만하는. 그는 부족한 무력을 간계를 이용해 메꾸었다. 덕분에 본신의 힘은 조금 밀릴지 몰라도, 이끌고 있는 세력의 크기는 둘째가라면 서러운 수준.

"대체 왜…… 그렇다면 이라는……."

"이라? 아아, 이 모습 말하는 건가?"

키네사의 몸은 다시 귀여운 소녀로 변했다. 그녀는 사람 좋아 보이는 부드러운 미소를 지으며 말했다.

"여러 번의 시험 결과, 이 모습이 경계를 허물기에 가장 좋더 군. 어리고, 연약해 보이면서 보호본능을 일으키거든."

싸악. 다시 본 모습을 되찾은 키네사가 히죽 웃었다.

"내가 벌레만도 못한 네놈에게 접근해 살갑게 굴었던 이유 는, 네가 이 광산에서 가장 오랫동안 일했기 때문이다. 알고 있 는 것이 많을 것이라 생각했고. 솔직히 생각 이상으로 많은 것 을 알고 있어서 놀랐다. 다시 한번 감사를 표하지."

"아아……."

큰 충격을 받은 덱스가 픽하고 쓰러졌다. 광산의 텁텁한 먼 지와 흙먼지 사이에 볼썽사납게 넘어진 그를 챙기는 이는 한 명도 없었다. 오직 키네사만이 그의 고통을 즐기며 진한 미소 를 지었다.

'으음, 이 기분이다…….'

누군가를 속였을 때, 그리고 그 대상이 큰 충격을 받았을 때 의 이 짜릿한 희열감. 상대에게 달콤한 말을 속삭이고 뒤통수 를 쳤을 때의 묘한 성취감. 키네사는 예전부터 누군가가 고통 받고, 절망하는 모습을 보는 것이 즐거웠다. 조금 과장하자면 지금 같은 순간만이 살아 있다는 감정을 느낄 정도.

"참으로 유익한 시간이었다."

키네사는 고개를 돌려 드라켄을 내려다보았다.

"수확량이 점진적으로 줄어들기에 이런 귀찮은 일까지 했는데…… 저 녀석이 제법 많은 걸 알고 있더군."

"그, 그게 무슨…… 당치도 않습니다."

"아니긴. 자꾸 날 바보 취급할 셈인가?"

"저, 저 버러지가 뭐라고 말했는지는 모르겠지만…… 정말 저는 결백…… 제 영혼을 걸겠습니다."

"흐음. 영혼이라. 뭐, 그렇게까지 말하니 믿어주지."

"대공님……."

드라켄의 입에서 살짝 물기 젖은 목소리가 흘러나왔다.

"그런데."

키네가사 돌연 드라켄의 뿔을 잡고 반으로 부러뜨렸다.

"아, 안 돼!"

악마에게 있어 뿔은 마기를 저장하는 창고. 드라켄의 뿔에 내포되어 있던 마기가 사방으로 뿜어져 나왔다. 갈 곳을 잃은 마기들이 새로운 주인으로 모신 것은, 그곳에서 가장 강력한 힘을 지닌 악마. 키네사였다.

"믿는 것과는 별개로, 책임은 져야 하지 않겠느냐."

"죄, 죄송합니다. 다시는 이런 일이 없을……."

"나도 안다. 다시는 이런 일이 없을 거라는 거."

그녀가 인자한 목소리로 말을 하며 손가락을 튕겼다. 드라켄의 몸이 폭발하며 피와 살점이 사방으로 터져 나갔다. 놀랍게도 키네사의 머리나 옷에는 그 잔해들이 티끌만큼도 묻지 않았다.

"벌써 죽은 놈이 어떻게 그런 짓을 다시 하겠느냐."

빙그레 미소를 지은 키네사가 뒷짐을 지며 몸을 돌렸다. 단지 수확량이 떨어졌다는 이유로 상급 악마의 목을 쳤다. 앞으로 광부들은 죽지 않기 위해 미친 듯이 일할 것이다.

'그럼 이제 남은 것은……'

키네사는 티는 안 내지만, 사시나무처럼 떨고 있는 해방군들을 쳐다보며 웃었다.

"살고 싶으냐."

돌아오는 대답은 없었다. 하지만 여섯 명의 악마들 중, 절반 이상이 잠시나마 움찔거렸다.

'살고 싶겠지.'

키네사는 마침 재미있는 놀이가 생각나서 입을 열었다. 그들을 두 편으로 갈라 서로를 싸움시킨 뒤, 이긴 자들만 살려주겠다고 할 생각이었다.

"특별히 살 기회를……"

"괜찮으십니까."

그 순간, 오직 키네사라는 배우만이 활보하던 무대 위에 새로운 인물이 등장했다. 불쾌해진 그녀는 단번에 미간을 좁히며 고개를 휙 돌렸다.

"일어나실 수 있으시겠어요?"

시야로 들어온 것은 여전히 자리에 쓰러져 있는 덱스였다.

그리고 그를 부축하며 안부를 묻는 비실비실한 악마 하나.

"……허?"

가벼운 웃음을 뱉어낸 키네사가 천천히 손뼉을 부딪쳤다. 동시에 주변을 둘러보며 호응을 유도하자, 광부들이 멋도 모르고 박수를 따라 쳤다.

"다들 박수. 이 얼마나 훈훈한 장면이야."

덱스에게 천천히 걸어간 키네사가 과장된 웃음을 흘렸다. 기업 회장이, 실수를 범한 사원을 치켜세워 주는 것 같았다.

"마계에서 보기 드문 청년이야. 타인을 도와준다, 그야말로 해방군에서 찾는 인재가 아닌가?"

대공의 시선을 정면에서 받은 카즈라의 울대가 출렁였다.

"대답이 없네. 어쩌나. 해방군에서 찾는 인재는 아니었던 모양이야."

키네사는 무릎을 살짝 굽히고 덱스와 그를 부축한 악마를 내려다보았다.

"정말 훈훈해. 그래서 보기가 좋아야 하는데…… 아. 나는 왜 이런 게 꼴 보기 싫은지."

대본이 시시하다는 이유로 던지는 배우처럼, 키네사의 음성이 돌변했다. 지루하고 건조한 목소리가 흘러나왔다.

"악마가 악마다워야 악마지. 지금 하는 꼴을 보면 역겨운 천계 놈들 같지 않느냐."

"다치신 데는 없으시죠? 제 손 잡고 일어나 보세요."

철저한 개무시.

키네사는 고개를 천천히 흔들었다. 언제였더라, 이런 대우를 받아본 적은.

한참을 생각하던 키네사가 고개를 끄덕였다.

'두 번.'

태어나서 딱 두 번 겪어봤다. 서쪽의 대공과 마왕 앙골모아. 그들의 경멸 가득한 눈빛 이후 처음이다.

"그렇다면 네가 세 번째…… 아니지, 첫 번째가 되겠군."

앞선 두 악마는 자신을 무시했지만, 그렇다고 발끈할 수 없는 대상이었다. 한 마디로 기분은 엿 같았지만 찢어죽일 수 없었다는 뜻이다. 하지만 지금은 다르다. 상대는 대공이 아니며, 마왕은 더더욱 아니다. 거역할 힘이 없는 존재다.

'……오히려 잘됐네.'

이유는 모르겠지만, 눈앞의 비실비실한 놈을 보면 꼭 자신을 무시한 두 악마가 떠오른다. 아마 이 녀석을 찢어 죽인다면 스트레스가 많이 풀리지 않을까?

키네사가 자신의 손을 천천히 내뻗었다. 죗값을 치르게 하기 위함이었다.

멈칫, 비실비실한 악마의 뒤통수를 향해 나아가던 손이 돌연 멈췄다. 상대가 무슨 수를 쓴 것은 아니었다. 그냥 단순히,

키네사 본인이 스스로 손을 멈춘 것이다.

'왜…… 내가 왜 손을 멈췄지?'

딱히 거창한 일을 하려던 것도 아니다. 마기라고는 눈곱만큼도 느껴지지 않는 버러지의 머리채를 쥐어 잡고, 천천히 괴롭히다가 최대한 잔인하게 죽일 생각이었다. 사람은 기어 다니는 개미를 하루에도 몇 번이나 밟는다. 허나 자신이 개미를 죽였다는 것을 깨닫지 못한다.

키네사 또한 마찬가지였다. 악마 몇 명을 찢어 죽이는 건 숨 쉬는 것처럼 자연스러운 일이다.

잠시 혼란스러워하던 그가 눈매를 찌푸렸다. 이 상황을 이해하기보다, 바랐던 것을 이루지 못한 짜증이 치밀었다.

'감히.'

키네사가 다시 한번 손을 뻗었다. 이번에는 도중에 멈추지 않고 쭉 나아갔다. 허나 이번에도 실패했다.

"……."

아까와는 이유가 달랐다. 스스로 멈춘 것이 아니라, 상대가 멈췄다. 그것도 눈빛 하나로.

비실비실한 악마가 무심한 눈동자로 키네사를 쳐다봤다.

"네 차례는 다음이니까. 기다리고 있어."

뭘까, 이 기분은. 화를 내야 하는데. 속에서 들끓는 이 분노를 터뜨려야 마땅한데. 저도 모르게 내려가는 자신의 손이 시야에 들어온다.

'……왜?'

이번에도 그 이유를 찾을 수 없었다.

대체 왜? 무엇 때문에? 내가 왜 이 나약한 악마의 말에 이토록 흔들리는 거지?

키네사는 이해할 수 없었고, 그래서 더욱 혼란스러웠다. 당황한 그는 저도 모르게 폭발적인 마기를 일으켰다.

"크윽!"

"커…… 흡."

주변의 악마들이 너도나도 신음을 터뜨렸다. 특히 지척에 있던 해방군 상급 악마들의 눈과 귀, 코에서는 죽은피가 줄줄 흘러내렸다. 그 와중에도 비실비실한 악마는 결국 덱스를 일으켜 세웠다. 툭툭, 먼지를 털어주며 입을 열었다.

"들어보니까 사기를 당하신 것 같은데, 부디 잘 이겨내시길 바랍니다."

"나, 나는 괜찮네만…… 그대는…….”

덱스의 두려움 가득한 시선이 청년의 어깨 너머를 향했다. 조금 전까지만 해도 손녀 같다고 생각한 존재가. 자신을 도와준 청년을 갈기갈기 찢어버리는 장면이 상상되었다.

"저는 괜찮습니다."

청년은 마음을 안정시켜 주는 부드러운 미소를 지으며 말했다. 그러자 걱정하던 마음이 거짓말처럼 녹아내렸다.

'이건 대체······.'

그의 몸에서는 강렬하고 잔혹한 마기가 뿜어져 나오지 않았다. 처음 느껴보는 낯선 기운이다. 하지만 그 기운은 눈앞의 청년을 의지하고 싶게 만드는 묘한 마력이 있었다.

"그러니 들어가 계세요."

청년이 아주 조심스럽게, 그리고 부드러운 손길로 덱스를 뒤로 밀어냈다. 그리고 천천히 몸을 돌려 키네사를 마주했다. 키네사의 기분도 몹시 안 좋겠지만, 그도 마찬가지였다.

'기분이 아주 나빠.'

덱스는 누가 봐도 노인이다. 머리와 수염은 희끗희끗한 회색이고, 평생을 일했는지 손에는 굳은살이 가득하다.

'그런데 그런 이를 골리고, 절망하는 모습을 보며 히죽히죽 웃는다라······.'

순 나쁜 새끼다. 비실비실한 악마 청년, 아니, 카이는 짐짓 근엄한 표정을 지으며 키네사를 훈계했다.

"가정교육을 대체 어떻길래. 넌 부모도 없냐, 이 자식아?"

태어나서 처음 겪는 언어의 폭력에, 키네사의 눈동자가 흔들렸다. 하루가 멀다 하고 싸움을 일삼는 미친 종족, 악마족. 그들이 그토록 치열하게 싸우는 이유는 그것이 본인의 '욕망'이기 때문이다. 욕망이 시키는 대로 움직이는 일차원적인 존재가 바로 악마. 그리고 그들이 지닌 욕망 중에는 '성욕'이라는 것 또한 존재했다. 때문에 악마족의 남성과 여성은 하루가 머다 하고 번식 행위를 이어나간다.

물론 인간처럼 '사랑'이라는 감정을 느끼는 악마들은 극소수에 불과하다. 대부분은 강렬한 힘으로 상대를 굴복시키거나, 합의 하에 성욕을 해소할 뿐. 당연히 그들 사이에서 태어나는 악마들은 거추장스러운 짐이기에 곧바로 버려진다.

대공 키네사의 경우에도 그랬다. 그가 생에 '첫 기억'으로 지니고 있는 것은, 아무렇게나 자라난 마계풀을 뜯어먹던 것이었다. 살기 위해 먹었다. 풀이든 돌이든 흙이든, 살기 위해 손에 집히는 모든 것을 입안에 쑤셔 넣었다. 배가 아파 고열에 시달리기도 했고, 하루 종일 속을 게워낸 적도 있다. 하지만 그 과정은 키네사를 강하게 만들었다.

'난 강해졌다.'

최하급의 쓰레기에 불과하던 그는 교활해질 수밖에 없었다. 삶에 대한 애착이 유독 강했던 그는 다행히도 머리가 좋은 편이었다. 악마들에게 살갑게 접근해 그들의 마음을 샀고, 최후에는 하나도 빠짐없이 먹어치웠다. 그 과정에서 그의 힘은 점점 더 강해졌다. 그런 수라 길을 걸어서 도달한 곳이 바로 대공이라는 영광의 자리.

"……모욕적이구나. 아주…… 아주 모욕적이야."

가정교육? 부모? 받아본 적도, 가져본 적도 없다.

'사랑을 하는 악마라니, 웃기지도 않는군.'

키네사는 400년이 넘는 시간을 살아가며 수많은 악마들을 보아왔다. 그중에는 인간처럼 서로를 사랑하는 악마들 또한 분명 존재했다.

'아주 편리한 녀석들이지.'

사랑하는 상대가 있다는 것은, 약점이 있다는 뜻이다. 그 부분을 쥐고 흔들면 손쉽게 심장을 먹어치울 수 있었다.

"애초에 난 그런 하등한 존재들이 필요 없을 정도로 완벽하 거늘, 정말 불쾌하구나."

키네사가 마기를 끌어 올렸다. 주변의 모든 이들을 울부짖 게 만드는 폭력적인 보랏빛 마기가 대기를 물들였다.

하나 황금빛 물결이 이를 부드럽게 밀어냈다. 마치 악마들 을 보호하는 방어막처럼.

키네사의 눈썹이 꿈틀거렸다. 덱스를 향하던 마기를 완벽하 게 차단시킨, 그 기운이었다.

"또다시 이 힘……."

마기는 아니다. 물론 마기도 온갖 종류로 나뉘지만, 기본적 으로 그 본질은 같다. 베이스에 깔린 것은 파괴적이고, 폭력적 인 기운. 하지만 저놈이 내뿜는 것은 조금 달랐다.

"나약한 감정이 느껴지는 기운이구나."

누군가를 보호하고자 하는 마음이 듬뿍 담긴, 악마의 입장에선 조금 당황스러운 기운이다. 평생을 살면서 저 기운 속에 담겨진, '호의'라는 감정을 느껴본 적이 없었으니까.

"……정말 불쾌한 기운이다. 당장 치워라."

"그렇겐 못 하지."

카이가 대기를 진동시키는 마기를 향해 턱을 까딱였다. 너부터 먼저 기운을 거두라는 의미다.

"건방진…… 지금 감히 대공인 나에게 먼저 손을 거두라는 소리인가?"

"건방은 무슨, 대체 내가 누구인지 알고."

'그러고 보니 이 녀석은 대체 뭐지?'

내뿜고 있는 기운은 절대 마기가 아니다. 그렇다고 해서 기운의 힘이 무시할 만큼 조약한 것도 아니었다.

"너…… 악마는 맞는 건가."

"아니. 인간이다."

분명히 며칠 전에 보고를 들었던 기억이 난다. 아니, 광산 안에서도 덱스에게서 그 소문을 들었다.

'분명히 강하다고…… 당연히 헛소문인 줄 알았더니.'

인간이 강할 리 없다. 그것은 키네사의 머릿속에 뿌리 깊이 박힌 고정관념이었다. 때문에 눈앞의 상대가 인간이라는 것을 쉬이 떠올리지 못했던 것이다.

"……뭐, 오히려 잘됐군. 대공을 우롱한 죗값이 얼마인지 확실히 알려주지."

키네사가 이전보다 거대한 마기를 서서히 끌어 올렸다. 광산 전체가 지진이라도 일어난 것처럼 흔들렸다.

"애들 상대로 힘자랑은 그만하고, 자리부터 옮기지."

대공을 상대로 싸우면 카이조차 여유를 장담할 수 없다. 주변 이들도 신경 쓰지 못할 것이 분명하기에, 그는 장소를 바꾸고 싶었다.

"이렇게 좋은 환경을 포기할 리가."

키네사가 히죽 웃으며 고개를 저었다. 그의 눈에는 보였다. 이유는 모르겠지만, 인간이 악마들을 보호하려는 것이.

'그렇다면 오히려 이용할 뿐.'

키네사는 끌어올린 마기를 광범위하게 전개했다. 광산의 모든 악마들을 괴롭히기 위함이었다. 반응은 즉각적이었다. 고통스러워하는 악마들을 쳐다보던 카이가 눈살을 찌푸렸다.

"마계 대공이라길래 얼마나 대단한 놈인가 했더니, 하는 짓은 비열하기 짝이 없네."

키네사가 오히려 고맙다는 듯 미소를 지어 보였다.

'어쩔 수 없나.'

말로 해서 될 상대는 아니다.

"저 녀석과 함께 자리를 비울 테니, 그 안에 광부들 데리고 도망치세요."

그의 눈빛에 담긴 것은 의문. 대체 어떻게 그것이 가능하냐
는 의문이었다.

"나와 함께 자리를 비운다? 미안하지만 난 그럴 생각이 추호
도……."

"걱정 마. 난 있으니까."

카이가 손가락을 튕겼다. 그와 동시에 강력한 중력장이 발
생하며 키네사의 몸을 저 하늘로 날려 버렸다.

"허억, 허억!"

카이가 다시 한번 말을 건넸다.

"우선 자리를 피하세요."

"가, 감사합니다."

✳

미중유의 힘에 떠밀려 허공에 떠오른 키네사는 순간이지만
당황했다. 난생 처음 겪어보는 이상한 힘. 하지만 그는 대공답
게, 순식간에 자세를 잡고 속도를 감속시켰다.

"후우, 별 시답잖은 짓을……."

열이 받은 그가 다시 광산으로 돌아가려는 순간 아래쪽에
서 황금색 빛이 반짝였다.

'황금색?'

마계에서는 금이 희귀하다. 특히 저렇게 멀리 떨어졌는데도 황금색으로 빛나는 물체는 없다.

'인간 녀석이다!'

결론을 내린 키네사가 아래를 향해 손을 휘저었다. 흘러넘치는 마기가 수백 개의 뾰족한 창이 되어 아래로 떨어졌다.

"아이템 스위칭, 어릿광대의 신발."

날아드는 창이 카이를 꿰뚫기 직전. 순식간에 장비를 변환시킨 카이의 신형이 공간을 뛰어넘었다.

콰득!

카이의 신형이 다시 나타난 것은 키네사의 코앞. 그의 넓직한 손아귀는 대공의 얼굴을 강하게 움켜쥐었다.

'어, 어찌 이런 움직임이!'

키네사가 이 상황을 이해하기도 전에, 카이는 중력의 방향을 역전시켜 넓은 대지로 향했다. 모처럼 손에 넣은 기회를 허무하게 날릴 카이가 아니었다. 땅에 떨어지기 직전, 마계의 척박한 대지 곳곳 세워져 있는 바위탑을 터뜨리며 내려갔다. 물론 그것을 강타한 것은 단연 키네사의 뒤통수였다.

"크아아아!"

뒤늦게 정신을 차린 키네사가 모욕감에 몸서리를 치며 발악했다. 카이조차 무시하기 힘든 살벌한 기세였기에, 결국 키네사를 놓아줬다. 물론, 곱게 놓아주는 일은 없었다.

"태양광자포!"

키네사는 자신의 코앞에서 회전하는 네 개의 신성마법진을 목격하고는, 본능적으로 마기를 몸에 둘렀다. 천둥 소리를 내며 뻗어나간 태양빛이 키네사를 황무지에 꽂아버렸다.

'이걸 버텨?'

하지만 피해량은 생각보다 미비했다. 태양광자포는 뮬딘 교의 사원 바닥을 몇 개 층이나 부숴 버릴 정도로 강력한 스킬. 그걸 코앞에서 네 대나 정타로 얻어맞았는데 고작 7% 생명력만이 날아갔다.

"크아아아악! 감히, 감히 인간 따위가……!"

바닥에 처박힌 키네사의 몰골은 말이 아니었다. 탐스러운 백발의 머리카락은 진흙과 먼지에 덮여 더러워보였고, 입고 있던 기품 있는 예복 또한 여기저기 실밥이 터진 상태였다.

"한낱 버러지 따위가 남쪽의 왕에게!"

붉은 눈동자가 살기로 번들거리며 더욱 붉어졌다. 몰아치는 마기와 살기를 마주한 카이는 숨이 턱하니 막혔다.

하나 호흡을 가다듬은 카이가 천천히 입을 열었다.

"확실히 세긴 세구나. 여태껏 만나본 녀석 중 제일 강해."

비교 대상을 찾자면, 아트록 정도일까. 하지만 지금은 자신이 아트록보다 강할지도 모르는 일이었다. 시간이 제법 흘렀고, 자신은 엄청 성장했으니까.

'특히 마계를 최초로 발견한 자 칭호 덕분에 이곳에서는 유독 더 강해.'

그런 자신의 공격을 연달아 얻어맞고도 생명력이 90% 이상 남아 있다. 그것이 키네사가 강하다는 가장 확실한 증거.

녀석이 뿜어내는 마기는 닿는 것만으로도 피부가 따끔거릴 지경이다.

우우웅.

카이의 몸에서 휘황찬란한 신성력이 뿜어져 나왔다.

"미안하지만 그 알량한 힘으로는 날 막을 수 없다. 난 지금 굉장히 화가 난 상태거든."

광산에서는 마기를 여유롭게 밀어내던 신성력이, 어디에 걸린 것처럼 턱하니 막혔다. 잠시 그것을 쳐다보던 카이가 고개를 끄덕였다.

"그렇네. 이건 안 통하네."

"무슨 수를 쓰던 마찬가지일 것이다."

"글쎄……."

광부들을 따스하게 감싸던 몽글몽글하고 부드러운, 태양교의 마스코트라고 할 수 있는 황금빛 신성력의 형태가 조금씩 변해갔다. 비눗방울처럼 둥글던 모습이 뾰족하고, 날카롭게. 누군가를 수호하기보다는, 금방이라도 적들을 찔러죽일 것 같은 살벌한 창처럼.

"사실 나도 좀 쎄거든."

마계 대부분의 지역은 덥다. 때문에 키네사는 자신이 흥분해서 주변이 살짝 더워진 것이라고 생각했다. 물론 그 열기의 근원지는 카이였다.

신성 폭주. 그의 몸 안에 내제되어 있던 신성력이 미쳐 날뛰기 시작한 것이다. 예전의 신성 폭발과는 또 다른 느낌이다. 신성 폭발은 사용할 때마다 사우나에 들어간 기분을 느꼈었다면.

[신성 폭주 스킬을 사용했습니다.]

지금은 스스로가 인간 화력 발전소가 된 기분이 들었다.

그 뜨거운 공기는 순식간에 키네사의 몸까지 뒤덮었다.

"으음."

카이는 살짝 당황하는 키네사를 진정시켰다.

"아직 놀랄 타이밍 아니니까, 기다려."

네 개의 마법진은 시시각각 강대한 힘을 부여했다.

[태양의 축복이 사용되었습니다. 모든 종류의 공격력이 20% 증가합니다. 태양의 갑옷이……]

카이가 모든 준비를 끝냈을 때, 키네사의 마기는 더 이상 그를 압박하지 못했다. 두 사람이 서 있는 공간을 지배한 것은 찬란하게 빛나는 태양교의 신성력이었으니까.

"……."

키네사가 조용해졌다. 분노에 먹혀 당장에라도 날뛸 것 같던 그가 버프를 두른 카이를 보고는 정신을 차린 것이다. 훨씬 더 조심스러워진 표정과, 차분해진 눈빛이 증거였다.

그는 일대를 가득 메운 신성력을 돌아보고 입을 열었다.

"인간들은 이 힘을 뭐라고 부르지?"

"신성력."

"신성…… 신과 관련된 힘인가?"

카이는 대답 대신 고개를 한 번 끄덕였다. 키네사가 말을 이었다.

"놀랍군. 모든 인간들이 너처럼 강한 것은 아닐 테고…… 네 놈이 특별한 거겠지."

말을 마친 키네사는 입고 있던 예복 코트를 벗어 던지더니, 셔츠도 찢어버렸다. 그러자 잘 관리한 남자 모델의 몸처럼 미끄러운 몸이 드러났다.

"가볍게 보다가 큰일이 날 수 있겠다는 생각이 들었다. 나는 이것을 실전압축마기라고 부른다."

마기로 이루어진 방어구는 기사들의 방어구와는 형태가 많이 달랐다. 몸에 착 달라붙는 슈트에 가까운 형태였다. 키네사는 마지막으로 기다란 마기의 창을 만들어 꼬나쥐었다.

황무지에 잠시 동안 침묵이 내려앉았다. 불어오는 바람은 마기와 신성력에 휩쓸려 비명조차 남기지 못한 채 부서져 나갔다. 두 사람은 한 발자국도 움직이지 않고 있었지만, 기운을 통해 싸움을 하는 중이었다.

'이건 결투가 아니야. 목숨을 건 사투다.'

때문에 결투장에서처럼 룰도 없고, 싸우기 전에 카운트다운을 해주는 사람도 없다. 시작하겠다는 말을 꺼내는 사람도 없었다. 싸움은 이미 시작된 상태였으니까.

바람에 의해 굴러오던 자그마한 돌멩이가 마기와 신성력에 의해 먼지가 되는 순간.

'온다.'

키네사가 대공의 자존심을 내려놓고 먼저 움직였다. 찰나에 열여섯 번의 창격, 그리고 카이는 그것을 모두 쳐냈다.

'역시 대공은 대공이라는 건가.'

제 잘난 맛에 사는 줄 알았던 키네사는 생각보다 훨씬 강력했다. 그의 눈은 슈트에 가려져 있었지만, 움직일 때마다 붉게 빛나는 귀화가 잔상처럼 흩날렸다.

'창의 사정거리가 너무 길어. 거리부터 좁혀야 된다.'

"신성사슬."

세 줄기의 신성사슬이 왼손 소매에서 빠져나왔다. 카이는 주저없이 그것들을 전방으로 뿌렸다. 신성사슬은 키네사가 들고 있던 창을 휘감았다. 카이는 왼손을 뒤로 당겼다.

"⋯⋯잔꾀를."

피식 웃은 키네사가 창대를 잡은 오른팔에 힘을 주었다. 하나 그의 몸은 생각보다 훨씬 손쉽게 끌려갔다. 애초에 스탯 차이가 너무 많이 났다.

'안 그래도 높은 힘 스탯인데, 마계에서는 유독 높지.'

꽈드득, 꽈득.

카이는 사슬들을 왼팔에 감으며 점점 키네사를 끌어 왔다.

"마, 말도 안 되는!"

힘의 차이를 실감한 키네사는 창대를 놓고 뒤로 물러섰다.

'됐다.'

무기를 잃은 상대의 가슴이 열렸다.

카이는 그대로 신성사슬을 역소환한 뒤, 바닥을 박차고 달려 나갔다. 순식간에 키네사와의 거리를 좁힌 카이가 검을 내리그었다.

까드드득!

키네사는 그 검을 맨손으로 잡았다. 신성력이 닿을 때마다 마기로 이루어진 슈트가 벗겨졌지만, 그때마다 새로운 마기들이 몰려들며 다시금 슈트를 재구성했다.

'피해가 없다고?'

키네사의 생명력을 힐끗거리던 카이가 놀란 표정을 지었다. 아무리 공격을 막았다고 해도, 어느정도 피해는 들어가야 정상이다. 하지만 어떤 피해도 입지 않고 있는 상태.

'설마 저 마기 슈트는 모든 공격을 차단하는 용도인가?'

그것이 사실이라면 상상 이상으로 귀찮아질 수밖에 없다.

'지금은 시미즈를 불러낼 수도 없는데…….'

다행인 것은 방어구의 효과가 사기적이라는 것이었다.

'미드 온라인의 밸런스는 유독 이런 부분에서는 공정해.'

저만한 방어구라면, 지속 시간은 생각보다 짧을 것이다.

'방어구가 해제될 때까지 정신을 못 차리게 만든다.'

카이는 오른손으로는 계속해서 검을 내리면서, 스텝을 밟아 거리를 더 좁혔다. 그리고 비어 있는 왼손을 한 번 접으며 빠르게 쏘아냈다. 팔꿈치가 키네사의 안면을 강타했다.

끝이 아니었다. 팔꿈치를 다시 피면서 키네사의 뒷통수를 그대로 끌어당겼다. 동시에 차올리는 무릎, 빠각!

안면을 파고들었다. 키네사의 고개가 뒤로 확 젖혀졌다.

'그래도 피해는 없으시다?'

공격을 받는 와중에도 키네사는 마기를 운용했다. 주변을 떠돌아다니던 마기들이 뾰족한 가시가 되어 찔러왔다.

'도약.'

다시 한번 어릿광대의 신발에 내포된 스킬을 사용한 카이는 키네사의 윗쪽으로 이동했다. 거기서 뒤로 젖혀진 키네사의 얼굴을 내려다보며, 그대로 검을 뻗었다.

"파이널 어택!"

상대의 방어력을 무시하고 공격력을 세 배 높이는 기술!

카이의 성검이 키네사의 눈을 그대로 관통했다. 방어구에 의해 항상 보호받아오던 키네사였지만, 이번에는 무사하지 못했다. 엄청난 고통에 신경이 마비된 듯 꿈틀거리던 그는, 뭍으로 나온 물고기처럼 펄떡거리기 시작했다.

"크아아아아아악!"

비명을 지르거나 말거나 카이는 곧바로 검을 회전시켰다.

"칼날 쇄도!"

그러자 남자의 것이라고 믿기 힘든 하이톤이 튀어나왔다.

"아파! 아파! 아프단 말이다아아악!"

그의 불안한 정서를 대변이라도 하듯, 주변의 마기가 요동치기 시작했다. 요동치던 마기들은 카이를 덮쳐왔다.

"쯧."

뒤로 물러난 카이는 마기를 베어내기 시작했다.

"아- 아아!"

자리에 주저앉은 키네사는 자신의 욱신거리는 눈을 손바닥으로 꾸욱 막았다. 꿀렁꿀렁, 눈가에서는 연신 물줄기가 폭포처럼 쏟아져 나왔다.

'뜨겁다.'

그 어떤 고온에서도 버틸 수 있는 대공의 몸이었지만, 지금 손바닥을 적신 이 액체는 뜨거웠다.

'뜨거워.'

그의 심장과 머리도 뜨거웠다. 지금 당장 저 인간을 찢어죽이지 않으면 미쳐 버리겠다는 생각이 강하게 들었다.

"죽여 버리겠다!"

키네사가 카이를 향해 득달처럼 달려들었다.

"음?"

배는 빨라진 그 속도에 카이가 황급히 몸을 돌려 반응했다. 하나, 키네사의 손이 조금 더 빨랐다. 카이의 멱살을 잡아챈 그는 자신의 얼굴을 그대로 들이박았다.

"크윽!"

코끝이 시큰해지는 감각과 동시에, 누군가가 머릿채를 붙잡는 느낌이 들었다.

'이건 넘어갔다.'

그 생각과 함께 등과 목 부위에서 시큰한 통증이 느껴졌다. 키네사가 자신을 바닥에 메다꽂은 것이다.

꽈드드드득!

바닥에 솟아오른 마기가 카이의 사지를 구속했다. 이건 대놓고 자신을 여기서 끝내겠다는 소리.

'왼쪽? 오른쪽?'

카이는 고통을 느낄 틈도 없이 추가타를 대비해야 했다.

"고결한 방패!"

시전과 함께 일대의 카이의 몸을 돔 형태로 감싸는 방어막이 생성되었다. 얼마 전에 새롭게 배운 스킬로, 본래라면 광범위한 영역을 방어하는 스킬이다.

까앙! 까앙!

"이런 젠장!"

키네사는 손톱과 주먹으로 고결한 방패를 미친 듯이 내려쳤다. 조금 전까지 보여줬던 기품 있는 대공의 모습은 더 이상 보이지 않았다.

"크윽, 햇살의 따스함."

쿵! 쿵! 쿵!

고결한 방패의 내구도는 높았다. 하지만 무려 대공의 공격. 카이는 방패가 깨지기 전에 선수를 쳤다.

"태양광자포!"

콰르르르릉!

네 개의 마법진이 쏘아낸 광선이 키네사를 멀리 튕겨냈다.

"후우."

언뜻 보이는 키네사의 생명력은 이제 65% 정도.

'파이널 어택의 효과가 크긴 했어.'

방어구만 사라진다면 단숨에 끝낼 수도 있을 것 같다. 방어구는 신성력에 피해를 입을 때 잠시나마 흩어졌었다.

'성검을 휘두르는 것만으로는 부족해. 그렇다면······.'

스킬은 아직 많았다. 시험을 해볼 수밖에.

쾅쾅!

나가떨어진 키네사가 울분을 토해내며 애꿎은 땅을 두드렸다. 그때마다 지진이라도 난 것처럼 땅이 쩍쩍 갈라졌다.

"스킬, 네 개의 창."

카이의 등 뒤로 네 개의 창이 떠올랐다. 추적하는 빛의 화살을 각성시킨 것으로, 뮬딘 교를 상대할 때 효과를 시험해 본 적이 있었다.

"태양광자포!"

콰릉! 콰르릉!

달려오던 키네사는 얻어맞을 때마다 뒤로 조금씩 밀렸다.

'보인다.'

동시에 카이의 눈동자가 반짝였다. 키네사가 태양광자포에 얻어맞을 때마다, 방어구 한쪽이 훤히 열리게 된다.

'방어구가 열리는 순간, 그때 네 개의 창을 거기에 쑤셔넣고, 그다음에는······.'

키네사도 바보는 아니었다. 카이의 등 뒤에 떠 있는 네 개의 창이 움직이지도 않자, 이를 경계하기 시작한 것이다.

'뭔가를 꾸미고 있군.'

태양광자포에 맞을 때마다 흩어지는 방어구도 의식되었다.

'방어구가 개폐되는 순간을 노리는 건가? 그렇다면……'

그때부터 키네사는 날아드는 태양광자포를 팔로 쳐내거나, 피하기 시작했다. 카이의 공격이 직격하지 못하게 한 것이다.

골치가 아파진 것은 카이였다. 파이널 어택의 쿨타임이 돌기 전까지는 계속 도망만 쳐야 할 신세에 놓였으니까.

'중력장은…… 확실히 안 먹힐 테고.'

이미 사용해 본 적이 있었다. 처음이라 당황해서 먹혔을 뿐, 금세 정신을 차리고 중력장을 흩어버렸다.

'아주 잠깐만 멈추게 하면 되는데……'

신성사슬에 당해본 녀석이 다시 맞아줄 리도 없었다.

'흐흠. 석화라면…… 가능할지도 몰라.'

마계의 대공은 레이드 보스 몬스터로 취급된다. 보스를 상대로 석화 스킬이 통할지 안 통할지는 미지수.

'딱 5초, 아니, 1초만 묶어줘라.'

카이는 달려드는 키네사를 향해 손을 뻗었다.

"석화!"

"……?!"

달려오던 키네사의 두 다리가 땅에 박힌 채 그대로 돌이 되었다. 당황한 그는 재빨리 마기를 일으켰다.

거기까지 단 1초. 과연 대공다운 반응 속도!

'충분해.'

이 순간에도 의미없이 소모해 버리는 1초. 그 1초는 지금의 카이에게 1시간보다 소중했다.

"태양광자포!"

네 개의 포구가 키네사의 가슴을 향해 포탄을 뱉어냈다.

콰르르룽!

엄청난 신성력에 키네사의 방어구가 처음으로 모두 사라져 버렸다. 하나 그것은 찰나. 다시금 주변의 마기가 몰려들며 그의 전신을 뒤덮기 시작했다.

'지금이다.'

푹, 푹!

마기가 키네사의 몸을 완전히 뒤덮기 전, 네 개의 창이 먼저 그의 몸을 관통했다.

"크윽!"

키네사의 체력이 단숨에 57%로 내려갔다.

"머리를 제법 썼군. 하지만 이게 네놈에게 허락하는 마지막 공격일 것이다."

그는 이미 당했던 기술을 또 당해줄 정도로 바보는 아니었다. 허나 그것은 카이도 이미 알고 있는 바였다.

"알아. 난 상대를 무시하지 않거든."

그래서 기회가 왔을 때, 그 기회를 붙잡아 확실하게 끝내는 것이 바로 카이의 전투법.

딱!

"일점폭발!"

"뭣……."

당황한 키네사의 상체를 관통한 창들이 쩌적 소리와 함께 갈라지기 시작했다. 그 사이로 빛이 새어나오더니.

콰아아앙!

'키네사의 생명력…… 28%, 조건은 모두 채웠다.'

태양광자포에서 네 개의 창으로, 그리고 네 개의 창에서 일점폭발로 연계시킨 콤보 기술. 한 번 쓰면 두 번 다시는 통하지 않을 이 연계기를 일찍부터 쓴 이유는 간단했다.

까드드드득!

카이가 득달처럼 달려 나가 검으로 키네사의 목을 긁었다.

"……공격은 이제 끝났나?"

키네사가 가쁜 숨을 몰아쉬며 물었다.

'위험했다.'

대공의 자리에 오르고 이 정도까지 위험하다고 느낀 것은 두 번째다. 첫 번째는 마왕과 눈이 마주쳤을 때였으니, 그것을 제외하면 카이가 처음이다.

콰드득!

카이의 목을 움켜쥔 채 이를 천천히 들어 올렸다.

"인간치고는…… 아니, 내가 만났던 악마들 중에서도 손에 꼽을 정도로 강한 상대였다."

그것은 진심이었다. 벌레지만 이 자리까지 올라온 강력한 상대에 대한 놀라움. 그 놀라움을 빚어 만들어낸 칭찬.

"그러니…… 영광으로 알고 죽어도 좋다."

우드드드득!

카이의 목뼈에서 이상한 소리가 났다. 양쪽 귀에서는 삐- 거리는 소리까지 함께 나기 시작했다.

'햇살의 따스함.'

신성 마법진 하나가 카이의 몸을 빠르게 치유했다.

"흠? 급속 재생…… 아니, 신성력을 이용한 치유인가?"

단번에 스킬의 정체를 간파한 키네사가 한쪽 손을 튕겼다.

화아아악!

먹물처럼 뿜어져 나온 마기가 두 사람을 집어삼켰다. 사방에 빛 한 점 없는 캄캄한 공간에서, 붉은색 귀화 하나가 피어올랐다. 키네사의 한쪽밖에 남지 않은 눈이었다.

"나의 마기로 구성한, 오직 너만을 위한 공간이다."

[햇살의 따스함 시전에 실패했습니다.]

"더 이상 얄량한 재주는 부릴 수 없을 것이다."

보이지는 않았지만, 카이는 그가 웃고 있다고 생각했다.

"커헉!"

숨이 턱 막히고, 얼굴에 피가 몰리는 것이 느껴졌다.

그 와중에도 카이는 검을 휘둘렀다.

틱, 틱!

성검은 계속해서 키네사의 목을 베어냈다.

한 번, 두 번, 세 번…….

"어리석은 것."

이 인간은 무엇을 위해 이렇게까지 발악하는 것일까.

키네사는 손아귀에 힘을 더 주었다.

부르르르.

그럼에도 그는 꽉 쥔 성검을 묵묵히 휘둘렀다.

'대체 왜? 무엇을 위해서?'

자신의 머리로는 도저히 이해가 되질 않았다. 곧 죽을 사람이 과연 이렇게까지 발악을 하는 것이 가능할까? 그것도 대항할 수 없을 정도의 상대를 눈앞에 둔 상태로?

'나는 마왕을 눈앞에 뒀을 때…… 그러지 못했다.'

자신은 못한 일이다. 인간이 해낼 수 있을 리가 없다.

생각이 거기까지 미치자, 키네사는 문득 두려워졌다.

'뭔가 숨겨놓은 한 수가 있는 건가?'

그는 카이의 눈을 쳐다보았다. 칠흑 같은 어둠 속에서도 그의 눈빛은 죽지 않고, 반짝이는 중이었다.

"다, 당장 죽어라."

마기의 폭포가 떨어지며 카이를 덮쳤고, 그의 체력이 빠르게 떨어지기 시작했다.

30%…… 22%…… 14%…….

서걱!

카이의 성검이 키네사의 목을 정확히 '열일곱' 번째 베고 지나갔다.

[길로틴(패시브) 효과가 발동됩니다. HP가 30% 이하인 적의 목을 베었습니다. 레이드 보스 몬스터입니다. 즉사 확률이 8%로 내려갑니다. 대상이 처형되었습니다.]

"으음?!"

키네사가 외마디 비명을 내질렀다.

무언가 가슴 속이 뻥 뚫린 기분이 들었기 때문이다.

"이, 이게 무슨…… 말도 안, 안 된다! 안 돼!"

그의 몸이 가루가 되어 흩어지고 있었다. 카이의 목을 놓은 키네사는 재빨리 자신의 몸을 더듬었다. 흘러내리는 가루를 틀어막았지만, 몸이 붕괴되는 것은 막을 수 없었다.

"나, 나를 보호해라!"

카이와 키네사를 가두고 있던 공간이 해제되며 마기가 그에게 몰려들었다. 하지만 의미 없는 행동이었다.

"인간…… 인간 따위에게……."

그것이 키네사의 유언이 되었다. 카이는 마계의 황무지에서 흩어져 가는 마기를 바라보며 입술을 달싹였다.

"……햇살의 따스함."

승리의 축포를 울리듯, 메시지들이 떠올랐다.

[마계의 대공, '기만의 키네사'를 처치했습니다. 전대미문의 업적! 세계의 신들이 주목할 만한 업적을 세웠습니다.]

[스페셜 칭호, '대공 처단자'를 획득했습니다.]

[기만의 대공 키네사를 정정당당하게 해치운 당신은 그가 소유하던 모든 것들의 소유권을 얻게 됩니다. 마계 남부의 소유권을 얻었습니다. 대다수의 악마들…….]

[레벨이…….]

[태양교의 성전에 당신의 이야기가 새겨집니다. 공헌도가 250,000 상승했습니다. 명성이 751,400 상승했습니다.]

[태양교의 전파 속도가 30일간 세 배로 상승합니다.]

[태양신 헬릭이 안도의 한숨을 내쉽니다.]

"······워어."

한눈에 들어오지 않을 정도로 방대한 메시지였다. 카이는 메시지를 위에서부터 하나씩 차근차근 읽어 내렸다.

'레벨은 30개가 올랐어.'

대단한 결과지만, 솔직히 말하자면 아까운 마음이 컸다.

'키네사의 레벨이 1,200 수준이었는데······ 그걸 잡고 겨우 30레벨이라니.'

과도한 성장을 막으려는 경험치 페널티 때문이었다. 사실 랭킹 1위의 유저가 단번에 30레벨이나 올리는 것부터가 개발진 입장에서는 뒷목을 잡고 쓰러질만한 일이었다.

'저건 어쩔 수 없지. 그나저나 칭호라?'

효과 : 모든 능력치 10% 상승.

(이 효과는 칭호를 장비하지 않아도 적용됩니다.)

"모든 능력치 10%가······? 흐음, 효과가 좀 흔한 편이네."

근처에 지나다니는 유저가 없다는 게 천만다행이었다. 만약 누군가가 카이의 중얼거림을 들었다면, 기사들이 쏟아졌을 것이다.

'언노운, 인성 논란 불거져.'

'모든 능력치 10%, 나에겐 아무것도 아니야. 언노운 발언 화제.'

같은 식으로.

'물론 싫다는 소리는 아니지만.'

오히려 대환영이다. 능력치를 % 단위로 상승시켜 주는 효과는 기본 스탯의 단위가 높을수록 영향을 잘 받는다. 즉, 기본 스탯이 수천 단위에서 놀고 있는 카이는 그 효율을 극대화시킬 수 있다는 소리.

'헬릭 님에게 내 소식이 들어갔나 보네.'

중간계와의 연결이 끊긴 후, 그녀와 대화를 나누지 못했다. 폰조차 먹통이었으니 연락이 닿지 않을 수밖에.

'뭐, 굳이 연락하고 싶으면 오프라인으로 지인들한테 말을 전해달라고 하면 되긴 한데……'

카이가 피식 웃었다. 헬릭이 뭐 애도 아니고, 다 큰(?) 신인데 설마 자기 하나 없어졌다고 울기야 하겠는가.

"그리고……"

키네사가 흩어진 곳에 몇 가지 아이템이 드랍되어 있었다.

먼지를 털어낸 카이는 아이템들을 하나씩 확인했다. 가장 먼저 카이의 시선을 강탈한 것은 심장이었다.

그것도 아직까지 두근두근! 펄떡이는 키네스의 심장.

[키네스의 심장]

등급 : 유니크

내용 : 대공 키네스의 심장이다.

효과 : 섭취 시 마기가 개방되며, 500 상승합니다.

(주의, 섭취 시 일부 교단과의 관계가 떨어집니다.)

"흠."

마기를 쌓아올려 주는 키네스의 심장이다.

'나를 위한 아이템은 아니네.'

일부 교단이라는 단어가 의미하는 바는 간단했다.

'악신의 교단이 아닌 모든 교단과 관계가 나빠진다.'

그것만으로도 카이가 이 심장을 먹을 이유는 없었다. 하지만 언젠가 써먹을지도 모르기에 인벤토리에 집어넣었다.

그 다음은 스킬 북.

[에너지 아머]

등급 : 레전더리

효과 : 보유한 기운을 운용하여 갑옷을 만듭니다.

"……어?"

대공, 키네사가 죽는 순간. 각각 동쪽과 북쪽, 서쪽에 있던 세 존재가 자리에서 벌떡 일어났다.

"키네사의 기운이…… 사라졌다?"

마계에서 기운이 사라지는 경우는 하나, 영원한 죽음.

'뭐지? 대체 누가…….'

'다른 대공은 아니다. 격돌했다면 확실히 알 수 있어.'

"학, 학."

유하린은 달렸다. 정말 정말 열심히 달렸다.

그녀가 그렇게까지 열심히 달려가는 이유는 하나였다.

'혼자 가시면 어떡해!'

드넓은 마계에 달랑 두 사람이서 떨어졌다. 심지어 인간계로 돌아갈 수 있는 건 카이의 신출귀몰밖에 없다.

'이대로 못 만나게 되면…….'

유하린은 불안한 마음을 감추지 못하고 울먹거리며 달려갔다. 목적지는 카이가 날아간 장소.

"……학!"

한참을 달려간 유하린이 밝은 표정을 지었다. 화산의 분화구처럼 거대한 크레이터의 한가운데에 카이가 앉아 있었기 때문이다. 그에게 다가간 유하린이 고개를 갸웃거렸다.

"카이 님?"

그는 마치 돌이라도 된 듯 가만히 있었다.

'혹시 이상한 디버프라도 걸리신 거 아냐?'

하지만 주변을 둘러봐도 악마의 모습은 보이지 않는다.

침을 꿀꺽 삼킨 유하린이 조심스럽게 어깨를 흔들었다.

"카, 카이 님. 왜 그러세여⋯⋯."

살짝 두려운 듯한 목소리. 목소리를 듣고 정신이라도 차린 것일까, 자리에서 벌떡 일어난 카이가 고개를 휙 돌렸다.

"흐익!"

깜짝 놀라 뒤로 달려가는 유하린을 향해 카이가 소리쳤다.

"하린 씨, 떴습니다!"

"에, 예?"

유하린이 뒤를 쳐다보며 물었다. 여차하면 다시 달려 나갈 준비가 완료되어 있는 포즈로.

"떴다구요!"

"뭐가, 뭐가요?"

"대박이요! 그리고 왜 그렇게 멀리 계세요?"

"⋯⋯몰라요!"

자신을 놀래킨 카이에게 퉁명스럽게 대하고 싶었지만, 얼굴 가득 '행복하다'라고 쓰여있는 그를 보자 웃음이 나왔다.

"진짜…… 사람 걱정되게 만들기나 하고……."

"뭐라고 하셨어요?!"

"혼잣말이거든요!"

유하린에게 카이가 손짓했다.

"왜 그렇게 멀찍이 떨어져 계세요? 이쪽으로 오세요!"

"나중에 갈 거예요."

그녀가 이토록 멀리 떨어져 있는 이유는 단순했다.

'지금은…… 뛰어와서 땀 냄새 난단 말이에요.'

좋은 모습만 보여주고 싶은 것이 그녀의 마음이었으니까.

115장
마계 화타

천여 명이 넘는 광부들이 활동하던 제7광산은 고요했다. 현재 돌아다니는 악마는 고작 세 명.

광산을 가볍게 훑어본 카즈라가 입을 열었다.

"광부들은?"

"모두 엘리시온에, 인간이 도와줘서 잘 도착했다."

"……그래, 인간이 우릴 도와줬지."

카즈라의 시선이 광산의 입구 쪽으로 돌아갔다. 그의 머릿속을 꽉 채운 건 본인을 '인간'이라고 칭했던 남자였다.

'확실히 그런 소문을 들어본 적이 있긴 하다.'

악마를 이기는 인간. 최근 마계를 뜨겁게 달군 소문이다.

카즈라는 이를 헛소문으로 치부했다. 그의 머리로는 인간이 마계에서 멀쩡히 활보하는 것부터가 이해되질 않았으니.

"카즈라, 이제 어쩔 거지?"

"우리만 넘어가면 된다. 마정석도 최대한 챙겼어."

"아, 솔직한 마음으로는 조금 더 가져가고 싶긴 한데…… 곧 키네사가 돌아올 거다."

카즈라도 그 사실을 알고 있었다. 인간이 소문만큼의 강자라고 해도, 대공인 키네사와 맞붙는 것은 불가능하다.

'인간. 너의 희생은 잊지 않겠다.'

카즈라가 천천히 고개를 끄덕였다.

"……가지."

이동 계열 능력을 지닌 상급 악마가 날카로운 손톱으로 허공을 찢었다. 그 순간.

"……!!"

세 악마의 고개가 사전에 입이라도 맞춘 것처럼 위로 돌아갔다. 무언가가 굉장히 빠른 속도로 다가오고 있는 것이 느껴졌기 때문이다.

"젠장, 벌써 지원 병력이 온 건가!"

"카즈라, 꾸물댈 시간 없다. 어서 게이트 안으로!"

게이트를 열었던 악마가 다급한 목소리로 소리쳤다.

"잠깐."

동료의 재촉에도 불구하고 카즈라는 상공을 쳐다봤다. 잿빛의 하늘, 시커먼 구름을 뚫고 무언가가 접근하고 있었다. 눈을 가늘게 뜬 무언가를 보며 중얼거렸다.

"……키네사가 아니야. 악마도 아니다."

동료들이 질문을 던지려는 순간.

펄-럭!

마계에서는 한 번도 보지 못했던 생물이 날개를 펄럭이며 지상에 내려왔다.

"인간!"

카즈라가 반가움과 놀라움이 한데 섞인 목소리를 뱉어냈다. 동료들도 크게 놀란 표정으로 연신 주변을 살폈다.

"저 녀석이 어떻게 여기에?"

"키네사가 순순히 보내줬을 리가 없는데……"

카이는 와이번 미믹의 등 위에서 내리더니, 정중히 유하린을 에스코트했다.

"수고했어, 미믹."

"크루릉!"

미믹을 소환을 시킨 카이가 고개를 돌렸다.

"해방군 소속의 악마들, 맞지?"

"그렇다."

"아까 말했듯 난 인간이다, 동료도 인간이고. 그런데…… 여기 있던 광부들은 모두 어디 갔지?"

"그들은 이미 엘리시온으로……"

"이봐."

악마 하나가 중대한 비밀을 아무렇지도 않게 말하려고 하자, 그 동료가 이를 말렸다. 카이가 어깨를 으쓱거렸다.

"좀 서운하네. 몇십 분 전에 목숨을 살려준 것 같은데."

"그것에는 감사한다. 하지만 저 녀석이 말하려던 엘리시온은 우리 해방군의 유일한 쉼터. 아무에게나 쉽게 공개할 수 있는 장소가 아니다. 게다가……."

인간은 키네사와 함께 자리를 떠났다. 그런데 지금은 다른 여자와 함께 나타났다.

"자꾸 의심해서 미안하다. 하지만 저 여자는 분명 없던 이. 기만의 키네사가 모습을 바꾼 것일 수도 있지 않은가."

심지어 그들은 한 번 당해봤기에 경계심이 남달랐다.

"으음. 합리적인 의심이야."

유하린을 쳐다보던 카이가 피식 웃음을 터뜨렸다. 키네사가 변신했던 이라라는 소녀도 아름다웠다. 하지만 유하린은 그보다 훨씬 더 아름답다. 머리색도 은발로, 키네사의 백발과 은근 비슷하기까지 하다.

"나도 무턱대고 날 믿으라고 할 생각은 없어, 하지만."

카이가 주섬주섬 인벤토리를 뒤져 무언가를 꺼냈다. 쉴 새 없이 펄떡이는 거친 심장이었다.

"이 정도면 증명이 될 것 같은데?"

"그건……?"

악마들의 눈동자가 세차게 흔들렸다. 그들은 저 심장이 누구의 것인지 모른다. 카이가 말을 해주지 않았기에.

하지만 심장이 두근거릴 때마다 주변의 마기가 요동친다는 것. 그리고 강렬한 마기가 익숙하다는 것. 그 두 가지로 그들은 그 심장이 '누구의 것'이었는지를 유추했다.

"말도 안 돼! 저게 키네사의 심장이라고?"

"빙고."

카이가 인정하자, 악마들은 더욱 패닉에 빠졌다.

"인간이 키네사를…… 대공을 죽였다고?"

"안 될 거 있나? 다 같은 생물이야. 찌르면 피 나고, 베면 잘려 나가는 생물."

심장을 다시 인벤토리에 넣자 악마들이 안도의 한숨을 내쉬었다. 키네사는 이미 죽었지만, 그의 심장이 뛰는 것만으로도 그들을 위축시켰으니까.

"카즈라. 이건…… 이제 어떻게 하지?"

동료들의 물음에 잠시 고민을 하던 카즈라가 입을 열었다.

"인간."

"왜?"

"인간의 예는 모른다. 그러니 악마답게 인사하겠다."

카즈라가 허리를 깊이 숙여 인사했다. 카이와 유하린의 시선에선 머리에 나 있는 그의 뿔이 훤히 내려다보였다.

"키네사는 여지까지 나의 동료들, 그리고 죄없는 악마들은 셀 수도 없이 학살한 악마다. 가장 악마다운 악마…… 그것이 그를 수식하는 단어였지."

"나도 감사를 표한다."

그의 동료들도 허리를 바짝 숙였다. 잠시 후 카즈라가 허리를 폈을 때, 그의 눈은 이전보다 더욱 반짝이고 있었다.

"대공을 멸한 인간이여. 이름을 물어봐도 되겠는가."

"카이다."

"카이, 카이라……"

카즈라와 그 동료들이 알 듯 말 듯 미묘한 미소를 지었다.

"왜 그렇게 웃지?"

"기분이 상했다면 미안하다. 다만, 이름이 너무나도 어울린다고 생각했을 뿐이다."

"그게 무슨?"

"악마족의 언어로 카이는, 빛을 두른 자라는 뜻이다."

빛을 두른 자. 낯간지러운 설명에 카이가 아무 말도 못 하자 카즈라가 걸음을 옮겨 길을 터주었다.

"혹시 바쁘지 않다면 그대들을 초대하고 싶다. 해방된 자들의 마을, 엘리시온에."

"B2구역에 응급 환자 발생!"

"젠장, 마정석 조금 더 떼달라고!"

"나도 주고 싶은데, 예산이 안 된다니까!"

게이트를 넘어서자 순식간에 시끄러워졌다.

"우와⋯⋯."

유하린이 저도 모르게 입을 벌려 감탄했다. 여기도 악마, 저기도 악마. 어디를 보아도 악마들이 득실거렸다.

"이곳이 엘리시온이다."

마을이 한눈에 내려다보이는 언덕 위에서 카즈라가 중얼거렸다. 마을의 크기 자체는 그리 크지 않았다.

'글렌데일의 절반 정도인가?'

하지만 규모와는 상관 없이, 마계에서 방문하는 첫 번째 마을이라는 것이 중요했다.

"생각보다 크네."

"4만의 악마들이 살아가는 공간이다. 그리 큰 건 아니지."

"4만 씩이나⋯⋯."

"따라와라."

카즈라를 따라 언덕을 내려가자, 마을을 뛰어놀던 꼬마 악마들이 소리쳤다.

"카즈라다! 와아!

순식간에 달려와 카즈라의 다리와 팔, 허리를 하나씩 붙잡은 아이들이 볼을 부벼댔다. 카이와 유하린이 보육원을 떠올리며 그 모습을 흐뭇하게 바라볼 때, 아이들이 입을 열었다.

"오늘도 나쁜 놈들 많이 죽였어?"

"심장은 많이 먹구 왔어?"

"남겨둔 심장 조각 같은 건 없는 고야?"

누가 악마 새끼들 아니랄까 봐, 귀여운 얼굴을 하고 살벌한 말들을 뱉어낸다.

"이놈들!"

꼬장꼬장하게 생긴 노인 하나가 다가왔다.

"작전 끝내고 돌아온 녀석을 괴롭히면 안 된다고 했잖느냐!"

"흥! 카즈라는 강해서 하나도 안 힘들어하는걸!"

"베에에!"

말은 그렇게 해도 혼나기는 싫었는지, 아이들은 다시 소리를 지르며 또 어디론가 뛰어갔다.

"미안하다. 정신이 없을 거다."

"전혀, 오히려 보기 좋던데."

"아이들이 밝게 자라는 것 같아 다행이에요."

노인 악마가 쓰고 있던, 금이 간 안경을 들어 올렸다.

"카즈라, 이 녀석들은 뭐냐?"

"손님들. 귀빈이니 실수하지 말고 모셔라."

"흐응, 뭐 알겠다. 다른 놈들한테도 당부해 두지."

"마을 상황은 어떻지?"

"……좋지 않아. 주민들 대다수가 마기 결핍증을 앓고 있는 것은 물론, 면역력이 떨어져서 중독 증세를 보이고 있다."

"그래서 이번에 제법 큰 광산을 털었는데……."

"한참 부족하다. 카즈라, 4만 명이다. 무려 4만 명. 광산 하나를 털어서 모두의 마기를 회복시키는 건 불가능해."

"하다못해 중독 증세라도 호전시키는 건?"

"무리다. 환자들의 면역력이라도 높아지면 어떻게든 수가 보일 것 같은데……."

듣고 있던 카이가 손을 들었다.

"환자라면 제가 좀 봐드릴 수 있을 겁니다."

그 말에 노인 악마가 반색했다.

"오오? 카즈라! 귀빈이라더니, 이 녀석 의원이었나!"

"……그럴 리 없을 텐데."

복잡한 심경을 드러낸 카즈라가 조그맣게 중얼거렸지만, 노인 악마는 이미 카이의 손을 잡았다.

"의원이라면 제발 부탁하네. 사실 나도 살아온 세월이 세월인지라, 수박 겉핥기로 이것저것 알고 있다 뿐. 전문적인 지식은 턱없이 부족하네. 제발 환자들을 살펴봐 주게."

"가시죠."

"끄으으……. 우웨에엑!"

"아파…… 아파아……."

환자들이 모여 있다는 곳의 환경은 열악했다. 대충 얇은 천
을 깔고, 환자들을 누인 뒤 조악한 막사를 쳐놨을 뿐.

도착하자마자 카이는 환자들을 훑었다.

"제 눈이 잘못된 게 아니라면, 1만은 넘을 것 같은데요?"

"아침에 확인했을 때는 정확히 2만 2천 385명이었네."

마을 전체 인구의 절반 이상이 환자다. 생각보다 엘리시온
의 상태는 심각했다. 카즈라가 씁쓸한 표정을 지었다.

"마계의 악마들은 엘리시온이 유일한 낙원인 줄 알지만……
현실은 이렇다. 우리도 마음 같아서는 모든 악마들을 해방시
키고 싶지만, 못하는 이유이기도 하지."

"……우선 환자들부터."

카이는 가까이 있는 악마 하나에게 다가가 그의 가슴 위에
손을 올려놓았다.

우우우웅!

신성력이 뿜어져 나오자 환자들의 표정이 풀어졌다.

"햇살의 따스함."

손끝에서 흘러나간 신성력이 악마의 몸을 파고드는 순간.

"끄으으으으!"

악마가 돌연 비명을 터뜨리며 발작했다.

"뭐, 뭐야! 의원이라더니 이런 돌팔이가 다 있나!"

'신성력으로 악마들의 마음을 풀어주는 건 가능해도 치료할 수는 없다는 건가.'

생각해 보면, 이것이 당연하다. 신성력은 악마와 언데드에게는 치명적인 피해를 주는 기운. 그것으로 그들을 편하게 만들어줄 수 있다는 것만 해도 카이였기에 가능한 일이었다.

"평소에 약 같은 건 먹입니까?"

"……약은 없고, 마계에서 자라나는 풀과 식물들을 배합해서 만든 독을 쓴다."

"독을 쓴다고요?"

"자네 정말 의원 맞나? 이독제독(以毒制毒). 독을 독으로 잡는 방법이지. 별 효과는 없는 것 같다만……."

동시에 카이의 눈이 빛났다.

"혹시 그 독 저도 좀 볼 수 있습니까? 아니, 독을 만드는 재료들까지 싹 다 보여주세요."

노인 악마는 순식간에 자신이 환자들에게 사용했던 독과

그 재료들을 준비했다. 카이는 단상 위에 올려진 재료들부터 가볍게 훑어봤다.

보랏빛 찌르, 붉은 아카툰카, 은은한 초롱박나물…….

이어서 노인이 만들었다는 독. 커다란 항아리에 담겨 있는 액체를 잠시 쳐다보자, 그의 눈이 이에 반응했다.

[포이즌 마스터 스킬의 효과가 발동합니다.]

[잠 못 이루는 자를 위한 독]

등급 : 레어

숙련자가 하급 재료들을 섞어 배합한 독입니다. 진통제, 수면제 역할을 하며, 잠시 고통을 잊게 만듭니다. 다만, 꾸준히 복용 시 효능이 떨어지고, 면역력이 저하됩니다.

희귀도 : ★★★★

독성 : ★★★

'아이고.'

카이는 저도 모르게 제 이마를 짚었다. 그러고는 옆에서 멀뚱거리는 노인 악마를 향해 가볍게 한숨을 내쉬었다.

"이거, 환자들에게 이 독을 먹인지 얼마나 됐습니까?"

"으음…… 대략 삼 주 정도 된 것 같군. 해방군의 식량 문제가 심각해진 것도 그때 즈음이고, 엎친 데 덮친 격으로 지독한 독감이 엘리시온을 뒤덮었거든."

'삼 주라.'

이독제독. 확실히 좋은 방법이다. 아마 노인 악마는 이 독을 통해 환자들의 고통을 상당 부분 덜어주었을 것이다.

'하지만 최근에는 이 독이 통하지 않았겠지.'

"최근 환자들이 이 독을 먹고도 잠을 청하지 못했죠?"

"그, 그걸 어떻게? 맞다. 삼 주 전에는 반 모금씩만 먹여줘도 편안한 얼굴로 잠에 빠져들었는데…… 요즘은 몇 컵을 들이켜도 고통을 호소하는 이들이 많았어."

"이거 더 이상 못 씁니다. 다 갖다 버리세요."

카이가 명령하자, 노인이 인상을 찌푸렸다.

"잠깐! 그래도 이 독이 없으면 저 많은 환자들은 제대로 된 잠조차 자지 못해!"

"플라시보예요. 이 독을 먹어야만 잠을 잔다는 거. 플라시보 효과라고요. 심리적 효과죠. 효능이 없는 약을 먹고 자신은 이제 잘 수 있다고 스스로 최면을 거는 것뿐입니다."

"그럴 리가……."

"이 독은 꾸준히 복용시 그 효능이 급격히 떨어지고, 환자의 면역력을 떨어뜨립니다. 이 사실을 알고 계셨습니까?"

"뭐, 뭐……? 난 정말로 몰랐네! 마신님께 영혼을 걸고 맹세

해! 진통의 효과가 있는 독을 만들었던 것뿐인데……."

"네, 별다른 의도가 없었다는 건 믿어드리겠습니다. 하지만 이대로는 안 돼요."

카이가 턱을 까딱거리자, 악마가 카즈라의 눈치를 살폈다.

"갖다버려라."

명령이 떨어지고 나서야 자리에서 항아리가 치워졌다.

"그럼 이제 어떻게 해야 되지?"

"약이란 복용하면 복용할수록 더욱 강한 성분이 들어 있는 걸 먹어줘야 합니다. 독도 마찬가지죠."

"하지만 엘리시온의 악마 중에는 전문적인 의학 지식을 지니고 있는 이가 없는데…… 그대가 만들 수 있나?"

솔직히 한 번도 해본 적이 없는 일이다. 신성력을 일으켜 타인을 치료해 본 적은 있어도, 독을 배합해 본 적은 없다.

'아니, 하다못해 약을 만들어본 적은 있는데…….'

화이트홀에서 아야나와 약을 만들던 때가 떠올랐다.

'약초학의 기초는 알아. 너무 기초라서 문제긴 하지만.'

지금 당장 기댈 수 있는 것은 하나밖에 없다.

"제 앞에서 독을 한 번 만들어봐 주세요."

"……독을?"

카이의 부탁에 노인 악마가 눈을 끔뻑거렸다.

"하지만 난 아까 자네가 버리라고 한 독밖에는……."

"괜찮습니다. 그거라도 만들어주세요."

"잠깐, 쓸모없다고 다 버리라고 한 건 네가 아닌가?"

두 사람의 대화를 듣고 있던 카즈라가 끼어들었다.

"잠시 확인할 게 있어. 저 독에 어떤 재료들이 들어갔는지 정확하게 알고, 배합 순서를 다음 일을 할 수 있지."

말은 청산유수. 악마들도 고개를 끄덕였다.

"확실히 제대로 된 의원은 조금 다르군."

"그런데 의원 맞나?"

"몰라. 카즈라가 데리고 왔던데, 뭐 하는 악마지?"

아직 카이와 유하린이 인간이라는 것조차 소개가 안 된 상태. 허나 카이는 개의치 않고 환자들부터 생각했다.

"시간 없습니다. 빨리요."

"바로 준비하지."

"자, 여기서 보랏빛 찌르를 한 줌, 그리고 하얀 낮풀 포자를 반 꼬집……."

노인 악마는 최대한 천천히. 하지만 평소 자신이 독을 만들던 때를 떠올리며 독을 만들었다. 그의 손을 거쳐간 재료들이 항아리로 들어갔고, 잠시 후 독이 만들어졌다.

"이게 끝이네."

[독이 만들어지는 과정을 목격했습니다. 포이즌 마스터가 발동합니다. 초급 독 제조 스킬이 생성됩니다. 포이즌 마스터 스킬에 의해 독 제조가 고급 5레벨로 상승합니다.]

"어?"

카이의 생각대로 독 제조 스킬이 생기기는 했다. 하지만 단번에 고급 5레벨이 된 것은 예상치 못한 바였다.

'이거 진짜 물건이네.'

"카이님은 뭐 좀 아시겠어요? 전 뭐가 뭔지 모르겠네요."

같이 구경하던 유하린이 중얼거렸다.

'확실히 포이즌 마스터 스킬 때문이구나.'

같은 장면을 목격했는데 자신은 독 제조 스킬이 생겼고, 그녀는 생기지 않았다. 포이즌 마스터가 만들어낸 차이.

"도움이 되었나?"

"충분히."

카이는 고개를 끄덕이며 다시 한번 단상으로 다가갔다.

'재료들은……. 흠, 이제 좀 보이네.'

[보랏빛 찌르]

진통 효과가 다량 들어 있습니다.

노란 찔레풀과 섞을 시, 그 효과가 증폭됩니다.

[붉은 아카툰카]

먹는 즉시 전신이 천천히 마비되고, 중독되어 사망에 이르게 되는 위험한⋯⋯.

'호오.'

"이건 필요하고, 이것도⋯⋯ 음? 이런 게 왜 여기 있어."

'흠. 그런데 이걸로는 부족해.'

포이즌 마스터는 최고의 과외 선생이었다. 그 과외 선생은 한 가지 재료가 부족하다고 말하는 중이었다.

'원기 회복. 떨어진 면역력을 순식간에 채워줄 수 있는 영양이 풍부한 재료가 필요해.'

하지만 그런 것이 있을 리가. 그래도 혹시나 싶어 물었다.

"⋯⋯그런 게 있을 리가. 있었다면 진작 나눠줬겠지."

쓴웃음을 지은 카즈라가 고개를 내저었다.

"역시 그런가."

'영양⋯⋯ 영양⋯⋯.'

제자리를 맴돌며 고민을 하는 동안, 유하린은 물이 가득 들어 있는 항아리를 들고 다니며 끓이는 중이었다. 환자에게 우선 깨끗한 물을 먹이라는 카이의 지시 때문이었다.

"후우, 후우."

마계에는 인간계처럼 마나로 작동되는 조리 기구 따위가 없었다. 때문에 유하린은 땔감에 불을 지피며 열심히 후후 부는 중이었다.

'하린 씨도 고생하시는데, 나도 방법을 생각…… 어?'

그녀를 쳐다보던 카이가 놀란 눈으로 다가갔다.

"하린 씨, 그거 뭡니까?"

"예? 이거 물인데요?"

"아뇨, 그게 아니고……."

카이는 몸을 숙여, 항아리 밑의 공간에 깔려 있는 땔감들을 한 움큼 쥐었다.

"이거 말입니다. 땔감으로 쓰시는 거."

"음? 말 그대로 땔감이네. 못 먹는 풀이거든."

카이에게 다가온 노인 악마가 고개를 갸웃거리며 말했다.

'이게 못 먹는 풀이라고? 그럴 리가.'

[말라붙은 자귀나무]

인간들에게는 만드라고라, 만다라케, 혹은 알라우네라고 불리는 식물입니다. 마계의 척박한 환경에 적응하기 위해 자아를 없애고 건조한 형태로 바뀌었습니다. 매우 잘 타며, 특정한 배합법을 통해 끓이면 보양식이 됩니다.

말라붙은 대로 복용 시, 구토와 함께 마기가 분해됩니다.

'이거다.'

만드라고라는 마계뿐만이 아니라, 중간계에서도 인기 있는 재료였다. 연금술사나 마탑의 퀘스트를 깨기 위해 유저들도 눈에 불을 켜고 찾아다니는 재료로, 가격도 제법 비싸다.

'그런게 여기서는 잡풀 취급을 받다니.'

입꼬리를 말아 올린 카이는 자귀나무를 흔들었다.

"이거 모아주세요. 최대한 많이."

"……자네 설마 그걸 배합에 쓸 속셈인가?"

"예."

"절대 안 되네! 그게 어떤 재료인 줄 알고? 먹는 순간 몸속의 마기를 흩어내는 무서운 재료일세!"

"그건 잘 모르고 썼을 때죠."

"아니, 내 생에 그 풀을 약재라고 쓰는 악마는 단 한 명도 없었네. 자네 정말 의원 맞나?"

노인 악마의 의심에 아무 말 없이 카즈라를 쳐다봤다. 그는 난처한 표정을 지으며 카이에게 물었다.

"정말 약재가 맞나?"

"알 텐데. 내가 이런 일을 할 이유가 없다는 거."

그 말대로였다. 만약 카이가 엘리시온의 악마들을 몰살시키는 것이 목적이었다면, 이들은 진작 죽었을 터. 카이가 대공을 죽였다는 것을 알고 있는 카즈라는 고개를 끄덕였다.

"그도 그렇군. 그냥 지켜봐라."

"하지만 저 풀은……."

"지켜본다."

카리스마 넘치는 카즈라의 말에 노인 악마는 결국 입을 다물었다.

"걱정 말고 지켜보세요."

"완성이다."

카이는 독임에도 불구하고, 제법 향기로운 냄새를 풍기는 액체를 뿌듯한 표정으로 쳐다보았다.

"이게 새로운 약…… 아니, 독인가?"

"예. 어서 환자들에게 복용시키세요."

"으음. 하지만 여기에는 그 저주받은 식물이……."

"저주받은 식물이 아니고, 말라붙은 자귀나무입니다. 식으면 효과 반감되니까 서둘러요."

카이의 명령에 악마들이 분주히 움직이기 시작했다. 악마하나가 신음을 뱉어내는 악마의 고개를 조심스럽게 들어올린 뒤, 입안으로 독을 흘려보냈다.

꿀꺽, 꿀꺽.

본능적으로 입안에 들어온 액체를 마신 악마의 가쁜 숨이 빠른 속도로 안정되었다. 이내 편안한 표정을 지은 환자는 순식간에 숙면 상태에 빠져들었다.

"효과가 있군!"

깜짝 놀라는 악마도, 주먹을 불끈 쥐는 악마도 있었다.

"자, 다들 뭣들하고 있는 거지? 효과가 증명되었으니 어서 독을 배포해라!"

카즈라의 지휘 아래 독은 빠른 속도로 배포되었다.

"정말 대단하세요."

유하린이 눈을 반짝거리며 그를 올려다봤다.

"완전 의사 같으셨어요."

"의사는요. 게임이니까 할 수 있는 거죠."

"그래도 환자를 대하는 마음만큼은 의사 못지않으실걸요? 아까 독 배합하실 때, 엄청 진지한 표정 짓고 계셨거든요."

"……제가요?"

"네."

카이는 멋쩍은 표정을 지으며 괜히 시선을 돌렸다.

"저도 모르게 집중했나 보네요."

"멋있으셨어요. 그런데 후회하진 않으세요?"

"후회라니요?"

"저 악마들이요. 솔직히 카이님이 치료해 줘야 할 의무는 없었잖아요. 퀘스트도 안 떴고. 저들을 모두 잡았다면 레벨 업을 못해도 네 번은 하셨을 거예요."

그녀의 말에 카이가 낮은 웃음을 흘렸다.

"그렇게 말씀하시면서 하린 씨는 왜 안 그러셨습니까?"

유하린이 우물쭈물하면서 말을 잇지 못했다.

"어떻게 아픈 환자를 공격합니까. 환자는 치료를 받아야 하는 존재잖아요. 그리고 저에겐 그들을 치료할 수 있는 능력이 있었지요. 무슨 말이 더 필요하겠습니까?"

"정말, 이럴 때 보면 꼭 사제 같으시다니까요."

그러고 보니 아직까지 말을 하지 못했다.

'지금 말하자.'

카이는 지금이 기회라고 생각하며 고개를 돌렸다.

"하린 씨."

"네?"

아무 생각 없이 고개를 돌린 유하린의 동공이 가볍게 떨렸다. 카이가 평소와 다르게 진지한 눈이었기 때문이다. 살짝 굳은 표정과 출렁이는 목젖은 긴장했음을 알려주었다.

"저 고백할 게 있습니다."

"고, 고백…… 여기서요?"

깜짝 놀란 유하린이 주변을 둘러보았다. 오가는 악마들이 많았고, 너무나도 공개된 장소다.

"보는 눈이 이렇게 많은데요?"

"전 상관없습니다."

"아니. 제가…… 조금 더 생각해 보시는 게 어떨까요?"

"아니요. 전 이미 말하기로 결정했습니다. 사실 언제 말해야 할지 타이밍만 찾고 있었는데, 지금인 것 같습니다."

자신의 직업을 공개할 시기가.

"……이럴 땐 또 단호하시네요."

"예. 하린 씨와 마계를 여행하고, 같이 봉사활동을 하러다니면서 확실히 느꼈습니다. 이 말을 꼭 해주고 싶은 분이라고. 더 이상 숨기고 싶지 않습니다."

자신이 사제라는 것을.

"……후우. 그러네요."

유하린이 천천히 고개를 끄덕였다. 그녀는 카이를 올려다보며 눈빛을 마주했다. 자신도 같은 생각이라는 것처럼.

"전 처음이에요."

"……네?"

"아시다시피 저 보육원에서 자랐잖아요. 어려서부터 알바 다니고, 동생들 챙긴다고 연애 한 번 못 해봤어요."

"아…… 그러셨군요."

카이는 갑자기 삼천포로 빠진 그녀의 대화를 진지하게 들어

주었다. 자신이 직업을 밝히려고 하듯, 그녀도 무언가 하고 싶었던 말이 있었던 것 같으니까.

"그래서 사실 잘 모르겠어요. 제가 카이님에게 실망만 시켜 드리는 건 아닌지. 못난 모습만 보여 드리는 건 아닌지…… 한 번도 해본 적이 없으니까요."

유하린이 앵두 같은 입술을 우물거렸다.

"그, 그래도…… 이런 저라도 좋으시다면. 앞으로도 자, 잘 부탁드릴게요."

그녀가 잘 익은 홍시처럼 붉어진 고개를 푹 숙이며 인사하자, 카이는 고개를 갸웃거리며 말했다.

"네, 뭐…… 저도 잘 부탁드립니다."

유하린은 자신의 심장이 쿵쾅거리는 것을 느꼈다.

'자, 잘 부탁한대……'

이것이 무엇을 의미하는가. 그와 자신이 오늘부터 새로운 관계에 돌입했다는 것을 뜻했다. 얼굴이 화끈거리는 것을 느끼며 손바닥으로 부채질을 했다.

"아, 그리고 사실 저는 성기사가 아니고 사제입니다."

"네?"

"직업 말이에요. 하린 씨니까 특별히 말씀드리는 거예요."

"……사제라구요?"

"예."

유하린이 놀란 표정을 지었지만, 이내 고개를 끄덕였다.

'카이 님이라면 그럴 수 있지. 워낙 유능하신 분이니까.'

유하린은 미소가 새어 나오는 것을 억지로 참아냈다.

'그래도 내가 소중한 사람이 되어서 비밀도 말해주는구나.'

조금 전과 크게 바뀐 것은 없다. 카이 님과의 관계가 더 깊어졌을 뿐. 하지만 더 친밀해진 것 같은 기분이 들었다.

"그, 그럼 저도 카이님이 만든 독 나눠주러 가볼게요."

"네. 그럼 나중에 뵐게요."

유하린이 환하게 웃으며 달려 나갔다.

"흠."

카이는 행복해 보이는 유하린을 보며 갸웃거렸다.

"직업을 말씀드린 게 저렇게도 기쁘신가?"

이유는 모르겠지만 엄청 행복해 보인다.

'하린 씨가 좋다면 좋은 일이겠지. 역시 말하길 잘했네.'

뿌듯한 표정을 지은 카이는 악마들이 치료되는 것을 제법 오래 지켜보았다.

"내가 만들었지만 효과 한번 기가 막히다니까."

악마들을 괴롭히던 악성 독감을 단번에 죽여 버리는 강력한 독이다. 심지어 몸의 면역력을 높이고, 고통까지 잠재워 주는 만능 독!

'대상이 악마족에게만 한정되는 것이 아깝긴 하네.'

복용자가 인간이었다면 장기가 모두 녹아내렸을 테니.

"정말 고맙다, 카이."

치료가 얼추 끝나자, 카즈라가 감사를 전했다.

"오늘 그 말 참 자주 듣네."

"몇 번을 말해도 이 마음이 옅어지지는 않을 것이다."

"그럼 이제 해방군을 속 썩이던 문제는 끝난 건가?"

"가장 큰 문제는 사라진 셈이지. 눈을 감아봐라."

카즈라가 자신의 눈을 감으며 말했다. 카이가 눈을 감자, 그의 목소리가 귓가를 울렸다.

"무슨 소리가 들리나?"

"……조용한데?"

마계는 원래 조용한 곳이다. 카이는 눈을 뜨며 물었다.

"마계는 원래 조용한 곳이잖아."

카즈라는 악마답지 않게 은은한 미소를 지었다.

"마계의 모든 지역이 조용해도, 엘리시온만큼은 아니었다. 꿈과 희망의 땅이라는 소문과는 달리, 눈만 감으면 환자들의 신음과 비명이 귓가를 울리던 곳이었지."

"아……."

처음 왔을 때의 시끄럽던 분위기가 떠올랐다.

"그걸 네가 바꿔주었다. 해방군의 일원으로서 그대에게 경의와 감사를 다시 한번 표한다."

카즈라가 다시 한번 허리를 90도로 숙여 인사했다. 길을 오고가던 악마들이 그 모습을 똑똑히 목격했다. 그러기를 잠시, 그들은 카즈라와 마찬가지로 은은한 미소를 지으며 하나둘 고개를 숙였다. 자존심이자 삶 자체인 뿔의 위치를 낮추고, 존경과 감사를 표한다.

'아, 이 분위기는 마치…….'

카이가 옆머리를 긁적거리는 순간.

[위대한 업적! 마계의 해방군 단원들을 치료했습니다. 신성력으로 환자를 치료하는 것은 사제라면 누구나 할 수 있는 일. 허나 성자는 달라야 합니다. 신성력이 통하지 않는다면 다른 방법을 찾더라도 환자를 치료하는 것. 그것이 바로 성자가 가져야 할 마음가짐입니다. 당신은 출신과 성분을 가리지 않고 환자를 치료하였습니다. 헬릭이 종족을 뛰어넘은 당신의 박애주의에 박수를 보냅니다.]

…….

[스페셜 칭호, '마계 화타'를 획득했습니다.]

75의 선행 스탯 증가.

'내 예상과는 조금 다르네.'

악마들을 치료해서 명예와 태양교 공헌도가 낮아질 각오까지 하고 있던 카이였다. 종아리를 맞을 줄 알았는데 상을 받게 되자 솔직히 당혹스럽기까지 하다.

'마계 화타는 또 뭐야.'

[마계 화타]

모든 치료 스킬의 효과 1.5배 증가.

페가수스 본사.

"악! 악!"

"퇴근…… 퇴근하고 싶다…….."

카이와 유하린이 마계에서 아주 멋지게 날뛰어준 덕에, 그들은 지옥 같은 나날들을 보내는 중이었다.

"젠장, 대공 키네사가 죽었다면 남부 퀘스트는?"

"사실 대공이 직접적으로 연관된 퀘스트는 몇 개 없으니까 그건 문제가 안 되는데…… 남부 자체가 무너진 게 대형 사고 야. 퀘스트만 수천 개가 증발했으니까."

"후. 그럼 마계 쪽 메인인 '악의 대공들'도 깨지는 건가?"

"그건 우리의 슈퍼 A.I 라무스 님이 수정해 놨겠지."

"4대공이 3대공으로 바뀐 거니 파장이 없을 순 없겠어."

"두려운 건 또 무슨 미친 짓을 할지 모른다는 거지. 대공을 한 번 죽였으면, 다른 대공도 죽일 수 있다는 거니까."

그들은 하루가 멀다고 윗선에 우는소리를 했다. 엄살 따위가 아니었다. 기껏 짜놓은 시나리오가 뭉텅 사라져 버렸는데 어느 개발자가 이를 반길까. 보다 못한 마르코 사장은 긴급회의를 소집했다.

"이거 상황이 아주 골치 아프게 돌아가고 있습니다."

페가수스 사의 개발팀장들과 이사들이 고개를 끄덕였다.

"짐 박사, 마계 쪽 컨텐츠는 원래 2년 후. 그러니까 유저들의 평균 레벨이 700을 넘기면 열리게 되어 있지요?"

"예. 마계가 침공하면서 차원이 합쳐지도록 해놨죠. 중간계에 온 악마의 힘이 60% 감소된다는 설정으로 말입니다."

"후. 지금 엔딩 컨텐츠나 다름없는 대공 중 하나가 죽었습니다. 심지어 너프를 받기 전인데도 말입니다."

"……모두 저희가 자초한 일입니다."

짐 박사의 얼굴 위로 그득한 후회의 감정이 떠올랐다.

"일전에 카이를 견제하고자 신화 등급 전직 퀘스트를 하던 골리앗과 스팅을 도와준 적이 있지 않습니까. 그때 손을 쓰지 않았다면, 마계가 열리는 일도 없었겠지요."

"끄-응."

종두득두(種豆得豆) 뿌린 대로 거둔다는 소리였다.

"우울한 소리는 집어넣고. 대책이나 강구해 봅시다. 카이를 어떻게든 설득시켜야 하니까."

"물질 만능주의 세상 아니겠습니까. 전 살면서 돈 싫다는 사람 못 봤습니다. 엄청난 돈을 쥐여주면 어떻겠습니까."

마르코 사장이 한심하다는 눈빛으로 그를 쳐다봤다.

"자네 카이의 재산이 얼마인지는 알고 있나? 그의 인벤토리에 잠들어 있는 골드의 가치만 수억 달러다. 강 사장이 사정사정해서 겨우 환전을 막아놓은 상태지. 마음만 먹으면 수억 달러의 재벌이 되는 것과 동시에, 게임의 경제를 망가뜨릴 수 있어. 그런 사람을 돈으로 매수하자? 제정신인가?"

"죄, 죄송합니다."

이사가 본전도 못 찾고 꼬리를 말자, 너도나도 쉽게 입을 열지 못했다. 오랜 침묵 끝에 입을 연 것은 마르코였다.

"젠장, 결국 모두 목격자 칭호 때문 아닌가?"

"맞습니다. 밸런스가 확 무너졌지요. 본래 태양의 사제는 후반부로 갈수록 선행 스탯을 올리기가 까다롭기에, 전형적인 서포터로 설정된 직업입니다."

"그 부분을 조정할 순 없겠지?"

"저라도 거절할 겁니다."

"미치겠군."

결국 긴 회의 끝에 나온 결론은 간단했다.

"일단 직접 얼굴을 보고 얘기해 봐야겠군."

직접 찾아가서 우는소리를 해보자고.

※

"얘들아, 감사히 잘 먹었다고 인사해야지?"

"감사히 잘 먹었습니다!"

"진짜 맛있었어요!"

잘 놀고, 맛있는 식사까지 마친 보육원 아이들이 예의 바르게 인사했다. 항상 헤어질 때 꼭 느끼는 감정이 있다.

우물쭈물. 아무 말도 못 하고 그냥 제 소매만 만지작거리는 아이들. 그 사소한 행동에서 정우와 하린은 애틋한 감정을 느꼈다. 하지만 그럴 때일수록 두 사람은 억지로 밝은 미소를 지어 보였다.

"다음에 올 테니까, 원장님 말씀 잘 듣고 있어야 된다?"

"……진짜 또 오실 거예요?"

"아구구, 물론이지. 원장님한테 전화드려서 여쭤보고, 말 잘 듣고 있으면 또 올 거야."

유하린이 천사 같은 미소를 지으며 품 안에 달려드는 아이들을 토닥였다. 그 모습을 흐뭇하게 바라보는 정우는 보육원 원장과 대화를 나누는 중이었다.

"정말 뜻깊고 좋은 일 해주셔서 감사합니다."

"아니요, 저희가 좋아서 하는 일인데요, 뭐."

서울 근교의 보육원을 돌며 후원을 하고, 아이들과 시간을 보내주는 일. 듣기엔 쉬워 보이지만 꾸준히 하기 위해선 봉사 정신이 강해야 한다. 오늘도 뜻깊은 시간을 보낸 두 사람은 날이 어둑어둑해진 뒤에야 보육원을 나섰다.

"후우. 올해는 진짜 덥네요."

정우는 고개를 돌려 보육원을 쳐다보았다.

"애들이 더위 먹으면 안 될 텐데."

"에어컨 빵빵하게 트실 거예요. 너무 걱정하지 마세요."

"그렇다면 다행이고요."

언덕길을 내려가며 두런두런 이야기를 나누었다. 주제는 정해져 있지 않았다. 오래된 친구처럼 하고 싶은 이야기를 하거나 상대의 이야기를 가만히 들어주는 게 전부였다. 신기하게도 그렇게 평범한 대화도 재미가 있었다.

"재미있지 않으세요?"

"뭐가요?"

"몇 시간 전만 해도 엘리시온에서 같이 짐 정리하고 있었는데, 지금은 또 현실에서 이렇게 만나고 있잖아요."

"음, 재미라기보다는…… 요즘 하린 씨랑 너무 붙어 다녀서 그런가? 같이 있는 게 당연한 것 같은데요. 없으면 허전할 것 같기도 하고요."

"아으……"

유하린은 뭐 그런 부끄러운 소리를 다 하냐는 듯 정우의 팔을 콩 때렸다.

'난 몰라!'

이렇게 심장이 간질간질해지는 말을 잘하는 남자였나?

하린은 괜히 손가락을 배배 꼬면서 천천히 걸음을 옮겼다.

그때, 두 사람 앞에 고급 흑색 세단이 멈춰 섰다. 선글라스와 정장을 입은, 누가 봐도 경호원인 사람이 뒷좌석을 열자 백색 정장의 신사가 환한 미소를 지으며 차에서 내렸다.

유하린의 눈이 동그래졌다.

"어? 정우 씨. 이 사람……"

"……맞죠? 마르코 프레드릭."

미드 온라인을 만든 페가수스를 지휘하는 젊은 사장. 그는 격식 있게 고개를 끄덕이며 입을 열었다.

"안뉘엉하세효. 초움 뱁겠습뉘다."

116장
One Way

　마르코의 입에서 한국어가 나올 줄 몰랐던 두 사람이 깜짝 놀랐다.

　"한국어도 할 줄 아세요?"

　정우의 질문에 마르코가 머쓱한 표정으로 입을 열었다.

　"아…… 미안합니다. 사실 할 줄 아는 한국어는 방금 전에 했던 말이 전부라서."

　그의 입에서 유창한 영어가 흘러나왔다.

　"통역 좀 부탁하지."

　자동차에서 한 명의 여인이 더 내렸다. 마르코의 비서 였다. 그녀는 절도있게 인사를 하더니 입을 열었다.

　"안녕하십니까. 마르코 프레드릭 사장을 수행 중인 비서, 플로라입니다."

다분히 업무적이고 쌀쌀한 목소리였다.

"예, 안녕하세요."

"만나서 반가워요."

정우와 하린이 마지못해 인사하자, 플로라가 입을 열었다.

"갑작스럽겠지만 두 분, 혹시 저희에게 시간을 좀 내어주실 수 있으시겠습니까?"

※

제안에 승낙하자, 세단 한 대가 달려와 두 사람을 태웠다. 이동한 장소는 그들도 잘 아는 천화 호텔이었다.

서울이 한눈에 내려다보이는 스카이라운지.

"음?"

기다리고 있던 것은 비단 마르코 프레드릭만이 아니었다.

"어서 오시게."

미드 온라인이 존재 가능한 가장 큰 이유. 슈퍼 A.I 라무스를 설계한 짐 박사 또한 마르코의 옆자리에 앉아 있었다.

"귀중한 시간을 내어준 두 분에게 감사드립니다."

마르코가 사람 좋은 미소를 지으며 자리를 권했다.

"솔직히 갑작스럽군요. 무엇을 위한 자리입니까?"

플로라에게 통역을 전해들은 마르코가 빙그레 웃었다.

"하하, 역시 카이…… 아니, 정우 씨답다고 해야 될까요? 플로라. '그걸' 가져와 주게."

"예."

플로라는 짧게 고개를 끄덕이고는 방을 나섰다. 잠시 후 건장한 사내가 커다란 가방 하나를 들고 방으로 들어섰다.

살짝 긴장한 정우는 그를 경계하며 유하린을 은근히 보호했다. 하나 사내는 가방을 내려놓더니 방을 나가 버렸다.

짐 박사가 능숙하게 가방을 열어 무언가를 꺼냈다.

"노트북……?"

노트북처럼 생긴 장치의 전원을 켠 마르코가 말했다.

"노트북이 아닙니다. 일종의 통역기라고 보시면 됩니다."

유창한 한국어에 다시 한번 놀랐다. 분명히 아까는 엉망이었는데, 지금은 완벽했기 때문이다.

'아니, 아니야. 그는 한국어로 말하지 않았어.'

소리는 통역기라고 불린 기계에서 나왔다. 마르코의 목소리를 똑같이 내보내 주었기에 착각을 했을 뿐. 그것을 깨달은 두 사람이 통역기라고 불린 장치를 쳐다보았다.

"미드 온라인에서 전세계 유저들이 아무런 장애 없이 대화를 나눌 수 있는 이유가 무엇인지 아는가."

짐 박사의 질문에 정우가 고개를 흔들었다.

"슈퍼 A.I 라무스. 그 녀석이 모든 유저들의 말을 실시간으로 번역해 주기 때문이지. 이 장치에도 라무스의 일부분의 담겨 있다. 덕분에 우리가 대화를 나눌 수 있지."

"신기하네요. 시장에 내놓으면 대박 칠 것 같은데……."

"아쉽지만 단가가 안 맞는다. 게다가 라무스를 공개할 수는 없는 노릇이지."

무려 라무스의 분신이 담겨 있는 장치다. 시가 총액만 1,000조를 넘긴 페가수스의 보물. 애지중지하는 것도 이해가 되었다.

"우선 정식으로 다시 인사를 하겠습니다. 제 이름은 마르코 프레드릭일세. 페가수스 사의 사장입니다."

"짐 루이스. 라무스의 개발자이자 프로젝트 미라클 드림의 총괄 디렉터."

"하하, 뭘 그리 어려운 말을 쓰나. 라무스의 아버지라고 한마디 하면 될 것을."

정우가 고개를 끄덕였다.

"한정우입니다."

"유하린이요."

"음음, 알지. 잘 알다마다. 아직 공식적으로 밝혀지진 않았지만, 마계에 있는 두 사람이 중간계로 넘어가면 나란히 랭킹 1위, 2위가 아닙니까. 저희도 예의주시하고 있습니다."

"영광이네요."

"무슨 말씀을. 저야말로 전 세계에서 가장 유명한 플레이어와 함께 대화를 나누고 있다는 것이 조금 흥분되는군요."

커피를 한 모금 홀짝인 마르코가 입을 열었다.

"단도직입적으로 말하겠습니다. 오늘 이렇게 두 사람을 방문한 이유는…… 마계 때문입니다."

마계. 그 단어에 두 사람의 눈빛이 확 변했다.

'역시 눈빛들이 좋군.'

마르코가 쓴웃음을 지으며 정중히 부탁했다.

"사실 마계는 이 게임의 엔딩 컨텐츠를 맡고 있습니다. 못해도 2년 후에 열렸어야 할 지역이라는 소리죠."

"저희를 항상 예의주시하고 계셨다면 알고 계실 텐데요. 저희가 가고 싶어서 간 게 아닙니다."

"예…… 그건 우리가 그 누구보다도 잘 알고 있습니다."

"그게 무슨?"

마르코가 한숨을 내쉬며 사과했다.

"골리앗과 스팅이 신화 직업으로 전직한 사실을 아시죠?"

"물론이죠. 저희 손으로 직접 해치우기까지 했는데."

"……후우."

한숨을 내쉬며 쉽게 말을 잇지 못하는 마르코를 도운 것은 짐 박사였다. 그는 눈을 질끈 감으며 고개를 숙였다.

"미안하다. 신화 등급의 전직 난이도를 대폭 줄였다."

정우의 얼굴 위로 처음에는 황당하다는 표정이, 다음으로는 약간의 분노가 떠올랐다.

"제대로 설명해 주셔야겠는데요. 전직 난이도를 대폭 줄였다. 이게 무슨 뜻입니까."

"말 그대로입니다. 당시 두 사람은 신화 등급 클래스의 전직 퀘스트를 수행하는 중이었습니다. 그들이 독주하는 정우 님의 대항마가 될 것이라 믿어 의심치 않았고…… 신화 등급 클래스의 조건을 완화시키는 잠수함 패치를 해버렸습니다."

"그걸 지금 말이라고……!"

정우가 불같이 화를 냈다. 그것은 명백한 사기행위였으며, 게임의 밸런스를 무너뜨리는 일이었으니까.

"지금 페가수스에서 미드 온라인을 오픈할 때 했던 공약을 스스로 깨버렸다는 것, 아십니까?"

"……예, 알고 있습니다."

페가수스 사에서는 미드 온라인의 공개 시 별다른 말을 하지 않았다. 세계 최초의 대규모 온라인 가상현실 게임임에도 불구하고, 딱 한 마디만을 남겼다.

운영진은 게임에 관여하지 않겠다. 모든 것은 유저들이 만들어 가는 세계가 될 것.

자유. 페가수스는 미드 온라인이라는 세계에 자유를 약속했다. 유저들이 만들어가는 자유로운 세상. 그것이 바로 미드 온라인이라는 게임의 정체성이었다.

"이야기가 퍼진다면 페가수스 사에 엄청난 손실일 거예요."

가만히 이야기를 듣고 있던 유하린이 말했다. 허나 마르코 는 생각보다 담담하게 그녀의 말을 수용했다.

"압니다. 알면서도 말을 꺼낸 것입니다."

그는 사업가다. 사업을 하는 사람은 항상 셈에 밝아야 하며, 시장을 읽을 줄 알아야 한다.

'하지만 진정한 사업가라면……'

시장을 빠르게 읽고 돈을 정확하게 세기 이전에 거래 상대 의 마음부터 얻을 수 있어야 한다. 서로 간에 그 어떤 불신과 오해가 일어나지 않게끔 모든 정보를 오픈하는 것. 그것이 바 로 마르코 프레드릭이 생각하는, 사업의 기본이었다.

'거래처 한 사람의 마음도 얻지 못하는 사업가가, 세계인의 마음을 얻을 수 있을 리 없지.'

그는 자신들의 치부를 공개했고, 당당하게 사과했다.

"정말 죄송합니다. 그 부분은 할 말이 없습니다. 명백한 저 희의 실수였으니까요."

입을 여는 이가 없었다. 짐 박사와 마르코는 마치 죄인처럼 두 사람의 입이 열리기만을 기다렸다.

"혹시…… 제가 신화 등급 클래스를 손에 넣은 것도 그 패치와 관련이 있나요?"

유하린이 입을 열었다.

"음......."

마르코가 짐 박사를 쳐다보았다.

"그렇다."

짐 박사가 당당하게 말했다.

"알고 있을지는 모르겠지만, 그대는 '칼 라샤의 이단심판관'. 즉, 영웅 등급의 히든 클래스를 얻어야 했어. 하지만 결과적으로 신화 등급 클래스를 얻게 되었지."

"그러니까 그게 패치 때문이다?"

"본래 칼 라샤의 성기사는 전직 조건이 까다롭네. 칼 라샤의 이단심판관이 먼저 교를 부흥시키면, 훗날 열리게 될 메인 에피소드, '잊혀진 신들'에서 칼 라샤의 성기사라는 직업을 입수할 수 있었지. 하나…… 교단이 부흥하기도 전에 신화 등급 클래스를 얻었다."

유하린 또한 그들의 잠수함 패치에 의문의 이득을 봤다는 소리다. 물론 정우의 입장에선 관계없는 이야기였다.

"이 문제에 대해선 보상을 받을 겁니다."

"물론입니다. 그래야지요. 저희도 무조건 잘못을 인정하며, 정우 님의 의견을 최대한 수용하겠습니다."

다행히 마르코는 생각보다 배포가 큰 사람이었다. 자신의 잘못을 깨끗이 인정했으니까. 덕분에 어느 정도 화가 풀린 정우는 이 문제를 일단락 지었다.

"그럼 이제 본론으로 돌아가겠습니다."

산 넘어 산이라고 했던가. 마르코는 높은 산을 오른 직후임에도 불구하고, 앞의 더 높은 산에 살짝 피곤함을 느꼈다.

"마계. 미드 온라인의 대미를 장식할 중요한 컨텐츠입니다. 이미 대공 하나를 죽이셨더군요. 키네사 말입니다."

"불가항력이었습니다. 게임 컨텐츠를 생각해서 제가 죽을 순 없는 노릇이잖아요."

"물론입니다. 하지만 저희 개발팀은 난리가 났습니다."

마르코가 옅은 한숨을 내쉬었다.

"이제야 하는 말이지만, 회사 개발팀은 정우님을 숙적으로 여기고 있습니다. 오죽하면 타도 카이를 외치면서 업무를 시작하겠습니까."

"예? 그 사람들은 절 왜 그렇게 싫어합니까?"

정우가 순진하게 묻자, 마르코가 벙찐 표정을 지었다.

"……정말로 모르셔서 물으시는 겁니까? 여태 정우 님이 파괴한 퀘스트들을 생각해 보시지요."

"음, 잘 기억이 안 나는데요."

오리발 내밀기. 하나 마르코는 치밀한 사람이었다.

"그러실까 봐 준비했습니다. 인어 족 관련 퀘스트 1,524개.

엘프 족 관련 퀘스트 1,712개. 드워프 족 관련 퀘스트 1,859개, 루시퍼의 사망으로 인해 삭제된 퀘스트가 21개, 지르칸의 사망으로 삭제된 건 총 210개, 조인족 관련 퀘스트 2,108개……이외 자잘한 것들과 마계까지 포함하면 총 1만 개가 넘는 퀘스트를 혼자서 삭제하셨군요.”

이 부분만큼은 할 말이 없는 정우가 입을 꾹 다물었다.

유하린조차 그를 힐끗 쳐다보며 중얼거렸다.

“아, 이건 좀…….”

연인(골수 게이머, 퀘스트 깨는 것을 매우 좋아함)조차 편을 들어주지 않았다.

“어흠.”

헛기침으로 분위기를 환기시킨 정우가 입을 열었다.

“설마 그 책임을 저에게 묻겠다는 소리는 아니겠지요?”

사실 따지고 보면 잘못한 것은 없었다. 눈앞에서 멸망해 가는 NPC들을 보고만 있을 수도 없는 노릇이었으니까.

“제가 딱히 버그 플레이를 한 것도 아닌데 말입니다.”

마르코와 짐 박사도 인정하는지 고개를 끄덕였다.

“물론입니다. 정우 님에게 딱히 무언가를 요구할 생각은 없습니다. 악랄한 버그 플레이를 하신 적은 없…… 아, 딱 한 번 있긴 하군요.”

마법의 소라고둥. 5초짜리 불사 스킬을 무려 일주일짜리 지속형 버프로 만들어주었던 회대의 사기템. 그 이야기가 나오자마자 정우의 입이 합죽이처럼 다물어졌다. 다른 건 몰라도 그거 하나만큼은 노리고 한 것이었으니까.

마르코 사장이 피식 웃음을 터뜨렸다.

"뭐, 그런 부분은 막아놓았으니까 문제 될 건 없겠죠."

"그렇게 생각해 주신다니 다행이군요."

"하지만 만약 두 분이서 다른 대공들에게까지 손을 대신다면…… 게임의 후반부 컨텐츠가 너무 부실해집니다."

마르코가 절박한 표정으로 정우를 쳐다봤다.

"제발 저희 좀 살려주십시오. 안 그래도 요즘 유저들의 콘텐츠 소모 속도와 레벨 업 속도가 상상을 뛰어넘어서 회사 전체에 비상이 걸린 상태입니다. 추가된 개발/시나리오 팀만 20팀이 넘어갑니다. 그들은 토요일 휴무까지 반납해가 면서 퀘스트 시나리오를 짜는 중입니다."

"크흠……"

이렇게까지 말하니 양심에 가책이 느껴지지 않는가.

"그래서 정확히 원하시는 게 뭔가요, 마계에서 아무도 죽이지 않는 것을 원하시는 겁니까?"

여지를 확인한 마르코의 눈이 반짝였다.

"허락해 주신다면, 저희가 버프를 걸어드릴 생각입니다. 남아 있는 세 명의 대공과 한 명의 마왕을 서로 죽일 수 없는 버프입니다. 한마디로 두 분은 그들을 죽일 수 없고, 그들 또한 두 분을 죽일 수 없게 되지요."

"흠. 죽음을 원천 차단하겠다, 이 말씀이군요."

"예. 두 분의 실력이라면 대공 급이 아닌 이상 죽기도 쉽지 않으실 겁니다. 제가 알기로는 신출귀몰 스킬의 쿨타임이 10일 가량 남은 걸로 아는데, 마계를 마음껏 여행하시다가 중간계로 복귀하시면 될 것 같습니다."

"어라, 다른 악마들은 손대도 괜찮다는 뜻인가요?"

"물론이지요. 대공 급 악마가 아닌 이상, 악마들이 넘쳐나는 것이 마계이니 그건 괜찮습니다."

"듣던 중 반가운 소리네요. 그런데…… 저희가 마계 활동을 중지하는 것으로 얻는 이득은 뭡니까."

가장 중요한 협상의 시간이 왔다. 여기서 두 사람이 만족할 만한 미끼를 던지지 않는다면, 모든 것은 제자리. 때문에 마르코는 긴장된 표정을 하며 짐 박사를 쳐다봤다.

"그 부분은 짐 박사가 설명해 줄 겁니다."

세 사람의 시선을 받은 짐 박사가 천천히 입을 열었다.

"동양에는 업(業)이라는 단어가 있더군. 그래, 업에는 실체라는 것이 없네. 한 인간이 쌓아 올린 사소한 행동들이 언젠가 멈출 수 없는 태풍이 되어 되돌아오기도 하는 법이지."

도대체 무슨 말을 하고 싶은 걸까.

"서두가 깁니다만."

"바로 본론으로 들어가도록 하지. 헬릭의 목숨."

"……뭐라고요?"

"자네들이 마계 활동을 중지하는 것으로 얻는 이득은 다름 아닌 헬릭의 목숨이라네."

정우의 얼굴이 딱딱해진 것은 물론, 그녀와 친분이 있는 유하린의 미간 또한 찡그려졌다.

"지금 뭐 하는 겁니까. 협상을 하는 자리인 줄 알았는데…… 마치 협박을 당하는 기분입니다만."

날카롭고 퉁명스러운 목소리가 정우의 입에서 튀어나왔다.

"아니, 아닙니다. 크나큰 오해입니다. 릴렉스! 짐 박사가 말주변이 없어서 그러니 이해해 주십시오. 협박이 아닙니다."

"그럼 헬릭의 이름이 여기서 왜 나옵니까."

"게임의 시나리오에 대한 이야기입니다."

마르코가 제발 좀 부탁한다는 표정으로 짐 박사를 쳐다봤고, 그가 알겠다는 듯 고개를 끄덕였다.

"말 그대로다. 시나리오에 따르면 헬릭은 죽는다."

"태양신인 그녀가 죽는다니요. 대체 누구한테 말입니까?"

"누구겠나. 미드 온라인에서 신을 죽일 수 있는 것은 '동등한 격'을 지닌 존재뿐이다."

"동등한 격이라면 신이겠고…… 설마 뮬딘?"

짐 박사의 고개가 천천히 끄덕여졌다.

"맞다. 뮬딘은 어둠과 파괴의 신. 호시탐탐 헬릭을 죽이고 싶어 하지."

"하지만 그런 일이 일어나지 않게끔, 제가 뮬딘 교의 세력을 크게 약화시켜 놨습니다."

"후우. 자그마치 신들의 싸움이다. 신도의 수를 없앤다고 해결될 일이 아니야."

이야기가 시작된 뒤로, 짐 박사의 얼굴 위에 처음으로 감정이란 것이 떠올랐다. 씁쓸함이었다.

"헬릭이 뮬딘의 손에 의해 죽고, 인간계는 크나큰 혼란에 빠진다. 미드 온라인의 최종장 '아포칼립스'의 주 내용이지."

"그런 막장 스토리가, 마계가 떠오르는 것은 다음입니까?"

"타임 라인으로 보자면 아포칼립스의 중반부 쯤 되겠군."

"그럼 잘됐군요. 시간은 많으니 수정해 주시죠."

짐 박사가 무리라는 듯 고개를 저었다.

"미안하지만 게임은 이미 우리의 손을 떠났네. 자잘한 오류나 밸런스 문제는 손댈 수 있지만, 시나리오는 정해진 미래이자 운명. 강제적으로 바꿀 권한은 우리에게 없네."

"그걸 지금 말이라고……."

정우의 호흡이 저도 모르게 거칠어졌다. 그런 그의 손을 옆에 있던 유하린이 부드럽게 붙잡았다.

"……후우우."

호흡을 안정시킨 정우는 감사의 눈인사를 보냈다.

"좋습니다. 이해는 했어요. 그런데 이런 이야기를 꺼냈다는 건 해결책도 있다는 소리겠지요? 설마 마음의 준비나 하라고 꺼낸 이야기는 아닐 테니까."

"맞네. 게임의 시나리오를 바꿀 수는 없지만, 그녀를 지키는 방법은 말해줄 수 있지. 물론 그 결과를 비트는 것은 전적으로 자네에게 달려 있지만 말이야."

솔직히 말해서 정우는 마르코와 짐 박사의 제안을 두어 번 정도 거절할 생각이었다. 그것이 협상의 기본이었으니까. 하지만 헬릭이 연관된 이상, 그런 짓은 무의미했다.

"좋습니다. 헬릭에 대한 정보를 모두 말씀해 주신다면 마계에서는 완전히 손을 떼겠습니다."

"저도 정우 님이랑 같은 의견이에요."

유하린이 침착하게 대답하자, 정우는 다시 한번 그녀에게 고맙다는 눈빛을 보냈다.

"빙빙 돌리는 성격은 못 되네. 단도직입적으로 말하지. 헬릭이 살릴 유일한 방법은, 스스로를 봉인하는 것뿐이네."

"……무슨 뜻입니까?"

"음, 그렇군. 칼 라샤를 예로 들면 좋겠어."

잠시 고민하던 사가 마땅한 예시를 찾았는지 말을 이었다.

"자네라면 알지도 모르겠군. 혹시 칼 라샤가 스스로를 봉인했었다는 사실을 아는가?"

정우가 고개를 끄덕였다. 신들의 연회에서 들은 기억이 있었다.

'분명 라샤 님은 헬릭을 도와주기 위해 뮬딘 교에게 대항하는 것을 선택했었지.'

그 결과, 그녀는 자신의 모든 신도들을 잃었고 스스로의 무능함을 탓하며 세상과의 단절을 선택했다.

"신이 스스로 봉인한다는 것은 존재가 잊혀진다는 뜻."

"존재가 잊혀지면 어떻게 됩니까?"

"달라지는 건 없네."

짐 박사가 담담한 목소리로 말했다.

"지금만 해도 인간들은 헬릭을 중후한 남성의 모습으로 알고 있고, 그를 믿고 있네. 헬릭이 스스로의 존재를 봉인하고 칩거에 들어간다고 해도 달라지는 건 아무것도 없어. 그저 세상과의 교류를 못 할 뿐. 누구를 공격할 수도 없고, 마찬가지로 공격을 받을 수도 없지."

충격적인 발언에 정우의 눈이 가늘어졌다.

"이상하군요. 전 분명 헬릭 님을 구할 수 있는 방법을 가르쳐 달라고 한 것 같은데요."

"믿기지 않겠지만 그녀를 구할 유일한 방법이라네."

"한 마디로 헬릭 님을 포기해라. 이 말이군요."

"포기라…… 해석에 따라선 그렇게 받아들일 수도 있군."

"묻겠습니다. 왜 군이 그래야만 합니까? 뮬딘과 싸운다는 선택지도 있을 텐데요."

"헬릭은 뮬딘을 이길 수 없으니까."

짐 박사의 목소리는 단호했다.

"길고 짧은 건 대봐야 아는 것 아니겠습니까. 게다가 과거도 몇 번 이겼던 상대입니다."

"다시 말하지. 태양교는 뮬딘교를 이길 수 있을지 몰라도, 헬릭은 절대로 뮬딘을 이길 수 없다. 그건 스스로도 알고 있는 사실이야. 가끔 그녀가 보이는 불안도 이와 관련 있지."

'……불안 증세라.'

정우가 입을 꾹 다물고 그에 대해 생각했다. 확실히 헬릭은 때때로 알 수 없는 두려움을 나타낼 때가 있었다. 칼 라샤를 비롯한 다른 신들은 무엇 때문인지 알고 있는 것 같았지만, 숙녀의 비밀이라며 말해주지는 않았다.

'그러고 보니 로비가 그런 말을 했었지.'

상처가 많은 아이니까 그녀를 잘 보살펴 주라고.

"대체 뮬딘은…… 헬릭 님을 왜 그렇게 싫어합니까."

"으음."

짐 박사가 슬쩍 마르코의 눈치를 보았다. 마르코는 고개를 끄덕였다.

"그 정도는 말해줘도 괜찮을 것 같군요."

"……알겠습니다."

허락을 받은 짐 박사가 말을 이어나갔다.

"헬릭과 뮬딘은 인간으로 치자면…… 그래. 형제나 자매 같은 관계라고 보면 되겠군."

"그 둘이요?"

"헬릭은 빛, 뮬딘은 어둠. 명백하게 상극인 존재지. 한날한시에 태어난 그들은 떼놓을 수 없는 관계다."

"……무슨 뜻인지 알겠습니다. 하지만 역시 전 헬릭 님을 봉인하는 게 내키지 않는군요. 결국엔 뮬딘, 그 녀석만 사라지면 모든 일이 해결되는 거 아닙니까."

짐 박사가 어이없다는 표정을 지었다.

"뮬딘은 신일세. 유저가 죽일 수 있는 존재가 아니다."

"그럼 답은 나왔군요. 그놈을 봉인시키면 되겠군요. 굳이 헬릭 님이 봉인 당해야 할 필요는 없잖습니까."

그 질문에 짐 박사는 아무런 대답도 하지 못했다.

"하지만 스스로 봉인을 결정하지 않는 이상, 타인이 신을 봉인시키는 방법은…… 내가 알기로는 없네."

카이가 옅은 한숨을 내쉬며 입을 열었다.

"……각종 인터뷰나 뉴스를 보면서 늘 생각한 건데, 박사님은 참 똑똑하신 분 같습니다."

마치 아이를 타이르듯 부드러운 말투였다. 그 말에 가시가 있다고 생각한 박사가 되물었다.

"무슨 뜻인가?"

"말씀을 듣다 보면, 모든 것을 알고 있는 분 같습니다."

"그럴 의도는 없었네. 나는 그저 내가 아는 선에서……."

"네. 딱 거기까지죠. 아는 선에서 말씀하시는 것."

정우의 목소리는 서늘하다는 느낌 이상으로 차가웠다.

"그건 박사님이 아는 선 이상은 모른다는 말이잖습니까."

"……그렇지."

"그렇다면 그런 식으로 단정 짓지 마십시오."

"저는 답을 찾아낼 겁니다. 늘 그래왔듯이."

그것은 경고였다. 더 이상 자극하지 말라는, 부드러운.

짐 박사나 마르코 정도의 인물이 말귀를 못 알아들을 리 없었다.

"……기분이 상했다면 미안하네."

"아닙니다. 아무튼 헬릭 님을 절대로 포기할 수 없습니다. 물딘 녀석을 죽이거나 봉인시키는 방법을 찾아야겠군요."

"만약 우리도 그 방법을 찾게 되면 반드시 말해주겠네."

"그래 주시면 감사하겠네요."

"그리고……. 빛이 강렬해질수록 어둠 또한 짙어지는 법일세. 빛과 어둠은 동전의 양면과 같은 존재야. 한쪽만 뜯어내는 건 불가능하지. 이 부분을 항상 유념하게나."

"명심하죠."

"시간을 내주어서 고맙습니다. 잠수함 패치에 대한 보상 문제는 빚으로 달아두죠. 언제든지 연락 주십시오."

마르코가 깔끔한 디자인의 명함을 한 장씩 건네며 쓴웃음을 지었다. 여러모로 많은 것을 생각하게 만드는 만남이었다.

[페가수스의 축복 버프가 걸렸습니다. 마계의 대공과 마왕을 죽일 수 없고 마계의 대공과 마왕에게 죽지 않습니다.]

'이런 일 처리 하나는 빠르네.'

마르코, 짐 박사와 헤어진 지 한 시간이 채 안 되었다.

"카이 님, 집에는 잘 들어가셨어요?"

먼저 접속해 있던 유하린이 총총걸음으로 다가와 물었다.

"네. 하린 씨는요?"

"저, 저야 뭐…… 덕분에 잘 들어왔지요."

혼자 보내는 건 위험해 보였기에, 집까지 배웅해 줬다.

"오늘 감사했어요. 이것저것……."

"아닙니다. 오히려 제가 더 감사했지요."

말을 잇던 카이는 어색함을 지우려 짓궂은 농담을 건넸다.

"그러고 보니 아까 짐 박사랑 얘기할 때, 제 손을 아주 자연스럽게 잡으시던데요?"

"으으……."

유하린의 얼굴이 순식간에 발갛게 물들었다.

"그, 그야…… 소중한 사람이니까……."

"예? 잘 안 들립니다."

"아무것도 아니에요!"

눈을 질끈 감은 유하린은 후다닥 도망쳐 버렸다.

"흐음. ……신출귀몰."

[신출귀몰 스킬은 12일 후에 사용하실 수 있습니다.]

"역시 안 되나."

당길 때마다 쭉쭉 늘어나던 헬릭의 두 볼이 유난히 그리워
지는 날이었다.

"엣투이! 큥, 훌쩍."

헬릭이 기침을 하자 칼 라샤가 걱정된 표정으로 물었다.

"괜찮아? 감기라도 걸린 거야?"

"나 신이니라. 감기는 무슨……."

"그런데 왜 갑자기 기침을 해?"

"그건 나도 잘 모르겠느니라. 막막 몸이 으실으실 하고, 기분이 좀 불안하니라."

고개를 갸웃거리던 헬릭이 돌연 불안한 표정으로 라샤의 소매를 흔들었다.

"호, 혹시 카이에게 무슨 일이 생긴건 아니겠지?"

"대공도 때려잡는 사람한테 무슨 일이 생기겠어."

신도가 업적을 세우면 신은 자연스럽게 알 수 있다. 카이가 키네사를 해치우는 순간, 헬릭이 안도의 한숨을 내쉰 이유였다.

"으응, 그건 그렇지만…… 불안함이 느껴진단 말이다."

라샤는 휴지를 몇 장 뽑아 콧물을 홀쩍이는 헬릭의 코에 갖다 댔다.

"자, 흥해."

"라샤여. 스스로 할 수 있느니라. 나는 아이가 아니니까."

휴지를 받아든 헬릭은 스스로 코를 풀었다. 그 자랑스러운 모습을 보던 라샤는 걱정스러운 표정으로 폰을 꺼내 들었다.

"나 잠시 전화 좀 하고 올게."

"우웅."

인간 세상에 유학(?)을 온 덕분에, 헬릭의 폰에 대한 이해도는 더욱더 높아졌다. 그 뒤로 업그레이드 된 폰은 이제 문자뿐만 아니라 전화까지 가능할 정도.

-여보세요?

"여보세요. 로비? 저 라샤인데요."

-어머, 우리 귀염둥이 2호가 무슨 일이실까?

"혹시 지금 바쁘세요?"

-아니. 바빠도 우리 귀염둥이들 문제라면 미뤄둬야지.

"그럼 혹시 천상의 정원에 방문해 주실 수 있으세요?"

-잠깐만.

몇 초가 지난 후, 로비의 목소리가 다시 들렸다.

-왔는데, 왜?

"혹시 거기 구석에 있는 간식 자루가 네 개 맞나요?"

-응. 네 개인데?

"그럼 수풀 쪽 덤불에 숨겨놓은 거대 막대사탕도 무사한지 좀 봐주세요."

-잠깐…… 아, 찾았다. 무사한데?

"으음. 그런데 왜 저러지."

라샤는 불안해 보이는 헬릭을 쳐다보며 중얼거렸다.

-왜? 무슨 일 있어?

"오늘따라 헬릭이 조금 불안해 보여서요. 누가 간식이라도 훔쳐가지 않았나 해서."

-어떤 간 큰 녀석이 태양신의 간식을 훔쳐가겠어. 그나저나 불안이라……. 상태가 많이 안 좋아 보여?

"아직 그 정도는 아닌 것 같아요."

-혹시라도 심각해 보이면 바로 천계로 넘어와. 그래야 대비를 할 수 있으니까. 누누이 말하지만 중간계는 위험해.

"네, 꼭 그럴게요."

-오구오구. 그럼 우리 귀염둥이들 숙제 열심히 하고.

"······네. 들어가세요."

전화를 끊은 라샤는 헬릭을 걱정된 눈빛으로 바라보았다.

"남부 전선?"

카즈라의 면담 요청에 수락하자, 막사로 들어온 그가 대뜸 이야기를 꺼냈다.

"그래. 대공이 죽고 난 뒤. 남부는 아수라장이 되었다."

수십 개로 쪼개진 세력이 남부의 패권을 차지하기 위해 싸우는 중이었다. 심지어 동부의 악마들도 슬금슬금 내려와 합류한다고 하니, 말 그대로 개판 진행 중.

"그대가 악마들을 치료해 준 덕에 전력이 크게 올랐다."

"그래서 남부 전선에서 활약을 해보고 싶다?"

카즈라가 고개를 끄덕였다.

"전투를 할 수 없는 악마들을 제외하더라도, 3만이 넘는다.

이 정도면 남부에서도 세 손가락 안에 들어."

"뭐, 규모만 따지자면 그렇겠지. 실속이 없어서 문제지만."

"그 말이 맞다. 해방군에는 상급 악마들이 포함되어 있지만, 최상급은 없어."

"그렇겠지. 최상급의 악마가 해방 운동을 할 이유가……."

마계의 먹이 사슬 피라미드에서 최정상을 차지하고 있는 존재. 당연히 현 체제가 유지되기를 바라는 이들이다.

"솔직히 따지고 보면 상급의 악마들도 굳이 해방 운동을 할 이유는 없지. 어느 영지를 가도 대우받지 않아?"

"……최하급이나 하급, 중급의 악마들에 비하면 확실히 대우를 받는다. 말 그대로 악마다운 삶을 살 수 있지."

"그런데?"

"그런데라니? 무슨 말을 하고 싶은 거지? 나는 등급이 낮다는 이유로 불평등한 대우를 받는 것이 싫은 것뿐이다."

카이가 계속 시험하는 듯하자, 카즈라가 불평을 토로했다.

"기분 상했다면 사과할게. 그런데 왜 갑자기 남부 전선에 관심을 가지지? 내 생각이 틀리지 않았다면 넌 안전 우선 주의자야. 리스크 큰 남부에 눈독을 들일 것 같지 않았는데."

"위에서 내려온 명령이다."

"위라니?"

카이가 고개를 갸웃거렸다. 며칠 간 엘리시온에 머물면서 지켜본 바에 의하면, 이곳의 대장은 카즈라였다. 삼십 명 남짓 존재하는 상급 악마 중 가장 강력한 것이 그였으니까.

"너에게 상급자가 있다는 건 처음 듣는 소리인데."

"그야 여태까지 말을 하지 않았으니까."

"흠. 이야기를 꺼낸 건 한 손 거들어달라는 소리 아닌가?"

"……맞다."

"그렇다면 내가 엘리시온…… 아니, 해방군의 리더에 대해 알 자격은 충분하다고 생각하는데."

도움받고 싶으면 정보를 오픈해라. 카이의 조건이었다.

"으음."

카즈라는 제법 오랜 시간 동안 고민했다.

'상급자가 대체 누구길래? 이토록 어려워하는 걸 보니, 최상급 악마인 것 같긴 한데.'

"그렇게 궁금하다면 나와 함께 그분을 보러 가겠나? 그렇지 않아도 그대에게 많은 호기심을 갖고 계신다."

"잘 됐군. 얼굴 한번 보지."

카이는 엘리시온을 돌아다니는 유하린을 불러냈다.

"무슨 일이에요?"

설명해 주자, 그녀의 눈이 동그래졌다.

"어? 카즈라가 이곳의 리더 아니었나요?"

"저도 그런 줄 알았는데, 아닌 것 같네요."

"으음. 조금 당황스럽네요."

하지만 그것도 잠시 그녀 또한 리더의 정체를 궁금해했다.

"저도 갈래요."

"그렇다는데, 괜찮겠지?"

고개를 끄덕인 카즈라가 동료를 불러냈다. 카이와 유하린을 엘리시온으로 이동시켰던 악마였다.

"……진심이냐?"

"그분께서 허락하신 일이니까 괜찮다."

"그렇다면 할 말이 없지."

고개를 끄덕인 악마가 허공에 손톱을 그었다. 공간이 그대로 찢겨 나가고, 그 너머의 풍경이 보였다.

"……카이 님. 저기 눈 오는데요?"

"저도 보입니다. 마계에 눈이라니……."

언뜻 매치가 안 되는 그 모습에 두 사람이 주저하자, 카즈라가 게이트 안으로 들어가더니 그 너머에서 입을 열었다.

"마계의 서부. 극한지옥이라 불리는 사태라다. 해방군을 만드신 분이 거주하는 곳이지."

"으웃. 추워요."

유하린이 몸을 부르르 떨더니 인벤토리에서 무언가를 주섬주섬 꺼냈다. 바로 글렌데일에서 카이가 건네주었던 오크 가죽이었다. 이를 알아본 카이가 반색하며 물었다.

"어라? 제가 드렸던 가죽 아니에요? 가지고 계셨네요?"

"아…… 헤헤."

타인으로부터 아무 이유 없이 받아본 최초의 선물이다. 유하린은 가죽을 어깨 위에 덮은 뒤 이를 꼬옥 붙잡았다.

"네. 이 가죽 따뜻해서 좋아요."

가죽에 담긴 마음씨 때문인지, 덮고 있으면 항상 심장 부근이 따끈따끈해졌다.

"그래봤자 오크 가죽이라서 방한 능력을 별로일 텐데요. 차라리 이거 빌려 드릴게요."

카이가 트리플 헤드 오우거의 가죽을 꺼내 들었다.

"이거 기억나세요? 예전에 하린 씨가 주신 가죽인데."

"기억나요! 카이 님도 안 버리시고 간직하셨구나……"

"어떻게 버리겠어요. 이게 어떤 물건인데."

카이가 유하린의 머리와 어깨에 가죽을 둘러주며 싱긋 웃었다. 유하린은 쑥스러운 듯 시선을 내렸다.

'어떤 물건이냐니…… 카이 님은 그때부터 나를……'

그의 마음을 다시 한번 확인한 것 같아 기분이 좋아졌다.

"레어 아이템인데, 버릴 이유가 없잖아요."

"헤헤, 농담도 참."

"네? 농담 아닌데……."

카이가 고개를 갸웃거렸지만, 유하린의 눈에는 그저 쑥스러움을 감추기 위한 모습으로 보였다.

"도착했다."

카즈라가 눈앞을 가리키며 말했다. 눈보라가 치는 지역에 오롯이 서 있는 성채는 푸른 얼음으로 이루어져 있었다.

"……규모가 생각보다 큰데? 최상급 악마라면 다들 이 정도의 성채를 지니고 있는 건가?"

"글쎄."

미묘한 웃음을 지어 보인 카즈라가 성의 대문을 그대로 밀었다.

끼이익.

"와아, 예뻐요."

가장 먼저 눈에 들어온 것은, 눈과 얼음으로 뒤덮인 마을이었다. 마치 동화책에 나오는 마을처럼 아름다운 모습.

"네, 아름답네요. 크리스마스에 데이트 코스로 좋겠어요."

카이가 지나가듯 흘린 말에 귀를 쫑긋 세운 유하린은 몰래 달력 앱을 켰다.

[사테라, 크리스마스 날 카이 님과 함께.]

일정을 저장한 유하린이 길거리에 서 있는 얼음상을 향해 쪼르르 달려갔다.

"카이 님, 이것 보세요. 이런 얼음상 보신 적 있으세요?"

"아뇨. 처음 봅니다. 진짜 정교하게 잘 만들었는데요?"

악마의 형상을 그대로 본뜬 얼음상에 두 사람이 감탄했다.

"하나가 아닌데요? 저기 엄청 많아요!"

"만드는데 고생 좀 했겠는데요?"

그들을 구경하던 카즈라가 머리를 긁적이며 말했다.

"그것들 얼음상 아니다."

"음? 무슨 뜻이야?"

카이의 물음에 카즈라가 어깨를 으쓱거렸다.

"그냥 악마다. 죄를 지어서 얼어붙은 악마지."

"……저게 다?"

길을 따라 늘어선 얼음상은 수백 개는 되어 보였다. 얼음상의 행렬은 저 멀리 거대한 저택 입구까지 이어져 있었다.

"들어가기 전에 미리 말해둬야겠군. 그분을 만나면 말을 가려서 해야 된다. 얼음상이 되기 싫다면 말이지."

"……."

'뭔가 이상한데?'

카즈라는 자신이 대공 키네사를 처치했다는 사실을 알고 있다. 그런 자신에게 저 정도 수위의 경고를 한다는 것은 한 가지로밖에 해석할 수 없었다.

"설마 이 성채의 주인은……?"

"눈치챈 건가? 이제와 숨길 것도 없겠지. 들어가자."

그는 당당하게 걸으며 그들을 이끌었다.

"깨우친 대공. 세르핀께서 그대들을 기다리고 계신다."

117장
지금 만나러 갑니다

거대한 얼음 저택의 내부는 바깥보다 더 추웠다. 카이는 높은 마법 내성 덕분에 버틸 만했지만, 유하린은 아니었다.

오들오들, 와들와들.

"많이 추워요?"

"조, 조, 조금요."

어깨 위에 올려놓은 오거 가죽을 꽉 껴안은 유하린이 유독 안쓰러워 보였다. 카이는 고개를 돌려 카즈라에게 물었다.

"이 집은 난방 안 되나?"

"난방? 그게 뭐지?"

"……아니, 됐어."

마계에 그런 게 있을 리가.

웬만한 성에 비견될 정도로 거대한 저택을 30분 정도 이동하자, 거대한 두 개의 문이 나왔다.

"이 너머에서 기다리고 계실 테니 들어가 봐라. 난 들어가지 못한다. 그리고 그쪽 인간도 들어가지 않는 편이 좋겠군."

카즈라의 지목을 받은 유하린이 코를 훔치며 물었다.

"크읍, 저는 왜요?"

"안쪽은 몇 배는 더 추우니까. 나도 못 버틴다."

"아……."

유하린도 그건 무리라는 표정으로 고개를 돌렸다.

"어떡하죠? 아무래도 전 여기까지인 것 같아요."

"그럼 밖에서 기다리고 계실래요? 추운 데 있지 말고."

"……그래도 돼요?"

잠시 고민을 하던 유하린은 결국 천천히 고개를 끄덕였다. 카즈라와 유하린을 뒤로한 카이는 안쪽으로 들어섰다.

'문이 하나 더 있어?'

5미터 정도 앞에는 거대한 문이 두 개 더 있었다.

'그렇군. 이거 완전히……..'

보스 룸의 구조를 빼다 박았다.

'생각해 보니 저택 자체가 그래. 던전의 구조와 흡사해.'

만약 카즈라의 안내를 받지 않고 유하린과 둘이서만 들어왔다면, 온갖 함정이나 몬스터들을 마주쳤을 것이다.

일단은 이곳도 대공의 던전이었으니까.

끼이익, 문을 열고 들어서자. 200평 남짓한 사각형의 방이었다. 카이의 의류에 빠른 속도로 서리가 끼기 시작했다. 허나 이를 무시한 그는 앞만 쳐다보았다. 앞쪽의 화려한 얼음 의자 위에 한 악마가 양반다리를 하고 앉아 있었다.

'저것이 세르핀?'

옅은 하늘빛 머리카락은 길게 자라있었고, 속눈썹이 굉장히 긴 편이었다. 속눈썹이 길면 눈매가 부드러워야 하는데, 그녀는 날카로웠다. 카이를 살피던 그녀가 입을 열었다.

"워. 정말로 인간 맞나?"

"보다시피."

"제법이네. 어지간한 상급 악마 놈들도 내 저택에서는 함부로 활동하기 힘든데."

"난 어지간한 상급 악마들 수준이 아니니까."

카이가 걸음을 옮길 때마다 얼어붙은 바닥이 부서졌다. 그 모습을 가만히 쳐다보던 세르핀이 작게 탄성을 냈다.

"그러고 보니 네 녀석이 키네사를 죽였다고 들었는데."

"그런데?"

"아니, 뭐. 고작 키네사를 죽였다고 그렇게 당당한 거라면, 얻어맞고 엉엉 울기 전에 처신 잘하는 게 좋을 것 같아서."

세르핀이 아름다운 얼굴로 생긋 웃으며 독설을 퍼부었다. 물론 그 정도의 경고에 위축될 카이가 아니었다.

"고작 키네사를 죽인 일로 당당할 이유는 없지."

카이가 항상 믿고 있는 것은 자신의 실력뿐이다.

누구를 잡았느니, 누구를 이겼느니. 그것은 결국 허울 좋은 상대평가일 뿐. 자신의 실력에 절대적으로 자신이 있는 자는 그런 허울에 기대지 않는다.

"잡설은 치우자고. 보고 싶어 한다고 들었는데, 용건은?"

"내가 중간계로 나가서 인간을 본 적은 있어도, 마계에서 돌아다니는 인간은 처음이거든."

세르핀은 발가락을 꼼지락거리며 말을 이었다.

"그래서 궁금했어. 대체 어떤 인간이길래, 무슨 생각을 가지고 대공을 죽였을까."

"별생각은 없는데. 죽기는 싫으니 먼저 죽였다. 끝."

"오호라, 터프한데?"

피식 웃음을 터뜨린 세르핀이 입을 열었다.

"엘리시온의 마족들을 치료해 줬다고 들었어. 왜 그랬지?"

"감사받는 자리인 줄 알았는데, 왜 취조받는 기분이지?"

"그래? 내 마음이 급했나 보네. 그렇게 느꼈다면 미안. 순수하게 궁금해서 그랬어. 넌 인간이잖아? 인간들은 악마족에게 두려움이나 공포를 느껴. 아니면 멸살의 대상으로 삼지."

"흐음."

카이는 말없이 한쪽 손을 들어 신성한 빛을 띄웠다.

"그 기운은…… 신성력인가?"

"잘 아네."

"이래 봬도 머나먼 옛날 중간계로 유학까지 갔었다니까."

뿌듯해 보이는 세르핀을 무시한 카이가 설명을 이어갔다.

"내가 모시는 신의 이름은 헬릭. 빛과 선, 자비를 대표하는 분이시지. 난 대리자로서 환자를 치료했을 뿐이야."

"독실한 신자셨네. 뭐, 좋아. 너에 대한 궁금증은 여기서 끝. 그럼 이제 일 얘기를 해볼까?"

"일 얘기?"

"못 들었어? 남부 전선 이야기를 하려고 불렀는데."

"아, 그거라면 듣긴 들었지. 아직 한다고는 안 했지만."

"흐으웅?"

세르핀이 콧소리를 냈다.

"정말로 건방진 인간이야. 와! 나도 성격 진짜 많이 죽었다. 예전의 나였으면 벌써 두 번 죽이고 시작했다."

"그건 네 생각이고. 일 얘기 전에 묻고 싶은 게 있다."

"후우. 참자 세르핀, 너 성격 많이 죽었잖아. 굿 걸."

혼자서 중얼거리던 세르핀이 삐딱하게 물었다.

"뭔데."

"천계의 신들에 대해서 알고 있나?"

예상외였을까, 세르핀이 눈동자를 동그랗게 떴다.

"뭐, 모르지는 않지…… 그런데 그건 왜?"

"마계에는 한 명의 마왕과 네 명…… 아니지. 이제 세 명의 대공이 있는 것으로 알고 있다."

"그런데?"

"너나 대공들, 혹은 마왕이라면 신을 죽일 수 있을까?"

"흐으음."

세르핀이 턱을 괴며 진지하게 고민에 빠져들었다.

"나는 안 되고…… 다른 놈들도 마찬가지고…… 그년이라면…… 쓰읍, 되나? 안 되나? 아, 모르겠네."

잠깐의 고민 후, 머리를 벅벅 긁은 세르핀이 등받이에 몸을 기대 버렸다.

"아몰라. 붙어봐야 알지 그걸 내가 어떻게 알아?"

"그럼 너는 어떻지?"

"나? 나는 안 되지."

세르핀이 단박에 못을 박았다.

"너, 진짜 키네사 죽인 녀석 맞냐?"

"그 얘기가 또 왜 나오는데."

"아니, 그 정도 녀석이 왜 '격'에 대해서 모르나 싶어서."

"격?"

카이의 미간이 좁혀졌다. 짐 박사의 말이 뇌리를 스쳤다.

'그러고 보니…….'

신을 죽일 수 있는 것은 '동등한 격'을 지닌 존재뿐이다.

'찾았다.'

카이가 흥분을 억지로 가라앉히며 물었다.

"격이 뭔데?"

"인간들이 알고 있는 뜻 그대로야. 품격, 수준, Class. 개인이 아무리 강력해도 신의 위(位)에 앉은 자를 상대로 싸울 수는 없어. 그건 마치…… 그래, 인간들을 예로 들어보자고. 마을의 거지가 왕에게 도전할 수 있어? 없지? 그런 거야."

"그럼 격을 높이면 된다는 소리지?"

"뭐 들었니? 거지가 왕이 될 수 있다고 생각해? 꿈 깨."

"그건 안 돼. 꼭 처치해야 할 신이 있어서."

"오케이. 정상은 아니구나."

세르핀이 깨우침을 얻은 사람처럼 편안한 미소를 지었다.

허나 그것도 잠시.

"대공도 모른다라…… 역시 마왕에게 물어봐야 하나."

카이의 중얼거림을 엿들은 세르핀이 한숨을 내쉬었다.

"후우. 이봐요, 인간놈 씨."

그녀는 제 손가락으로 관자놀이를 톡톡 두드렸다.

"마왕이라고, 마왕. 그런 거 묻기도 전에 살해당할걸."

"내가? 아니면 마왕이?"

"당연히 너지!"

빼액 소리를 지른 세르핀이 결국 자리에서 일어났다.

"내가 좋게좋게 얘기해 주니까 상황 파악이 안 되나 본데, 마왕은 나랑 차원이 다르거든?"

"그러니까. 너랑 차원이 다르면 하나라도 더 알겠지."

"하, 이 인간이 진짜 보자보자 하니까……."

세르핀의 얼굴에서 웃음기가 싹 빠져나갔다.

"좋아, 어디 건방진 입에 걸맞은 실력인지 볼까."

세르핀이 얼음 옥좌에서 내려오며 발을 구르자, 온도가 가파르게 내려갔다. 얼음의 파도가 카이에게 쇄도했다.

"후우……."

가볍게 입김을 불자 퍼져 나오는 새하얀 숨결을 쳐다보며, 카이는 중얼거렸다.

"절대영도."

눈에는 눈, 이에는 이. 이미 떨어질 대로 떨어진 실내 온도가 한 번 더 크게 떨어졌다.

쩌저저적!

카이를 향해 돌진하던 세르핀의 얼음 파도가 제자리에서 그대로 얼어버렸다. 이미 방이라고는 부를 수 없을 정도로, 이리저리 퍼져 나간 얼음의 꽃들로 가득했다.

"……호오?"

자신의 공격을, 얼음으로 막아낼 것이라고는 생각하지 못한 걸까. 세르핀의 눈동자에 놀람이 어렸다가 사라졌다.

"막을 줄 몰랐네. 하반신부터 얼려놓고 훈계하려 했는데."

"너처럼?"

"으잉?"

카이가 턱끝을 까딱거리자, 세르핀이 고개를 내렸다. 그녀의 시야에 얼음으로 꽁꽁 뒤덮여 있는 발목이 들어왔다.

"어우씨, 이거 뭐야!"

깜짝 놀란 세르핀이 그대로 발을 들어 얼음들을 깨버렸다. 그녀는 침을 한 번 꿀꺽 삼킨 뒤, 천천히 변명을 늘어놓았다.

"이건…… 내가 원래 추운 걸 좋아해서. 가끔씩 내 발도 얼음으로 얼려놓고 그래."

"그런 것 치고 엄청 놀라던데."

"그건…… 에이씨."

이미 추해졌다는 것을 깨달은 것일까. 뒷머리를 벅벅 긁은 그녀가 얼음 옥좌에 털썩 주저앉으며 양손 중지를 날렸다.

"너 잘났다! 이래서 인간들이란!"

"이제 막지 않는 건가?"

"또 뭘!"

"마왕을 만나러 가는 거."

"내가 네 엄마도 아닌데 그걸 말릴 이유는 없지. 그래도 개 죽음이 될 것 같으면 적당히 패서 말리려고 했는데……."

발 부근의 살얼음을 탁탁 털어낸 세르핀이 히죽 웃었다.

"어디 가서 맞고 다닐 놈 같지는 않으니까."

"생각보다 오픈 마인드네."

"나 깨우친 대공, 세르핀이야."

"와. 너 성격 정말 좋구나. 잘됐다."

세르핀은 활짝 웃는 카이의 얼굴을 보며, 영문 모를 불안함을 느꼈다. 그러거나 말거나 카이의 눈동자는 이미 눈앞의 대공을 먹잇감처럼 바라보는 중이었다.

'이 금쪽같은 기회를 놓칠 수는 없지.'

마르코 사장이 자신과 유하린에게 걸어놓은 페가수스의 축복. 사용하기에 따라서는 굴레가 아닌, 축복 그 자체였다.

'수준 높은 대공들과 마왕을 노페널티로, 그것도 몇 번이고 상대하면서 실력을 키울 수 있어.'

버프가 없었다면 아무리 카이라고 해도, 마왕을 만나러 갈 생각을 하지는 못했을 터. 하나 지금은 이야기가 달랐다.

'다행히 버프의 지속시간은…….'

카이가 마계를 벗어나는 그 순간까지였으니까.

세르핀의 발치에 떨어진 얼음들을 바라보며 물었다.

"세르핀, 아프냐?"

"뭐?"

"방금 발이 얼어붙었던 거 아팠느냐고 묻는 거다."

"나도 참, 얕보인 건가?"

그녀는 살짝 불쾌한 표정으로 다시 쌍 중지를 날렸다.

"나는 깨우친 대공이라는 이명 전에 혹한의 대공이라 불리는 몸. '얼어붙는 것' 정도로는 고통을 논할 수 없다."

"그런가. 역시 본 게임에 들어가 봐야만 알 수 있나…"

페가수스의 축복 효과를 조금 더 자세히 알 필요가 있던 카이가 중얼거렸다. 그는 세르핀을 향해 손을 까딱였다.

"좋아, 그럼 제대로 시작해 보자."

"뭘?"

"본 게임, 아니, 대련이라고 해야 하나?"

"대련? 너랑 내가?"

"생전 처음 듣는 이야기이다만?"

"내가 너한테 생전 처음 하는 이야기니까."

"이해가 되질 않는데? 지금 나와 다툴 이유가……."

"하나부터 열까지 설명하는 것보단."

콰아아앙!

순식간에 날아간 태양광자포는 그녀의 옆을 아슬아슬하게 빗겨 지나갔다.

"그냥 한번 겪어보는 게 빠를 거야."

"너 진심이냐."

아무리 깨우친 대공이라고 하나, 다짜고짜 위협을 받은 세르핀의 얼굴 위로 당혹감이 서서히 떠올랐다.

"감당할 수 있냐고."

"하나, 후회할 짓은 하지 않는다. 둘, 후회할 짓을 저질러 버렸다면. 최선을 다해 후회하지 않는다."

카이가 세르핀의 시선을 정면에서 받으며 입을 열었다.

그의 입꼬리가 조금씩 말려 올라가기 시작했다.

"짐 박사."

"예."

"카이, 그러니까 미스터 한 말일세. 뭔가 쉽지 않았나."

"흠, 그런 감이 없잖아 있긴 하죠."

역시 헬릭이라는 존재가 관여되었기 때문일까. 어제의 대화에서 한정우는 필요 이상으로 흥분한 감이 있었다.

"일단 이것으로 마계 컨텐츠는 아낄 수 있게 되었군."

"그나마 다행입니다. 이제 개발 팀을 최대한 돌려서 시나리오만 메꿔 넣으면 되겠군요."

"음음, 그 부분은 맡기겠네. 그리고……."

마르코 사장은 통짜 유리된 벽면을 보며 입을 열었다.

"뮬딘 말일세. 정말로 봉인할 방법은 없나?"

"그런 걸 왜 여쭤보시는지?"

"궁금해서일세. 약속했잖나. 뮬딘의 봉인에 협력하기로."

"제가 했던 말에는 변함이 없습니다. 유저가 신을 봉인할 수 있는 방법 따윈 존재하지 않습니다."

"흐음, 시나리오 자체는 예정대로 흘러간다는 소리군."

"큰 이변이 없는 한 그렇게 될 것입니다."

"아무튼 자네도 방법을 찾아보게. 나보다는 나을 테니."

"알겠습니다."

마르코가 짐 박사를 물리려던 순간, 개발팀장이 들어왔다.

"무슨 일인가?"

"사장님. 협상에 실패하고 오신 겁니까?"

살짝 원망스러운 개발팀장의 눈빛에 마르코와 짐 박사가 눈만 껌뻑거렸다.

"그게 무슨 소리지? 협상은 아주 퍼펙트하게 끝났네."

"그런데 왜, 왜 카이가 저런단 말입니까?"

등 뒤로 불안감이란 녀석이 스멀스멀 타고 올라오는 것을 느낀 마르코가 자리에서 일어나며 물었다.

"미스터 한, 아니, 카이가 지금 무슨 짓을 하고 있길래?"

"오늘 대공 하나 아예 죽일 기세던데요?"

"오, 아주 좋아."

"안 좋아, 이 새끼야!"

'키네사보다 움직임이 좋잖아?'

앞에 있던 순간 신형이 사라지고, 뒤에서 차가운 한기가 몰아쳤다. 그래서 위치를 알기는 편했다.

'그리고 페가수스의 축복, 상상 이상으로 쓸 만한 버프야.'

몇 대 얻어맞은 세르핀은 코피를 흘리는 중이었다. 다만, 생명력만은 여전히 100%를 기록하는 중이었다.

'맞으면 고통은 느껴지고 피해도 입지만.;

시스템상으로 생명력은 그대로라는 소리. 한마디로 실전 같은 대련을 원 없이 펼칠 수 있다는 소리였다.

"좋구만!"

"안 좋다고!"

세르핀의 날카로운 눈매가 한층 더 표독해졌다.

동시에 뚝뚝 떨어지기 시작하는 온도.

[온도가 너무 낮습니다. 움직임이 20% 느려집니다. 쉽게 치명상을 입을 수 있습니다.]

카이는 디버프가 걸린 즉시 스킬을 시전했다.

"햇살의 따스함."

하지만 그것도 찰나. 계속해서 한기가 몰아닥치는 장소에선 디버프를 영구적으로 제거할 수 없었다.

'이런 방법도 있구나.'

카이가 작게 감탄했다. 지금까지의 적들은 디버프를 거는 것에 어느 정도의 텀이 있었다. 세르핀처럼 초 단위로 무식하게 같은 디버프를 거는 적이 없었다는 소리.

'그냥 생명력만 깎는 건 적당히 무시할 수 있었는데……'

느려지고, 치명타를 유발하는 상태 이상은 치명적이었다.

'역시 대공은 대공.'

카이는 당연한 감상을 늘어놓으며 히죽 웃었다. 키네사 전때는 실전이었고, 절대로 패배해서는 안 되었다.

'때문에 실험해 보지 못했던 것이 잔뜩 있어.'

이번에는 다를 것이다. 세르핀을 상대로 그때 못 해봤던 모든 것을 실험해 볼 생각이었으니까.

"미친 인간."

세르핀이 단 한 단어로 카이라는 존재를 정의했다.

"뭘, 새삼스럽게 칭찬을."

능글거리며 이를 받아친 카이는 자리에서 일어났다.

"또 할까?"

"체력도 미친 인간."

"어차피 무료했던 것 아닌가? 좋아할 줄 알았는데."

"후우, 그런 문제가 아닌 것 같은데."

세르핀은 상당히 피곤한 표정으로 고개를 절레절레 흔들었다. 카이에게 선빵을 맞은 지 사흘이 지났다. 그동안 두 사람은 쉴 새 없이 싸웠다. 아니, 지금에 와서 보면 싸움이라 말하기 민망할 정도로 이용당한 것이나 다름없다.

'교활한 인간 같으니라고.'

둘이 싸웠는데 이용당한 것은 자신뿐. 상대방은 누가 보기에도 사흘 전보다 훨씬 더 성장한 상태였다.

"넌 남부 전선 쪽으로 안 가나?"

"하린 씨가 대신 갔으니까 괜찮잖아."

처음 카이와 세르핀이 싸움을 시작했을 때, 카즈라가 깜짝 놀라서 들이닥쳤다. 허나 그가 할 수 있는 것은 없었다. 세르핀의 극한지옥과 카이의 절대영도에 몸만 부르르 떠는 것이 그에게 허락된 전부. 오해를 풀기는 했지만, 세르핀이 카이를 대하는 태도는 이전과는 달라져 있었다.

'뭐, 이쪽이 당연한 건가?'

가만히 있다가 얻어맞았는데…….

"그럼 시작하자. 슬슬 시간 됐으니까."

"시간? 무슨 시간."

"슬슬 다른 두 놈도 만나러 가볼까 생각 중이거든."

"다른 두 놈이라면… 네 녀석, 설마?"

"아마 맞을걸. 다른 대공들을 만나볼 생각인데."

"미쳤어. 대공이 네가 만나고 싶으면 아무 때나 만나주는 한가한 존재인 줄 아느냐."

카이가 아무 말 없이 물끄러미 세르핀을 쳐다보자, 그 시선의 의미를 알아차린 그녀가 빼액 소리를 질렀다.

"나는 경우가 다르잖아! 경우가!"

"뭐, 그 녀석들도 별반 다르지 않을걸? 안 나오면 영지 다 때려 부술 건데 지들이 안 나오고 배길까."

"얼마나 최상급 악마가 있는지 생각은 하는 거냐."

"나야 땡큐지. 족족 때려잡다 보면 결국 나오지 않겠어?"

무식하기 짝이 없는 발언에 세르핀이 할 말을 잃어버렸다.

하지만, 나쁘지 않다. 아니, 오히려 좋다고 할 수 있다.

"뭐, 내 입장에는 전력을 깎아주면 나쁠 건 없지."

"그러니까 슬슬 말해봐. 나머지 두 대공의 능력은 뭐지?"

세르핀이 얼음, 키네사가 환상이라는 능력을 가지고 있듯이 두 대공도 능력을 가지고 있을 가능성이 농후했다.

"동쪽은 번개, 북쪽은 독."

"오, 생각보다 쉽게 알려주네?"

"이 정도는 촌뜨기 마족들도 죄다 알고 있는 사실이야."

"과연, 대공은 대공이다, 이건가."

고개를 끄덕인 카이가 자리에서 일어났다.

"자, 그럼 시작할까?"

"진짜로 또 하려고?"

"어, 조금 더 경험을 쌓게 해주는 편이 좋을 것 같아서."

카이는 그 말과 함께 자신의 군단을 소환했다.

50여 마리의 듀라한. 그것도 풀무장과 풀버프를 받은 자랑스러운 카이만의 군대였다.

'이 녀석들도 첫날에는 진짜 허수아비나 다름없었지.'

기본적으로 듀라한 군대는 A.I를 지니고 있다. 하지만 카이가 겪은 바에 의하면 썩 뛰어나진 않다.

'딱 몬스터 듀라한 수준 정도. 그 이상도 이하도 아니야.'

하지만 기본적으로 유저가 다루는 몬스터는 일반적인 몬스터보다 강하다. 그 이유는 간단하다. 상황을 겪고, 전투를 치르면서 듀라한의 A.I에 새로운 패턴이 추가된다.

'지난 사흘 동안 세 번의 전투를 치렀지.'

듀라한은 세 번이나 죽임을 당한 셈이다. 마치 전생하면서 강해지는 소설 주인공처럼, 조금씩 강해지는 중이었다.

"그럼 간다."

세르핀은 귀찮은 티를 팍팍 내면서도 군말 없이 카이와의 대련에 임했다.

파스스스슥!

온도가 뚝 떨어지고, 장비 표면에 살얼음이 끼기 시작한다. 그럼에도 그들의 붉은 안광은 더욱 맹렬하게 타올랐다.

까앙!

현재 듀라한들의 레벨은 카이와 동급. 즉, 568레벨이다.

화아아아악!

더 이상 일개 듀라한이라고는 생각할 수 없을 정도로 강력한 전투의 스페셜리스트.

'이제 웬만한 길드들… 아니, 세계 8대 길드를 상대로도 해 볼 만해.'

상위 랭커? 물론 그들의 몸놀림은 훌륭하고, 지능은 듀라한에 비교하지 못할 정도로 뛰어나다.

하지만 기본적으로 스펙이 너무나도 차이 난다.

까앙, 까앙, 까앙!

"이 벌레 같은 것들이!"

찰나지만, 50마리의 듀라한은 무려 대공을 압박했다. 물론

2초가 지나기 전에 모두 잔해가 되어 부스러져 버렸지만.

'소득은 이것만으로도 충분해.'

다짜고짜 달려드는 싸움꾼이 아니라, 진형을 갖춘 채 강적을 '사냥'할 줄 아는 군대. 그런 소환수가 필요했다.

'게다가 죽어도 노 코스트. 나에겐 아무런 손해가 없다.'

만약 자신이 작정하고 게릴라 전을 감행한다면?

'세계 8대 길드건 뭐건, 제대로 괴롭혀줄 자신이 있다.'

지난 사흘간의 얻은 소득은 그것뿐만이 아니었다.

각종 스킬 숙련도. 안타깝게도 고급 9레벨의 검술 숙련도는 오르지 않았다. 하지만 신성력을 바탕으로 한 기술들의 숙련도가 매우 빠르게 상승했다.

'미드 온라인은 기본적으로 혼자서 연습을 할 때보다 강적과 싸울 때 숙련도가 빠르게 오르니까.'

그런 의미에서 대공과의 대련은 최고의 훈련이었다.

"세르핀, 지난 사흘 동안 고생 많았다."

"꺼져."

그녀는 처음 만났을 때와 마찬가지로, 얼음 옥좌에 양반 다리를 한 채 앉았다. 다른 점이 있다면 중지를 치켜세우고 있다는 것 정도. 게다가 본인은 애써 감추려 하지만, 아쉬워 보인다는 부분까지.

"나중에 일이 모두 끝나고 나면 한 번 더 찾아올게."

"그러든가 말든가."

카이가 자리를 완전히 떠났을 때, 언제나처럼 혼자 남게 된 세르핀이 피식 웃었다.

"내가 이 정도면… 다른 두 놈은 조만간 잠은 다 잤네."

세르핀은 단 한 단어로 카이라는 존재를 정의했다.

"두 번 다시 싸우기 싫은 인간. 멀리서 볼 때는 잔잔한 호수처럼 보이겠지만, 가까이 와보면 알걸? 이곳이 격동하는 바다라는 것을."

깨우친 대공이라는 소리를 듣는 세르핀이 남긴 명언이었다. 그것은 마계의 핵심을 관통하는 뼈있는 말이기도 했다.

최상급 악마, 그리고 그 이상의 대공급 악마들. 그들의 수는 늘 유지되고 있고 구성원도 자주 바뀌지 않는다. 때문에 멀리서 보면 마계는 정체된 호수처럼 보인다. 하지만 조금만, 아주 조금만 더 파고들면 비로소 현실을 마주하게 된다.

최하급부터 상급…… 최상급까지. 그들은 어제보다는 오늘, 오늘보다는 내일 더 강해지기 위해 쉴 새 없이 움직인다. 대공이라고 다르지는 않았다.

"오늘에야말로 끝을 봐야겠군."

마계의 북부를 다스리는 바시온. 그리고 마계의 동부를 다스리는 스테론. 견원지간이나 다름없는 그들은 전투를 준비하고 있었다. 자잘한 국지전 따위가 아니었다.

"오늘, 동부를 먹는다."

"무슨 일이 있어도 오늘은 북부에 나의 깃발을 꽂겠다."

　휘하의 악마들을 모조리 국경지대에 집결시킨 대전투. 수천만 마리의 악마들이 한자리에 모인 결전의 날. 두 대공의 신경은 막 날을 세운 검처럼 예민해져 있었다.

　악마들이 호흡을 뱉어내는 것만으로도 함성이 되는 엄청난 공간 속에서 대공들이 천천히 앞으로 걸어 나왔다.

"오늘로 이 짓도 끝이로군, 바시온."

"왜, 아쉬운가?"

"미친 소리를 잘도 지껄이는군."

　스테론이 웃기지도 않는다는 듯 코웃음을 쳤다. 잠깐의 잡담을 끝으로 두 대공이 서서히 힘을 끌어올렸다. 길고도 길었던 악연에 종지부를 찍을 시간이다.

　카이는 세르핀과 작별 인사를 한 뒤, 나흘째 미믹을 타고 이동하는 중이었다. 향하는 곳은 동부와 북부의 국경선.

"중안 지역은 거쳐 가지 말라고 했지."

세르핀은 마계의 중앙 상공은 지나가지 말라고 조언했다. 괜히 마왕의 눈에 띄기라도 하면 귀찮아질 게 뻔하다고.

'뭐, 어차피 마왕도 만나러 갈 거지만, 넌 조금 더 컴.'

처음부터 끝판왕을 만나면 재미가 반감되는 법이니까.

카이는 얌전히 세르핀의 충고를 따라 국경선을 따라 이동 중이었다. 빙 둘러가는 중이었지만, 서두를 필요는 없었다.

"아, 그러고 보니 오늘쯤이면 시작됐으려나……."

세르핀은 조만간 전쟁이 일어날 거라고 말했다. 그것은 카이가 국경선으로 향하고 있는 이유이기도 했다. 국경선으로 가면, 두 대공을 한 번에 만날 수 있을 거라고 했으니까.

'그 머저리들 한 달 내내 싸워도 결판 안 나. 느긋하게 마음먹고 가.'

카이는 미믹의 위에 정좌한 채 앉아 조용히 눈을 감았다.

'이미지 트레이닝.'

대결 상대는 당연히 세르핀이었다. 붙어봤던 상대 중 가장 강력하기도 했고, 배울 점도 확실했으니까.

'그녀의 극한지옥은 까다로웠지.'

주변을 모두 얼리는 세르핀의 극한지옥은 절대 영도와 효과 면에서는 큰 차이가 없었다. 하지만 기술적인 측면에서 비교하기 시작하면 그녀의 압승. 단순히 사방의 모든 것을 얼리는 카이와는 달리, 그녀는 미세한 컨트롤까지 가능했다. 그리고 현재 트레이닝 중인 것도 그 부분이었다.

만약 중력장과 절대 영도를 미세한 부분까지 정확하게 컨트롤 할 수 있게 된다면?

'사기잖아.'

쿼드라플 캐스팅까지 쓸 수 있는 카이다. 중력장과 절대 영도를 동시에 사용하며 힐까지 사용이 가능한 사제. 적수가 있을 리 없다.

'하지만 신이라면 이야기가 다르지.'

뮬딘에게 대항할 수 있을지는 아직도 미지수니까.

'할 수 있는 건 뭐든 한다, 헬릭을 지킬 수만 있다면.'

꼭 감긴 그의 눈꺼풀이 날카로움을 감추었다.

"바시온 대공 전하를 위하여!"

"스테론께서 우리를 이끄신다! 북부 놈들을 모조리 죽여 버려!"

수천만 마리의 악마들이 모여 서로를 죽이기 위해 달려들었다. 전장 이곳저곳에서 피와 살점이 튀기고, 생명이 덧없이 바스러졌다. 이미 두 대공은 둘만의 결판을 내기 위해 장소를 옮긴 상태. 그럼에도 휘하의 악마들은 자신들의 주인을 위해 목숨을 바쳐 싸웠다.

"오? 진짜 전쟁하네."

까마득히 높은 상공에서 한 마리의 와이번이 천천히 날갯짓을 하며 전장을 맴돌았다.

"뀨-우-웅?"

"응? 내릴 거냐고? 흐음. 어쩔까……."

카이의 두 눈이 빠르게 전장을 훑었다. 높은 하늘에서 확인하고 있음에도 전장은 한눈에 다 들어오지 않았다. 악마들의 수는 많았고 전장은 넓었다.

'두 대공은 아직도 치고받고 싸우고 있나 보네.'

결판이 났다면 악마들이 이렇게 열심히 싸우고 있을 이유가 없을 테니까.

"좋아. 그럼 잠깐 내려가자."

현재 그의 레벨은 568. 최초 방문 보너스로 경험치가 3배나 더 들어오는데 경험치들이 땅을 굴러다니고 있었다.

'이걸 놓치기는 아쉽지.'

게다가 조금 늦게 간다고 대공 중 한 명이 죽어 있을 것 같지도 않았다.

펄럭, 펄럭!

미믹이 천천히 고도를 낮추자, 허공을 날아다니던 비행형 악마들이 가장 먼저 고개를 돌렸다.

"동부의 악마냐!"

"북부의 악마인가!"

"우선 악마가 맞는지부터 물어보는 게 예의 아닐까?"

대답 대신 날아온 건 공격이었다. 미믹이 부드럽게 허공을 선회하며 공격들을 피해내자, 카이가 손을 뻗었다.

"태양광자포."

전후좌우. 카이의 사방을 감싼 네 개의 신성마법진이 동시에 빛의 광선을 토해냈다. 상극이나 다름없는 신성력에 얻어맞은 비행형 악마들이 비명을 내지르며 땅으로 추락했다.

[레벨이 올랐습니다.]

땅 짚고 헤엄을 친다는 것이 이런 걸까?

해방군의 환자들은 성심성의껏 치료해 준 카이였지만, 지금은 일말의 자비도 없었다.

'전장에 나왔다는 건 목숨을 빼앗을 각오가 돼 있다는 것.'

"자신의 목숨이 빼앗길 각오 또한 하고 나왔겠지."

"뭐야 저 괴물은? 잠깐. 마기가 아닌 기운은, 설마?"

"나, 남쪽의 사신!?"

"그 녀석은 여자라고 들었는데!"

'혹시 하린 씨 이야기인가?'

남쪽의 사신이라니. 그녀도 그 짧은 사이에 제법 거창한 별명을 얻은 듯하다.

'하긴, 변화의 기사라면 그럴 만하지.'

"아쉽게도 난 너희가 생각하는 존재가 아니야."

악마들은 정말 아쉬울 것이다. 차라리 이 자리에 나타난 것이 유하린이었다면, 속수무책 당하지는 않을 테니.

'제대로 한 번 날뛰어볼까.'

"강화 소환, 블리자드. 빛의 군단 소환, 할리, 데스몬드!"

순식간에 세 마리의 생명체가 소환되었다. 블리자드는 자연스럽게 미믹의 등 위로 올라섰고, 할리와 데스몬드는 날개를 활짝 펴며 아래를 주시했다.

[킁킁, 이 냄새는……?]

소환을 가장 반긴 것은 다름 아닌 데스몬드였다. 두 눈을 크게 뜬 그는 이내 희열에 찬 표정을 지었다.

[인간, 혹시 이곳은 천국인가!]

"굳이 따지자면 지옥이겠지?"

[그럴 리가 없다! 이토록 마기가 풍부한 곳이거늘!]

"아, 네 입장에선 천국이겠네."

[날 부른 이유가 뭐지?]

데스몬드는 당장 날뛰고 싶다는 듯 전의를 내비쳤다. 하지

만 아쉽게도 그는 이 전장에서 활개칠 수 없다. 기껏해야 하급
에서 중급 정도의 악마들만 상대할 수 있을 테니까.

'다만 이 싸움이 끝났을 때는……'

상급의 악마와 겨룰 수 있는 레벨에 도달할지도.

"왜겠어. 블리자드, 데스몬드, 할리! 본인이 감당할 수 있는
선에서 악마들을 상대해."

[재미있군.]

할리가 낮게 웃음과 함께 아름다운 곡선을 그렸다.

쫙 벌린 그의 입에서 수압포가 쏟아져 나왔다.

좌아아아악!

소환수들의 경험치가 가파르게 오르기 시작했다.

'이 녀석들을 소환하면 나는 조금 손해를 보겠지만……'

이럴 때 키워놓지, 또 언제 키우겠는가.

카이는 버프를 걸어주며 자신의 사냥을 속행했다.

"이거 간만에 옛날 생각 좀 나는데?"

소환수들은 중급 악마만 만나도 생명력이 위태로워졌다.

당연히 그때마다 카이의 힐이 그들을 휘감았다.

'소환수는 셋.'

동시에 카이 또한 적들을 잡아나가야 했다. 긴장감을 늦출
수 없는 그 짜릿한 상황이 카이를 즐겁게 만들었다.

"재미있네."

땅에 내려온 카이는 달려드는 악마들을 보며 히죽 웃었다.

서걱, 서걱!

검이 휘둘러질 때마다 악마들의 수급이 땅을 뒹굴었다.

"이, 이런 말도 안 되는!"

"저런 악마가 있다는 소리는 들어본 적도 없다……."

"아니, 그것보다 저 녀석은 대체 어디 소속이지?"

최하급, 하급, 중급, 상급, 최상급. 카이의 검은 등급을 가리지 않고 대상을 싸늘한 주검으로 만들었다. 공장의 기계가 상품을 만드는 것처럼. 그의 검도 시체를 만들어갔다.

[레벨이 올랐습니다.]

사냥에 전념하기를 한참. 카이의 레벨은 마침내 앞자리 6이라는 경이로운 기록을 달성했다.

'후우, 역시 좀 피곤하네.'

쉴 새 없는 전투로 피로감이 느껴지며 몸이 물 먹은 것처럼 무겁게 느껴졌다. 캐릭터의 상태가 나빠졌다기보다는 멘탈적인 문제. 현실의 몸이 잠을 못 자서 생긴 현상이었다.

'적당히 빠질 때가 된 것 같아.'

카이는 여유롭게 인벤토리를 확인하며 전리품을 확인했다. 누가 봐도 무방비임에도 공격하는 간 큰 악마는 없었다.

[카이]

직업 : 태양의 사제

레벨 : 600

새삼스럽지만 보는 것만으로도 입가에 푸근한 미소가 지어지는 상태창이었다.

'자고 와서는 대공들이다.'

검은 액체에 지면이 녹아내리고.

우르르르릉!

하늘이 조각나며 검은 뇌전이 줄기줄기 내리쳤다. 싸움이라고 치부하기에는 스케일이 너무나도 컸다. 그걸 증명이라도 하듯, 반경 몇십 킬로 내에는 그 어떤 생물체도 없었다.

누구도 방해할 수 없는 고독한 절대자들의 싸움. 헌데 두 대공의 예민한 감각에 다른 기운이 느껴지기 시작했다.

'불청객?'

'설마 이 녀석이……'

당연한 말이지만 바시온과 스테론은 상대를 의심했다. 허나 서로의 얼굴을 보는 순간, 그 생각은 말끔히 사라졌다.

'바시온이 파놓은 함정은 아니다.'

'표정을 보니 이 녀석은 아닌데, 그럼 대체……?'

두 대공이 거리를 벌리고 다가오는 존재를 쳐다봤다.

저벅, 저벅.

백색의 사제복, 손가락 마디마디에 끼워진 고급스러운 반지들. 어깨 위로는 빛을 녹여 만든 듯한 검.

천천히 걸어온 그가 두 대공의 얼굴을 차례대로 훑었다.

"어디보자…… 그쪽이 바시온?"

"스테론이다."

"아, 미안. 그럼 네가 바시온이겠네."

"넌 뭐지."

바시온이 날카로운 목소리로 질문했다. 이 지역은, 대공들의 마기에 의해 다른 생명체가 마음껏 활동할 수 없었다. 최상급의 악마라고 해도 쉽게 돌아다닐 수 없다는 뜻. 그렇기에 기운이 느껴졌을 때 경계한 것이었다. 이곳을 자유롭게 돌아다닌다는 것은, 대공과 필적할 정도의 강자라는 뜻.

"카이. 세르핀한테 소개를 받고 왔는데."

"……서쪽?"

"그 녀석, 언제 이 정도의 변수를⋯⋯."

두 대공이 저도 모르게 중얼거렸다. 카이는 자신을 한껏 경계하는 대공들을 쳐다보며 성검을 고쳐잡았다. 마계에 도착한지, 25일째 되던 날이었다.

독은 예로부터 애용되어 왔다. 장점은 분명하다. 일단 중독시키기만 하면 이미 게임은 끝. 내공이 높은 이들이 많아질수록 은밀해져 갔다. 색이 없고, 향이 없으며, 형태 또한 없다. 독을 다루는 이들이 말하는 환상의 독. 무색, 무취, 무형의 독이바로 그것이었다.

"나도 이런 건 처음 보네."

카이가 살짝 놀랐다는 목소리로 중얼거렸다. 그는 중독되었다는 사실을, 시스템 메시지를 보고 나서야 깨달았다.

[중독되었습니다. 독이 매우 강력합니다. 포이즌 마스터가 발동합니다. 분해할 수는 없지만 효과가 대폭 떨어집니다.]

과연 대공이라는 말이 절로 나오는 독성이다.

'포이즌 마스터가 막아내지 못하는 독은⋯ 처음 봐.'

예전에 세계수 루테리아를 중독시켰던 뮬딘 교의 레전더리등급의 독, 아카샤의 심판조차 완벽하게 막아냈던 포이즌 마스터였다. 하지만 이번에는 독을 분해하지 못했다. 그것은 단한 가지를 의미했다.

'바시온이 사용하는 독도 최소 레전더리 등급이다.'

카이의 입장에서는 흥미가 돋을 수밖에 없었다.

"무슨……."

반면 바시온은 눈썹이 크게 꿈틀거렸다. 중독시킨 순간 모든 것이 끝났다고 생각했다. 스테론조차 그 독에 정통으로 중독되면 생사를 장담할 수 없다.

'그 녀석은 번개처럼 움직이며 독을 피한다지만…….'

눈앞의 이상한 악마는 독을 피하지 않았다. 독을 다루는 바시온에게 탐스러운 먹잇감, 이상도 이하도 아니라는 소리.

한데 멀쩡하다. 아니, 오히려 흥미롭다는 표정으로 자신을 쳐다보는 중이었다.

"네놈, 어떻게 멀쩡한 거지?"

"멀쩡하다는 소리는 한마디도 안 했는데."

"개소리! 태연스럽게 그런 말을 할 수 있다는 것부터가 이미 멀쩡하다는 소리다."

벌레처럼 꿈틀대며 비명을 지르다가 녹아버려야 한다.

"내가 원래 독에 대한 저항력이 좀 강해."

"호오, 네놈의 심장을 먹으면 그 능력을 얻을 수 있다는 소리로군."

대화를 가만히 듣고 있던 스테론이 눈을 반짝였다. 그리고 해도 바시온의 독을 무시할 수는 없다. 그것은 두 사람의 싸움이 길어지는 가장 큰 이유이기도 했다.

'하지만 저 악마 녀석을 죽이고 심장을 내가 먹는다면?'

악마의 심장을 먹는다는 것은, 마기와 특성을 흡수한다는 것을 의미했다. 즉, 저 악마의 심장을 먹으면 독에 대한 저항력을 고스란히 얻을 수 있다. 생각이 거기까지 미치는 순간 벼락처럼 움직였다.

콰르르르릉!

그것은 비유 따위가 아니었다. 검은 뇌전의 스테론, 마계에서 두 번째로 재빠른 악마. 마계의 동부 지역을 다스리는 그는 스스로가 번개가 되어 움직일 수 있었다.

우드드득!

카이의 고개가 그대로 90도로 돌아갔다. 번개처럼 쇄도한 스테론의 주먹을 피하지 못한 까닭이었다.

'빨…… 라!'

그는 바시온보다 이렇게 극한의 속도를 지닌 쪽이 상대하기 까다로울 수밖에 없었다.

우우웅.

카이의 두 눈동자가 녹색으로 물들기 시작했다.

[매의 목격자 효과가 발동합니다.]

카이의 시력이 단숨에 몇 배나 증폭되었다. 그럼에도 스테론의 움직임을 온전히 잡아내는 것은 불가능했다.

'하지만……'

콰드드득!

온전히 잡아내는 것이 불가능할 뿐이다. 스테론의 움직임을 어느 정도 읽어낸 카이는 이어진 그의 주먹을 막아냈다.

"……막혔다고?"

스테론은 바시온의 독이 안 통했을 때보다 훨씬 충격을 받은 듯했다.

"알고는 있었지만, 보통 놈이 아닌 건 확실하군."

가만히 지켜보던 바시온이 경계심을 드러냈다.

"네놈은 대체 뭐지? 너 같은 악마가 하루아침에 나타날 리가 없을 텐데."

"그야 난 악마가 아니거든."

우우우웅!

허공에서 빛이 번쩍이며 성검이 생성되었다.

"나는 인간이다."

카이의 성검이 가슴을 사선으로 길게 베었다. 깔끔한 검격과 함께 피가 분수처럼 튀었지만, 생명력은 그대로였다.

"피가 나는데 생명력은 그대로라니, 이상하다니까."

세르핀과 질릴 때까지 대련해 보았던 카이였다. 어떤 공격을 하더라도, 생명력이 내려가지 않는다는 것은 알고 있었다.

'뭐, 이 버프에도 어느 정도 구멍은 있어.'

바로 대상을 베어낼 수 있다는 것. 그 말은, 마음만 먹으면 상대의 신체 일부를 망가뜨릴 수 있다는 뜻이었다.

"그러니까 지금부터는 전력을 다하는 편이 좋을 거야."

"두 사람의 모습은 여전히 오리무중입니다."

"랭킹에서도 이름을 보이지 않습니다."

연이은 보고에, 쟈오 린의 눈이 조용히 반개했다.

"약속했던 한 달이 지났군."

돌다리가 있으면 그것을 두드려 본 뒤, 안심이 되질 않아 그 것을 부수고 자신이 다리를 새롭게 짓는 남자. 좋게 말하면 조심성이 뛰어난 편이고, 나쁘게 말하면 겁이 많은 것. 하지만 그를 겁쟁이라고 부르는 사람은 몇 없었다.

당연한 이야기였다. 2천만 명의 길드원을 이끄는 사람에게, 그런 말을 할 정도로 간 큰 유저는 없었으니까.

"준비는?"

"명령만 내리신다면, 당장 국경선을 넘을 수 있습니다."

"좋군."

입꼬리를 말아 올린 쟈오 린이 천천히 자리에서 일어났다.

"하지만 우리는 선봉에 서지 않는다."

모난 돌이 가장 먼저 정을 맞는 법이니까.

"오늘 같은 날을 위해 그동안 뇌물을 바쳐온 것이었지."

높은 관직에 앉아 있는 자 중 세상의 간단한 이치를 알지 못하는 이들이 더러 있다.

"돈을 받았으면, 돈값을 해야지."

차갑게 미소 지은 쟈오 린이 부하들을 시켜 서신을 보내기 시작했다. 그날 예순두 개의 서신이 알데바란 왕국의 귀족들 앞으로 전해졌다.

"이렇게 나오는군요."

[흑룡, 알데바란 왕국의 출전에 참가 발표.]

[알데바란 vs 라시온. 전문가들이 분석한 두 나라의 국력]

[난데없는 선전포고로 발등에 불이 떨어진 라시온, 카이는 어디에?]

알데바란 왕국의 뜬금없는 칼을 뽑았다. 그 칼끝은 국경을 맞대고 있는 이웃 국가, 라시온을 향해 있었다.

"오히려 쟈오 린, 그 녀석답다고 해야 하나."

그녀의 말을 받은 자는 고스트였다. 방에는 미네르바와 고스트 외에 적색여명회의 멤버들이 자리를 잡고 있었다.

그들은 리버티아와 하베로스, 아르칸 아카데미 등을 돌아다니며 영지의 경계를 강화하는 중이었다. 특히 적색여명회의 회원들은 레벨 업 할 시간도 부족한데 무슨 영지 방어냐고 투덜거렸지만, 지금은 오히려 휴가처럼 여기고 있었다. 그도 그럴 것이, 카이의 영지들은 각자가 확실한 컨셉을 가지고 있어서 구경하는 맛이 있기 때문이다.

"뭐, 그건 그렇다 치고. 그럼 우리는 어떻게 해야 하지?"

크리스가 손을 들며 물었다.

"여명의 편지와 들어온 의뢰다. 영지를 지킨다."

"흑룡 놈들이 오면, 놈들이랑도 싸우는 건가?"

"물론이지."

시원시원한 고스트의 대답에 미네르바가 말을 얹었다.

"너무 걱정할 필요는 없어요. 저희도 함께할 테니까."

"걱정은 무슨, 오합지졸 따위야 얼마든 상대할 수 있지."

크리스가 코웃음을 치며 중얼거렸다.

"문제는 언제까지 지속되느냐겠지. 회장, 정확히 의뢰가 뭐였다고?"

"카이가 돌아오는 순간까지 영지민들을 보호할 것."

"흐음. 돌아올 수는 있는 건가? 랭킹도 안 뜨는데."

그의 목소리는 아주 살짝 불안정해 보였다.

"왜, 안 돌아왔으면 좋겠나 보네? 계속 1위 하게."

"어부지리로 얻은 자리 따위에 큰 미련은 없어."

"그럼 다행이고. 아, 참⋯⋯."

고스트가 고개를 돌려 미네르바를 쳐다봤다.

"혹시 태양교가 어떻게 움직일지 알고 계십니까."

"태양교라면⋯⋯."

그녀는 미간을 찌푸리고 고민하더니, 고개를 끄덕였다.

"아마 중립을 취할 거예요. 물론 대외적으로 알데바란 왕국을 비판하겠지만⋯⋯."

"태양교의 원조를 바랄 수는 없다는 뜻이군요."

"글쎄요, 확답을 못 드리겠네요."

미네르바가 알쏭달쏭한 미소를 지으며 찻잔을 홀짝였다.

"무슨 뜻입니까?"

"아르칸 아카데미, 아시죠?"

"예⋯⋯ 아, 설마?"

"그곳에는 교황님이 있어요. 만약 흑룡 놈들이 미쳐서 그곳까지 건드린다면, 태양교에서 뿔이 날 수도 있겠네요."

"흐음. 아르칸 아카데미라. 대륙에서 모여든 귀족과 황족들도 있는 것으로 아는데. 도움을 받을 수는 없겠습니까."

"무리일걸요. 사실 알데바란 쪽에서는 아르칸 아카데미를 건드리지 않을 거예요. 그쪽 나라의 인물들도 제법 들어와 있고, 그곳을 건드리면 큰일 난다는 걸 알고 있으니까요."

"즉 NPC들은 건드리지 않을 것이다, 이 말이군요."

"네. 하지만 멋모르는 유저들은 건드릴 수 있겠죠."

아르칸 도시가 정확히 무엇을 하는 곳인지에 대해서는 세간에 공개되지 않았다. 대륙에서 온갖 고귀한 핏줄들이 모이는 것으로 보아, 건드리면 안 될 장소라고 생각만 할 뿐.

"골치 아프군요. 크리스, 아르칸 쪽은 네가 맡아라."

"나 혼자서?"

"성혈단이 아르칸 아카데미를 수호할 거니 걱정 마세요."

"좋군요. 그럼 나머지는 시리스를 수성하겠습니다."

카이의 영지는 셀 수도 없이 많다. 동부의 몇 개 도시를 빼고는 모두 그가 다스리고 있었으니까. 그중 시리스는 라시온의 북부와 동부를 가르는 협곡 성채였다. 실제로 라시온의 변절자들이 배신했을 때도, 가장 먼저 점거하려고 했었다.

"시리스 성채를 단단히 틀어막으면, 그 협곡의 뒤로는 아무도 지나갈 수 없습니다."

"무시하려면 엄청난 시간이 소모되죠. 좋은 생각이에요."

미네르바가 미소를 지으며 말을 이었다.

"그리고 아마 저희를 도와줄 이들이 더 있을 거예요."

라시온 왕국에 둥지를 틀고 있는 것은 카이뿐이 아니었다.

※

"호반 백작님께서 입장하십니다! 오지라 남작님께서 입장하십니다! 파로스 자작님께서 입장하십니다!"

알데바란 왕궁으로 수십의 귀족이 들어섰다. 작위는 달랐지만 공통점이 있었다. 막강한 사병을 지닌 군벌이라는 것.

"쟈오 린 자작님께서 입장하십니다!"

당연한 말이지만 쟈오 린도 그들 중 하나였다. 그는 시종의 안내를 받으며 곧장 작전 회의실로 향했다.

'살다 보니 이런 날이 오긴 하는군.'

라시온 침공군 결성. 흑룡 길드를 결성하던 초창기 때부터 노리던 숙원 중 하나였다. 물론, 침공 목표 자체는 달라졌다.

'그게 벌써 1년 반 전인가…… 그때는 참 재미있었지.'

당시의 미드 온라인은 단 한 단어로 설명이 가능했다.

격전지.

수억의 유저들. 수백, 수천 개의 길드가 저마다 깃발을 내세우고 포부를 드러냈다. 그중 선두에서 달리던 10개의 길드는 세계 10대 길드라는 영광스러운 칭호를 부여받았다.

'라시온 왕국은…… 황금의 땅이나 다름 없었지.'

내륙 지방인 알데바란, 하란 왕국과는 다르다. 라시온 왕국은 산과 바다, 들판과 강까지. 무엇하나 부족함이 없었다. 그래서인지 세계 10대 길드 중 다섯 길드가 라시온 왕국에 둥지를 틀고 있었다.

검은 벌과 타이탄, 천화, 워리어스, 프레이까지. 그들과 끝없이 경쟁하고, 몸집을 키우며 사냥터를 통제했다. 문득 지난 일 년 반을 되돌아보니 참 열심히 달려왔다는 것이 느껴졌다.

'하지만 이제 슬슬 끝을 볼 시기지.'

같이 선두를 달리던 경쟁자 중 절반가량이 탈락했다. 상향 평준화되는 유저의 속도를 따라가지 못하고 자멸하거나, 누군가를 잘못 건드리거나.

'카이.'

10대 길드 중 두 곳을 먹어치운 괴물. 쟈오 린이 가장 경계하고, 두려워했으며, 가장 깊게 관찰했던 인물이다.

'하지만 없는 자리에서 빛나진 못하는 법.'

그가 돌아올 수 있는 것인지, 만약 돌아올 수 있다면 언제 돌아올 것인지 쟈오 린을 아무것도 몰랐다. 그럼에도 불구하고 그는 승부수를 던졌다.

'보름, 딱 그 정도의 시간이면 충분하다.'

라시온의 북부를 시작으로 동부까지 일직선으로 밀어버리는데 소요되는 시간. 계산에 따르면 딱 보름이 걸린다.

천화? 워리어스? 프레이? 놈들이 똘똘 뭉쳐도 달라질 건 없다.

'지금 당장 가용할 수 있는 길드 병력만 800만.'

물론 그들 중 랭커는 한 줌밖에 안 된다. 애초에 흑룡 길드에 소속된 2천만 길드원들 중 대다수는 유령 길드원이니까. 머릿수만 대책 없이 늘려놓았기에 흑룡은 날 빠진 검, 오합지졸이라고 불려도 할 말은 없다. 허나 처음부터 상대를 방심시키는 것이 '목적'이었다면 이야기는 달라진다.

'카이가 있어도 이길 확률이 높은데 자리를 비웠다.'

이미 상대방의 수준은 뮬딘 교를 통해 충분히 검증한 상태였다. 스팅, 골리앗과 손을 잡고 어울려준 이유도 라시온 쪽의 실력을 파악하기 위함이었으니까.

'조만간 바빠지겠군.'

전쟁은 승리하는 것보다, 끝난 뒤 늘어난 영토를 안정화시킬 때가 바쁜 법이니까.

카이가 마계에 도착한 지 정확히 30일이 되는 날.

[신출귀몰을 사용하실 수 있습니다.]

"오."

이제 원할 때면 언제든지 중간계로 돌아갈 수 있다.

'그럼 이제 슬슬 메인 디쉬를 노리러 가볼까.'

카이가 고개를 돌려 두 대공을 바라봤다. 뽑을 만한 건 이미 다 뽑아낸 후였다.

'재미있는 것들을 배웠어.'

검은 뇌전의 스테론. 개인적으로 그에게는 아무것도 배울 것이 없다고 생각했다. 번개를 다룰 수 없었으니까.

'하지만 있었네.'

까먹었던 아이템 효과. 자탄의 중력 장갑이 주인공이었다. 장갑에는 중력장을 생성 시 속성을 부여하는 효과가 깃들어 있다. 운 좋게 전격 속성이라도 부여받게 된다면.

'스테론의 움직임을 어설프게나마 따라 할 수 있어.'

그것은 대공 급 강자에게는 통하지 않을 잔기술이다. 허나 유저들을 상대할 때는 그보다 유용한 것이 없을 터.

"배운 거 잘 써먹을게."

"지독한 인간. 제발 꺼져라. 제발······."

바시온이 구슬픈 목소리로 중얼거렸다. 맥없는 소리였다.

"안 그래도 갈 생각이었어. 너희들은 이제 어쩔 거지?"

카이의 질문에 바시온과 스테론이 서로를 쳐다봤다. 잔뜩 지친 표정의 두 대공은 힘없이 고개를 돌렸다.

"난 성으로 돌아가겠다."

"바시온. 네놈의 목은…… 당분간 보관하고 있어라."

영지로 돌아가서 뜨거운 물에 목욕한 뒤 자고 싶다. 그것이 두 대공의 머릿속을 가득 채운 유일한 사고였다.

"그럼 알아서들 하고. 나중에 또 보자고."

"미친 소리하지 마라. 두 번 다시 볼 일 없을 거다."

"카이라고 했나? 반드시 기억해 두지."

두 대공은 카이에게 완전히 질린 상태였다. 그는 때려도 피해를 입지도, 죽지도 않는다. 그렇다고 마냥 피할 수도 없는 이유는, 기어코 쫓아와서 자신들을 두들겨 팬다. 결국 두 대공은 울면서 겨자를 먹는 심정으로 어울려 줄 수밖에.

"강화 소환, 미믹."

늠름한 와이번을 소환한 카이가 그 위에 올라탔다.

"가자."

신들도 꺼려 한다는 마계의 왕. 앙골모아를 만나러.

카이는 네 명의 대공과 모두 손을 섞어봤다. 그러면서 한 가지 생각이 확실하게 그의 머릿속에 자리 잡혔다.

'대공들은 안 돼.'

그들은 자신의 전력을 받아낼 수 없기 때문이다.

'하지만 마왕이라면 어떨까.'

스테론보다 빠르고, 바시온보다 지독한 마기를 뿜어내며. 온갖 속성의 마법을 다룬다는 마왕 앙골모아. 카이는 그녀와의 만남을 학수고대했다.

펄럭, 펄럭.

마계 대륙을 주파한 미믹이 마왕의 영역에 들어섰다.

[유하린 : 카이님, 어디세요?]

[카이 : 저 지금 마왕 만나러 가고 있어요.]

[유하린 : 아하, 신출귀몰은 어떻게 됐어요?]

[카이 : 사용가능해요. 마왕이랑 대련 끝나면 같이 이동하면 될 것 같네요.]

[유하린 : 그런데 괜찮으세요? 아침에 커뮤니티 잠깐 봤더니 전쟁 일어난다던데…….]

[카이 : 괜찮아요ㅎㅎ 라시온 왕국군은 물론이고, 프레이 길드랑 성혈단. 적색여명회까지 영지를 보호해 줄 거예요. 천화랑 워리어스도 자기 땅 지키려면 별수 있나요? 죽기 살기로 싸워야죠.]

설마 그들 전부가 흑룡 길드와 알데바란 왕국에게 무너질 것이라는 생각은 들지 않았다.

　　[유하린 : 그렇다면 다행이구요. 마왕이랑은 며칠 정도 대련할 생각
이세요?]
　　[카이 : 음. 해봐야 알 것 같은데요. 물어볼 것도 있구요.]
　　[유하린 : 물단에 대한 건이죠?]
　　[카이 : 네.]
　　[유하린 : 알겠어요. 버프를 받았다지만 조심하시구요.]
　　[카이 : 하린 씨도 조심하세요.]
　　[유하린 : 걱정해 줘서 고마워요♡]

　　"흠."
　　메시지를 보고 있던 카이가 머리를 긁적거렸다. 요즘 들어
부쩍 하린 씨와 가까워진 기분이 든다.
　　'이게 여행의 힘이겠지.'
　　타지에서 함께 생활하며 의지하니, 사이가 좋아질 수밖에.
　　"끼루룩!"
　　잘 날아가던 미믹이 돌연 구슬픈 울음소리를 토해냈다.
　　"왜?"
　　카이가 미믹의 목을 쓰다듬으며 진정시켰지만, 미믹은 힘없
는 날갯짓과 함께 천천히 지상으로 내려갔다.

'왜 이러지?'

[미믹의 상태가 '굶주림'으로 바뀌었습니다.]

"이런."

카이가 깜짝 놀란 표정을 지었다. 소환수를 거둔 뒤로, 단 한 번도 이런 메시지가 떠오른 적은 없었다.

'그야 내 새끼들은 늘 잘 먹여왔으니까.'

돈도 많겠다. 카이는 소환수들이 먹는 것에는 크게 돈을 아끼지 않았다. 하지만 마계에서는 마음대로 되지 않았다.

'돈으로 먹을 것을 살 수 있는 곳도 없고…… 생각해 보니 하린 씨가 요리해 줬던 게 마지막 식사였네.'

그 이후로 모든 소환수들이 쫄쫄 굶고 있는 상태. 물론 빛의 전사들은 영혼 상태라서 음식을 섭취할 필요가 없다. 하지만 블리자드와 미믹, 그리고 카이는 달랐다.

'미믹도 슬라임 형태에서는 포만도가 무한인데 말이지.'

슬라임 형태. 그러니까 아무런 변신도 하지 않은 상태에서의 미믹은 음식을 먹을 필요가 없다.

하나 와이번 형태나 킹 샌드웜 등등. 다른 생물로 변신을 했을 때는 주기적으로 음식을 넣어줘야 했다. 문제는 미믹이 먹이를 가린다는 점이었다. 와이번의 형태를 취하고 있어도 고기를 먹는 것이 아니다. 기본적으로는 슬라임이기 때문인지, 녀석은 주로 액체 형태의 음식을 먹어왔다.

'한동안 푸른 역병을 꾸역꾸역 먹더니. 요즘은 안 먹던데.'

카이는 혹시나 하는 심정으로 푸른 역병을 살짝 뿜어냈다.

"미믹, 배고프지? 이것 좀 먹어볼래?"

"뀨룽."

'그거 싫어요'라고 하는 듯 고개를 휙 돌리는 미믹.

머쓱해진 카이는 인벤토리를 뒤지기 시작했다.

'정리 정돈을 하도 안해서 여기도 난리네.'

온갖 아이템들이 무분별하게 자리를 차지하고 있었다.

"이건 먹을 수 있어? 캔 참치인데. 국물도 있단다."

도리도리.

"그럼 이건? 헬릭 님이 너무 많이 드시길래 압수했다가 까먹고 못 돌려준 초콜릿인데."

도리도리.

"하, 미치겠네."

이것도 싫다, 저것도 싫다. 어쩌면 미믹은 헬릭 님보다도 편식이 심한 것이 아닐까 싶다.

'먹을 건 이게 전부인데. 다 싫으면 뭘 먹어야…… 음?'

가방을 정리하던 카이의 눈이 살짝 커졌다. 그것은 마치 어머니의 등쌀에 못 이겨 방 청소를 하던 중, 침대 밑에서 천 원짜리 지폐를 발견할 때와 비슷한 반응이었다.

"이건?"

[자탄의 핵]

등급 : 유니크

자탄의 에너지를 담당하던 핵입니다. 신성력을 부여하면 재가동합니다.

'자탄의 핵⋯⋯.'

자탄을 물리치고 얻었던 보상 중 하나다.

'미믹 때랑은 설명이 조금 다르네.'

미믹 같은 경우는 아오사를 잡고 나온 불완전한 핵에서 깨어났다. 당시에는 '신성력을 부여하면 깨어납니다'였다.

"뀨룽?"

자탄의 핵을 꺼내자 미믹이 휙 고개를 돌렸다. 와이번의 올망졸망한 눈이 반짝거리며 자탄의 핵을 빤히 쳐다봤다.

"잠깐 기다려 봐. 재가동부터 시켜보게."

신성력을 주입하자 핵이 떨리기 시작했다.

우우웅.

마치 오래된 쇠에 붙어 있던 녹이 떨어져 나가듯. 새카만 부분들이 바스러지기 시작했다. 이윽고 나타난 것은 영롱하게 빛나는 자탄의 핵. 마치 심장처럼 펌프질을 반복했다.

"뀨루루루룽!"

미믹이 날뛰기 시작한 것도 그때였다. 평소에는 애교라고는 일절 없던 녀석이 배를 까뒤집으며 다리를 흔들어댔다.

"이거 먹고 싶어?"

끄덕끄덕!

맹렬하게 고개를 끄덕이는 미믹을 보며 생각에 잠겼다.

'애한테 불량 식품 먹이면 안 되는데…… 괜찮겠지?'

우선 레이드 보스 몬스터에게서 나왔던 것이고, 미믹이 이 토록 먹고 싶어 하는 건 처음이다.

"좋아. 그럼 먹어봐."

카이가 핵을 내밀자, 미믹이 슬라임 형태로 돌아왔다.

"웅? 잠깐만. 네가 슬라임 형태로 무언가를 먹는 걸 본 적은 없…… 아, 한 번 있구나."

과거의 기억을 떠올린 카이의 눈빛이 반짝였다.

"그럼 설마…… 이번에도?"

아니나 다를까.

[미믹이 자탄의 핵을 흡수하기 시작했습니다. 모든 흡수가 완료되면 미믹이 중력장을 완벽하게 다룰 수 있습니다.]

[진행률 1.2%……]

118장
마계의 왕

카이는 미믹이 핵을 온전히 흡수할 때까지 차분히 기다렸다. 그러면서도 경계를 늦추지 않았는데, 혹시라도 미믹의 신변에 이상이 있을까 봐였다.

[진행률 98.2%, 99.4%, 100% 달성!]
[미믹이 자탄의 핵 흡수를 완료했습니다. 중력장의 힘을 완벽하게 다룰 수 있게 되었습니다. 이제부터 자탄(레이드)의 형태를 취할 수 있게 됩니다. 흉내 내기 스킬이 고급 4레벨이 됩니다.]

"오."

인내는 쓰고 그 결실은 달콤하다 했던가. 카이는 기다림 끝에 찾아온 열매를 두고 진한 미소를 지었다. 하지만 그전에, 먼저 칭찬해 줘야 할 녀석이 있었다.

"고생했다."

카이가 미믹의 몸을 쿡쿡 찌르며 낮게 웃었다. 누가 뭐라고 해도 제 몸집만한 핵을 흡수하느라 힘들었을 것이다.

"그럼 이제 배는 안 고파?"

대답이라도 하듯, 미믹은 와이번의 모습으로 변했다. 그런데…… 평소와는 달랐다.

'미믹이 흉내내기의 대상으로 삼은 것은, 분명 설산을 날아다니던 와이번이야.'

당연히 노말 등급의 흔한 와이번이었다. 외형도 볼품없었고, 카이도 비행 능력 외에는 기대하지 않았다. 하지만 지금 모습을 드러낸 와이번은 누가 봐도 듬직해 보였다. 2배 가까이 불어난 덩치에 윤기가 자르르 흐르는 비늘. 평소보다 더 날카로워진 파충류의 눈매는 믿음직스럽다.

"혹시 흉내내기의 스킬이 올라서 그런가?"

"끄르릉."

미믹이 고개를 끄덕이며 대꾸했다. 와이번의 소리도 평소보다 조금 더 허스키해진 듯하다.

"뭐, 좋아. 나쁠 건 없겠지."

미믹의 위에 올라타 녀석의 목을 부드럽게 쓰다듬었다.

"가자고."

펄럭, 펄럭!

이전보다 1.5배는 더 거대하고 튼튼한 양쪽의 날개가 천천히 휘둘러졌다. 땅바닥의 흙먼지가 사방으로 흩어져나가는 순간. 미믹이 총알과 같은 속도로 창공을 향해 비상했다.

마왕성. 그곳에는 이렇다 할 이름이 없었다. 애초에 앙골모아는 자잘한 부분까지 신경 쓰는 꼼꼼한 타입이 아니었으니까. 그녀는 자신의 성을 '집'이라고 불렀고, 다른 악마들은 마왕성이라 불렀다. 마왕성에 배속되기를 바라는 악마들의 수는 셀 수도 없이 많았다. 다른 지역에서 힘 좀 주고 다닐 중급 악마들은 이곳에서 고개도 못 들었다. 마왕성에는 최상급 악마도 발에 챌 정도였으니까.

동, 서, 남, 북. 사방에서 달마다 공물로 보내오는 막대한 마정석은 마왕성의 권위를 나날이 높여주었다.

"으으음······."

앙골모아는 훌륭한 저녁형 악마였다. 오후가 되면 눈을 뜨고 한참을 활동하다가, 아침이 되면 잠을 잔다. 타의 모범이 되는 훌륭한 라이프 사이클.

그날도 마찬가지였다.

"흐으아암."

늘어지게 하품을 한 앙골모아는 마왕 전용의 망토를 대충 걸친 뒤, 화장실로 향했다. 168cm의 나이스한 신장에 구릿빛 피부. 양쪽 관자놀이에 박혀 있는 두 개의 뿔은 마치 교회의 첨탑을 연상시키는 것처럼 늠름했다.

"오늘도 내 뿔은 멋있구나."

마계의 그 어떤 악마도 흉내 내지 못하는 길고 유려한 디자인의 뿔이었다. 그것은 앙골모아의 자랑 그 자체였다.

세안을 마친 그녀는 곧장 알현실로 향했다. 그녀는 아주 자연스럽게 마수들의 두개골로 만든 옥좌에 앉았다.

"여봐라."

"부르셨습니까."

마왕의 부름에 최상급 악마들이 고개를 조아렸다.

"며칠 전부터 북동쪽이 요란스럽던데, 무슨 일이지?"

"전쟁입니다, 마왕님. 또 바시온과 스테론입니다."

"흐응?"

앙골모아가 흥미를 드러냈다.

"그 두 녀석이야 항상 그래왔지만…… 그걸 제외하더라도 기운이 요란한데."

"두 대공이 단단히 작정한 듯, 이번에는 전면전을 펼치고 있습니다. 수천만 마리의 악마들이 모여서 싸우는 진귀한 풍경이 연출되고 있다는 소식입니다."

"아니 아니. 그런 뜻이 아니다. 바시온과 스테론의 기운 말고, 또 다른 기운이 그들과 함께 있는 것을 느꼈다."

"예? 하지만……."

"두 대공이 진심으로 힘을 끌어올리면, 그곳에는 다른 생물이 진입할 수 없게 됩니다."

"닿는 것만으로 대상을 녹여 버리는 맹독과 뇌전의 마기가 일대를 지배하기 때문이지요."

"흐으음."

그랬던가. 관심이 사그라든 앙골모아가 화제를 돌렸다.

"남부 쪽은 어떻게 되고 있지?"

"해방군 녀석들의 독주가 펼쳐지고 있습니다."

"해방군이? 그건 좀 의외로구나."

"인간의 도움이 크다고 합니다."

"인간이라면…… 키네사를 죽였다는 맹랑한 녀석?"

"아닙니다. 그 녀석의 동료인 다른 인간이라고 합니다. 하얀 사신이라고 불리는 여자라 들었습니다."

"인간들이 그렇게 강하단 말이냐."

"저희도 그것이 참 의문인데…… 결과가 그리 나오고 있으니 뭐라 말씀을 드리기가 참."

악마들이 머리를 긁적이며 고개를 푹 숙였다. 이에 앙골모아의 고개가 모로 기울어졌다.

"하지만 정말 이상하구나. 나도 얼마 전에 인간 하나와 계약을 했다. 그 인간은 약하던데."

"악마들 등급이 나뉘어져 있듯, 인간 역시 그런 것이 아닐까 사료되옵니다. 하급 인간, 중급 인간, 최상급 인간 등등으로 말입니다."

"그런 것이더냐. 중간계와의 연결이 끊어진 지 오래라 정보 갱신이 늦구나."

"여러 방법을 통해서 최대한 알아보고 있는 중입니다."

"만약 너희들이 말이 사실이라면, 이번에 마계에 온 두 인간의 수준은 어느 정도라고 생각하지?"

"음. 우선 남자 쪽은 키네사를 죽였다는 점을 봤을 때 명실상부, 최소 대공 급 강자입니다."

"재미있구나. 여자 쪽은?"

"파악 결과 최상급 악마 정도의 수준입니다."

"제법 차이가 나는구나."

"예. 하지만 크게 신경 쓰실 필요는 없을 것 같습니다."

"뭐, 아무래도 좋다만."

나른한 표정의 앙골모아가 늘어지게 하품을 했다.

"그럼 이제 일을 시작하자꾸나."

"예, 마왕님."

알현실에 모인 최상급 악마들이 붉은 안광을 번뜩였다. 그들은 비정한 마계에서도 엄격한 경쟁을 통해 선별된 최상급 악마들. 앙골모아의 직속 수하들인 만큼 그 강력함은 타의 추종을 불허했다.

우르르르릉!

그때, 마왕성의 입구 부근에서 굉음이 터져 나왔다.

모든 악마들의 시선이 그쪽으로 돌아갔을 때. 콰앙! 알현실의 문이 거칠게 열리며 상급 악마 하나가 뛰어들어 왔다.

"감히 상급 따위가!"

"어느 안전이라고 그리 경솔하게 행동하는가!"

"죄, 죄송합니다! 사안이 사안인지라……."

"되었다. 무슨 일이더냐."

상급 악마가 침을 꿀꺽 삼키며 보고했다.

"소, 속보입니다. 침입자가 나타났습니다!"

"침입자? 그게 뭐지."

"그거 말하는 거 아닌가? 무단으로 들어오는 자."

"설마. 지금 마왕성에 침입자가 나타났다는 소리인가."

"음…… 생각해 보니 말이 안 되는군."

웅성웅성.

"조용!"

앙골모아가 부드러운 목소리를 뱉어냈다.

"자세히 이야기해 보아라. 침입자라니?"

"왜, 웬 미친놈이 마왕성의 입구를 무너뜨렸습니다."

"입구를? 하지만 그곳은 다로스가 지키고 있을 텐데?"

"그 다로스가…… 거석의 다로스가 당했습니다!"

"호오. 여봐라. 간만에 명성을 좇는 악마가 나타난 듯하니 적당히 손을 봐주도록 하여라."

"맡겨만 주십시오."

"저희는 마왕님의 직속 부대."

"절대 실망시켜 드리는 일이 없습니다."

"마왕성이라니…… 소설이나 만화에서나 보던 건데."

마왕성은 더도 말고 덜도 말고, 그냥 마왕성 같았다. 깎아놓은 듯한 절벽이 있었고, 그 위로 붉은 달이 걸쳐져 있다.

'하나, 둘, 셋, 넷…… 총 다섯 층으로 이루어져 있나?'

마왕성의 층수를 세던 카이는 재미있겠다는 생각을 품으며 입구를 향해 걸어갔다.

"음?"

마왕성의 문지기인 상급 악마, 다로스가 감겨 있던 눈을 떴다. 그는 몸집이 산만 한 악마였다. 단순한 비유가 아니라 신장이 웬만한 아파트 5~6층 정도는 되어 보였다. 앉아 있는 상태로도 성채의 절반 정도에 미치는 크기였으니 그 위압감은 어마어마했다. 심지어 살집도 제법 있는 편이라, 성채에 딸린 거대한 입구가 그의 몸에 막혀 있었다.

말 그대로 문지기의 표본 같은 존재. 허락 없이는 그 누구도 마왕성으로 들어갈 수 없을 것 같았다.

"누구인가."

"앙골모아라고 했나? 마왕을 좀 만나러 왔는데."

옆집 친구처럼 부르는 카이의 언사에, 다로스가 긴장하며 물었다.

"혹시 약속이 되어 있는가."

"그런 건 안 되어 있는데……."

"그렇다면 지나갈 수 없다."

다로스가 거대한 뱃살 위로 팔짱을 끼며 고개를 흔들었다.

"고귀하고 위대하신 마왕님의 성에 들어올 수 있는 것은 초대를 받거나 스스로 자격을 증명한 악마들뿐이다. 그들을 제외한 이들이 지나가려고 한다면, 나, 문지기 다로스를 꺾고 지나가야 할 것이다."

"어? 그거면 돼?"

카이가 눈을 동그랗게 뜨며 반문했다.

"음? 혹시 잘 못 들었나?"

"아니, 잘 들었어. 널 꺾으면 지나갈 수 있다고 들었는데."

"크핫!"

다로스가 웃음을 터뜨렸다. 자신의 손가락 한 마디 정도밖에 안 되어 보이는 조그마한 악마가 하는 소리니 그럴 수밖에. 물론 몸의 크기와 강함은 관련이 없다지만, 상대는 마기가 느껴지지 않는 애송이가 아닌가.

"뭐 할 수 있다면 마음껏 해보거라."

다로스가 성채에 등을 파묻으며 눈을 감았다.

"그럼 잠깐 실례를."

카이는 천천히 걸음을 옮겨 다로스의 앞에 섰다. 가까이 와서 보니 정말 거대하다. 고개를 수직으로 꺾어야 머리가 겨우 보일 정도의 높이였으니까.

"크흐흡."

그런 카이를 가만히 내려다보던 다로스가 결국 웃음을 터뜨렸다. 자신을 진심으로 밀어내려는 것인지, 소매를 걷어붙이는 모습이 우스웠기 때문이다.

'하는 짓이 참 귀엽군.'

고작 소매 따위를 걷어붙인다고 자신을 밀어낼 수 있을 리가 없지 않은가. 다로스는 진심으로 충고했다.

"부당한 지름길을 찾을 생각을 하지 말고, 다른 악마들처럼 차근차근 힘을 키우며 명성을 올리다 보면 자연스럽게 마왕님의 초대장을 받게 될⋯⋯?"

기묘한 부유감이 다로스를 휘감았다.

'……응?'

처음에는 너무 웃겨서 그런 줄 알았는데, 시간이 지날수록 그게 아니라는 걸 깨달았다. 왜냐하면 그의 몸은 '실제로' 바닥에서 떨어져, 허공에 붕 떠오른 상태였으니까.

"어이구, 잘한다."

조그마한 악마는 어깨에서 꿈틀대는 슬라임을 쓰다듬었다.

"너랑 같이 쓰니까 효과가 몇 배나 증폭된다. 그렇지?"

꼬물꼬물.

그 모습을 쳐다보던 다로스의 두 눈에 분기가 차올랐다.

"네 이놈! 무슨 잔기술을 쓴 건지는 모르겠지만, 거석의 다로스가 입구를 막고 있는 한……!"

하지만 그의 말이 채 끝나기도 전. 카이는 마치 벌칙을 수행하는 사람처럼 손가락을 가볍게 튕겼다. 흔히들 말하는, '딱밤'이었다.

'감히 나, 문지기 다로스를 상대로 딱밤 따위를!'

다로스가 분노 섞인 노성을 터뜨리려는 순간.

따악!

카이의 손가락이 그의 두툼한 뱃살을 강타했다. 동시에 두 개의 중력장으로 인해 깃털처럼 가벼워진 그의 몸이 빛살처럼 튕겨져 나갔다.

하지만 그것만으로는 의미가 없다.

"중력장 해제."

카이는 아주 절묘한 타이밍에 중력장을 해제했다. 당연한 말이지만, 깃털처럼 가볍던 다로스도 무게를 되찾았다.

콰르르르르릉!

그렇게 날아간 다로스의 거대한 신형은 마왕성의 외벽과 내벽. 그 모두를 시원하게 무너뜨렸다.

"마왕성 입구까지 고속도로 뚫렸네?"

꼬물꼬물.

새롭게 얻은 힘이 재미있었는지, 미믹이 카이의 어깨 위에서 연신 꿈틀거렸다.

"안쪽은 던전 같이 생겼네. 아, 여기 던전인가?"

"뀨루룽."

카이의 중얼거림에 미믹이 반응했다. 가장 좋아하는 토끼 모양으로 변한 녀석은, 편한 정수리에 자리 잡고 누워버렸다.

"자, 그럼 마왕이라는 녀석을 만나러 가볼까."

눈을 까뒤집고 기절한 다로스의 몸을 넘어 마왕성에 입장한 카이는 무작정 앞으로 나아갔다. 예전의 신중한 카이라고는 생각할 수 없는 과감한 움직임이었다. 던전의 어디에서, 언제 튀어나올지 모르는 함정과 매복한 몬스터. 그건 방심하지 못할 만한 요소들이었으니까.

하지만 그것은 과거의 이야기일 뿐. 지금은 아니었다.

달칵!

때마침 함정이 작동했다. 원인은 카이가 멋모르고 밟은 바닥의 튀어나온 돌이었다. 발동과 동시에 복도의 벽과 천장이 뒤집히며 수십 다발의 창이 날아왔다.

콰드드드득!

하지만 함정은 카이의 옷깃 하나 건드리지 못했다.

"위험했네. 그렇지?"

어릿광대의 신발에 달려 있는 효과, '도약'을 통해 허공을 격하고 뛰어넘은 것. 오히려 카이보다 놀란 것은 미믹이었다.

상당히 놀랐는지 눈을 키우고 있던 녀석은 조금 진정되자 부드러운 앞발로 카이의 머리카락을 툭툭 때렸다. 전혀 아프지 않았고, 왜 이렇게 놀래키냐는 투정처럼 귀엽기만 했다.

"하하하. 앞으로도 조심은 못 하겠지만, 그래도 이편이 더 빠를걸."

달칵.

말이 끝나는 것과 함께 또 하나의 함정이 작동했다. 이번엔 벽이 뒤집히며 다섯 마리의 마족이 등장했다.

"겁도 없이! 무지는 죽음으로 사죄하라!"

"절대영도."

마족들은 등장과 동시에 꽁꽁 얼어붙었다. 세르핀의 저택이 있던 마을의 얼음상들처럼.

"자, 가자고."

쭉쭉 뻗어나가는 카이를 막을 수 있는 것은 없었다. 그것이 함정이 되었든, 마족이 되었든. 다섯 층으로 이루어진 마왕성의 1층을 돌파하는 데 걸린 시간은, 고작 21분이었다.

"크, 큰일 났습니다!"

"오늘 따라 큰일이 자주 나는구나."

최상급 마족들이 침입자를 죽이고 공을 세우겠다며 나가서 썰렁해진 알현실. 앙골모아는 심드렁하게 대꾸했다.

"이번엔 또 무슨 일이더냐."

"치, 친위대 분들이 모조리 패배하고 도망치셨습니다!"

"음?"

길다란 속눈썹이 아래로 내려왔다가 다시 올라갔다.

"그 녀석들이 당했단 말이냐? 몇 놈이냐?"

"전부입니다. 침입자는 이미 2층을 돌파 중이며, 성내의 그 어떠한 함정도 통하지 않습니다!"

"호오. 그건 좀 흥미롭구나. 정체는 알아냈느냐?"

"죄송합니다. 아직 알아내지 못했습니다."

"뭐, 되었다. 만나게 되면 알게 될 터. 모든 함정을 해제하고 이곳으로 향하는 길을 열어라."

"예? 하지만 그건……."

"친위대 녀석들도 막지 못한 녀석이다. 고작 함정 따위로 막아낼 수 있을 리가 없지."

그것은 사실이었다. 그녀의 친위대는 모두 최상급 악마들. 마계에서 고르고 고른, 최상급에서도 수위를 다투는 존재들.

"아, 알겠습니다."

알현실에 혼자 남은 앙골모아의 입꼬리가 하늘을 향했다.

"이거, 빨리 오라고 보채는 수준인데?"

카이는 갑작스럽게 생성된 계단을 보며 피식 웃었다.

이미 그의 손에 쓰러진 악마들이 제법 된다. 마왕은 그 한심한 작태를 두고 볼 수 없었는지 계단을 줬다.

"그럼 슬슬 마왕을 만나러 갈 테니, 들어가 있어?"

"삐잇."

미믹이 카이의 머리카락을 톡톡 두드리며 고개를 흔들었다.

솜방망이에 얻어맞은 듯한 느낌에 시선을 위로 올렸다.

"왜? 싫어?"

"삐잇."

미믹의 순수한 눈을 쳐다보자 심장이 지르르 울렸다.

"그래도 안 돼."

하지만 교육 방침 하나는 확실한 카이가 고개를 흔들었다.

"일 다 끝나면 불러줄 테니까, 들어가 있어."

카이가 미믹을 역소환하려던 순간, 굉장히 오랜만에 보는 메시지가 떠올랐다.

[보물 사냥꾼의 효과가 발동합니다. 10미터 이내에 숨겨진 보물이 존재합니다.]

"오?"

스페셜 칭호인 보물 사냥꾼의 효과. 주변에 있는 보물을 알려주는 이 기능은 숨겨진 방에 대한 힌트도 제공해 준다.

'그렇다면…'

카이의 눈이 주변을 쓸었다. 10미터 이내의 공간 안에서, 문이 달려 있는 장소는 단 하나였다.

"그러고 보니 이 문을 지키고 있던 악마 녀석, 꽤 강했지. 최상급이라고 했나?"

생각해 보니 뭔가 말을 하려고 했던 것 같긴 하다.

"위대한 마계의 왕께서 보관 중이신 뭐라고 했었는데."

그게 설마 보물 창고를 설명하는 문장이었나.

머리를 긁적인 카이는 문을 열고 안쪽으로 향했다. 길다란 복도가 나왔고, 그곳을 쭉 걸어가자 문이 하나 더 나왔다.

끼이익, 그 문을 지나는 순간.

[마왕의 보물 창고에 입장했습니다.]

'역시.'

눈을 반짝인 카이가 주변을 둘러보았다. 벽에 붙은 은은한 횃불이 보물 창고의 내부를 여실히 밝혀주고 있었다.

"…와."

카이의 입에서 저도 모르게 탄성이 흘러나왔다. 보물 창고는 금화로 도배가 되어 있었으니까.

"과연, 왜 과거 사람들이 금에 미쳤는지 이해가 되네."

횃불이 일렁일 때마다 찬란하게 빛나는 금은, 자신이 왜 태양을 상징하는 광석이 되었는지를 여실히 증명해 냈다.

'이게 다 골드란 말이지?'

카이는 몸을 숙여 바닥의 금화 하나를 집어 들었다.

카즈라에게 듣기로는 마계에선 금이 희귀하다고 했다.

'금이 희귀한 지역에서 이 정도 양이라니… 진짜 어지간히도 해먹는구나, 마왕.'

못해도 수백만 골드는 나올 것 같았다.

'하지만 이걸 유저에게 줄 리는 없지.'

카이가 금 덩어리를 집자 경고 메시지가 출력되었다.

[주인의 허가 없이 가져갈 수 없는 아이템입니다. 내려놓으십시오, 마왕의 분노를 살 수도 있습니다.]

"에라이."

뭐, 처음부터 예상했던 일이기에 카이는 입맛을 다시면서 금화를 튕겨서 내던졌다. 전 세계의 천재들이 모여 있는 페가수스 사가 바보도 아니고, 이만한 골드가 시장에 풀리면 시장 경제가 무너진다는 것을 모를 리는 없다.

'아마 여기서 가져갈 수 있는 건 극히 일부일 거야.'

금화의 바다 사이사이에는 보물들이 널려 있었다.

"삐!"

그때, 미믹이 카이의 정수리를 박차고 튀어나갔다.

"야, 위험해!"

보물 창고에도 함정이 없을 것이라는 보장은 없다. 카이는 황급히 미믹의 뒤를 따랐다.

"그건 뭐야. 또 어디서 찾았대?"

미믹이 찾아낸 것은 자그마한 반지였다. 금화 사이에 섞여 있던 것이기에, 카이 혼자였다면 찾아내지 못했을 것이다.

"꺙!"

미믹이 앞발 두 개를 내밀어 반지를 건넸다.

"나 주는 거야?"

끄덕끄덕.

"우리 미믹, 기특하네."

머리를 가볍게 쓰다듬어 준 카이가 반지를 집어 들곤 이리 저리 살폈다.

'디자인이 되게 유려한데? 여자들이 좋아하겠어.'

실버 색상으로 이루어진 반지는 뫼비우스의 띠처럼 유려한 곡선을 그리고 있었다. 게다가 하트 형태로 박혀 있는 알은 순수한 보랏빛 마정석.

[라브의 반지 - 영원]

등급 : 에픽

……착용자에게 '영원' 효과 부여.

(체력이 30% 아래로 떨어질 시, 10%의 체력을 회복하고 5,000의 피해를 흡수하는 방어막 생성.)

'생각보다 좋은 건 아니네.'

특히 햇살의 따스함 한 번으로 피를 빠르게 채울 수 있는 카이에게는 더더욱 쓸모가 없었다. 하지만 다른 유저라면 이야기가 달라진다.

'5,000…… 미묘하다면 미묘하고, 쓸 만하다면 쓸 만해.'

경매장에 올린다면 수억은 주고 사갈 만한 반지다. 하지만 카이는 효과를 보는 즉시 유하린을 떠올렸다.

'변화의 기사는 다 좋은데, 몸이 약한 것 같더라.'

그녀와 함께 사냥을 하면서 힐을 제법 자주 넣어줬기에 알 수 있는 부분이었다.

"이건 하린 씨 주는 게 낫겠어."

게다가 지금은 자신을 대신해서 남부에서 맹활약 중이지 않은가. 이 정도 선물이라면, 고생에 대한 보답으로는 차고 넘칠 것이다.

'좋아해 주시면 좋겠네.'

다행히 반지는 획득 가능한 아이템이었다. 인벤토리에 잘 갈무리한 카이는 아이템 몇 개를 더 챙겼다. 나중에 경매장에 올리면 족히 수천만 원은 받을 것들뿐이었다.

"삐빗!"

그때, 미믹이 반지 하나를 더 가져왔다.

"뭐야, 또?"

카이가 피식 웃으며 미믹의 머리를 쓰다듬었다.

"아까 그건 내가 안 쓴다고 해서 또 찾아온 거야?"

"뀨웅…."

힘없이 고개를 끄덕이는 미믹.

이에 살짝 미안한 마음이 드는 것도 사실이었다.

'뭐, 솔직히 라브의 반지도 사용하라고 하면 없는 것보단 낫긴 한데 하린 씨한테 더 도움이 될 만한 아이템이니까.'

한 명의 플레이어가 장착할 수 있는 반지는 한 손가락에 하나씩, 무려 열 개다. 현재 카이가 끼고 있는 반지는 다섯 개. 인어의 에메랄드 반지, 타락한 성기사의 반지, 나이트 오브 나이트메어, 성환 페트라, 해룡의 눈물.

'끼려면 다섯 개는 더 낄 수 있는데 생각해 보니까 딱히 반지를 구매할 생각은 안 해봤네.'

물론 대부분의 유저들이 반지 열 개를 모두 끼고 다니는 건 쉽지 않다. 일단 반지를 착용하는 이유는 당연하지만 스펙을 올리기 위해서이다. 그리고 스펙, 즉 능력치를 올려주는 반지의 경우에는 매직/최소 레어 아이템. 수요가 공급보다 압도적으로 많으니 수십만 원에서부터 가격이 형성된다.

"난 딱히 반지를 착용하지 않아도 괜찮았으니까."

이미 카이의 스펙은 끝판왕. 시장에 풀린 레어 등급의 반지 몇 개 낀다고 올라갈 스펙은 한참 전에 지났다. 그것이 카이가 반지를 구매할 생각을 안 해본 이유.

'뭐, 그래도 미믹의 성의를 봐서 이건 끼고 다닐까.'

미믹이 들고 온 반지는 척 보기에도 아까 가져온 반지보다, 훨씬 투박했다. 알도 박혀 있지 않은 검은색.

[주문 무효화의 반지]

……주문 무효화 사용 가능.(재사용 대기시간 1시간)

*주문 무효화 : 스킬 시전 후 단 한 번, 어떤 스킬이든 피해 없이 막아낼 수 있다.

"어?"

카이의 눈이 동그랗게 뜨여졌다.

이건 예상외다. 높아 봐야 에픽 등급일 것이라고 생각했던 반지는 무려 유니크 등급. 게다가 반지의 효과는 카이에게도 무척 도움이 되는 것이었다.

'어떤 스킬이든 피해 없이 막는다고?'

물론 재사용 대기시간이 1시간이다. 상식적으로 생각했을 때, 보통 전투가 1시간 이상 이어지는 경우는 전쟁밖에 없다.

'하지만 그걸 감안해도 1시간에 한 번이면…'

카이의 눈이 반짝였다. 이건 탈 유니크급 아이템이다. 등급만 유니크지, 성능 자체는 레전더리 아이템과 비교해도 크게 꿇리지 않는다. 카이는 미믹을 번쩍 들어 올렸다.

"삐이?!"

미믹이 내려달라는 듯 바둥바둥거렸다. 하지만 카이는 이에 아랑곳하지 않고 녀석을 제 볼에 부볐다.

"어이구, 우리 미믹이 잘했다! 마음에 들어, 잘 쓸게!"

"규르릉!"

마음이 전해진 것일까. 미믹의 눈도 곱게 휘었다.

마왕성 최상층.

알현실을 눈앞에 둔 카이는 가볍게 심호흡했다.

"후우."

"규우."

정수리에 딱 달라붙어 있던 미믹도 함께 심호흡하며 전의를 다졌다.

'뭐, 역소환을 당해도 큰 피해는 없으니까. 놔둬볼까.'

미믹을 통해 실험해 보고 싶었던 게 있던 참이기도 하고.

카이는 천천히 알현실의 문을 밀었다.

[경고, 알현실에 입장할 시 전투가 끝날 때까지 로그아웃하실 수 없습니다. 입장하시겠습니까?]

'이거 참 오랜만에 보는 경고 문구네.'

카이는 피식 웃음을 터뜨리며 고개를 끄덕였다.

끼이익, 문이 열리고 거대한 공간이 드러났다. 카이가 안쪽으로 들어서자 쿵, 뒤쪽의 문이 강제로 닫혔다. 마치 한번 발을 들인 먹잇감이 도망가도록 두지 않겠다는 의지가 느껴진다고 할까.

'저 녀석이 마왕?'

30미터 정도 앞. 알 수 없는 동물들의 두개골로 이루어진 옥좌 위에, 권태로운 표정의 여인이 앉아 있다.

마계에 와서 한 번도 보지 못한 아름다운 디자인의 뿔. 가만히 앉아 있는 것만으로도 사람을 긴장하게 만드는 눈빛. 보기 좋을 만큼 그을린 피부에 풍성하고 긴 암적색의 머리.

마왕 앙골모아가 카이를 향해 손을 까딱였다.

"가까이 와보거라."

마치 자신의 신하에게 명령하는 듯한 목소리였다. 카이는 아무 말 없이 걸음을 옮겨 그녀 앞으로 다가갔다.

"흐웅?"

앙골모아는 유심히 살펴보더니 짤막한 탄성을 터뜨렸다.

"네 녀석은 악마가 아니로구나."

"인간이다."

"아하. 이제야 납득이 되는군."

그녀가 고혹적인 미소를 지었다.

"나의 부하들이 그리 맥을 못 추었는지 알겠어. 네 녀석이지? 키네사를 죽였다는 인간이."

"맞아."

"그건 대단하구나."

앙골모아는 순수하게 감탄했다. 그녀의 눈에는 보였다. 눈앞의 인간이 얼마나 강대한 힘을 품고 있는지.

"인간의 몸으로 이 정도의 힘이라…… 여태껏 봐온 인간 중 가장 강하구나. 놀라워."

"나 말고 다른 인간도 본 적이 있나 봐?"

"쥐꼬리만 한 힘을 지닌 채 소환된 적이 몇 번 있지."

앙골모아가 아련한 눈빛으로 과거를 회상하며 중얼거렸다.

"제법 즐거운 유희였다."

그 시대의 인간들에게는 유쾌하지 못한 일이었을 것이다.

"잡설은 여기까지. 본녀를 찾아온 데는 이유가 있겠지?"

그녀의 눈빛이 날카로워졌다. 마치 먹잇감을 노리는 매처럼 빈틈이 없는 눈빛이었다.

"겸사겸사 손도 좀 섞어보고, 물어볼 것도 있어서."

"여기까지 당도한 그대의 노고를 인정하는 바이다. 질문을 허락하마."

"마왕 앙골모아. 넌 마계에서 가장 강력한 악마이자, 신들조차 경계하는 대악마로인 걸로 알고 있다."

"정확하다."

그녀는 부정하지 않았다. 자신은 마계 역사상 가장 찬란하고 위대한 존재였으며, 그 위명은 천계에까지 자자하다.

"그럼 묻겠다. 넌 신을 죽일 수 있나?"

"……신?"

앙골모아의 눈매가 가늘어졌다. 그녀는 카이가 던진 질문의 요지를 파악하고자 그를 살폈다. 잠깐의 시간이 흐른 뒤에야 그녀의 도톰한 입술이 천천히 벌어졌다.

"……도통 모르겠구나. 질문을 던진 이유가 무엇이더냐."

"힘들게 머리 굴리지 말고 솔직하게 대답하면 돼. 신을 죽일 수 있는지, 없는지."

"흠. 그런 것이었나."

상대는 정말로 자신이 신을 죽일 수 있는지, 없는지를 궁금해했다. 그래서 그녀는 단호하게 대답했다.

"이렇게 말할 수 있겠구나. 경우에 따라서는 가능하다고."

카이의 눈이 반짝였다.

"그건 신을 죽일 수 있다는 말인가?"

"말했잖느냐. 경우에 따라서라고."

"자세한 설명을 부탁해도 될까."

"흐응."

앙골모아는 재미있다는 표정을 지으며 다리를 꼬았다.

"우선 묻겠다. 그런 걸 궁금해하는 이유가 무엇이더냐."

"뮬딘이라고 아나?"

"안다."

단호한 목소리가 튀어나왔다.

"어둠과 밤을 관장하는 파괴와 멸망의 신……."

"그 녀석을 상대할 예정이거든, 내가."

"푸핫."

앙골모아의 입에서 경박한 웃음소리가 튀어나왔다. 그녀는 자신의 실수를 깨닫고는 입가를 가렸다.

"미안하구나. 너무 웃겨서…… 푸흐흡."

"……뭐가 그렇게 웃기지?"

"하아. 다시 한번 미안하구나. 너무 의외의 존재가 튀어나와서 웃음이 나왔을 뿐이다. 아까 내가 말했던, 경우에 따라서는 신을 죽일 수 있다는 대답을 기억하느냐."

"기억해."

"뮬딘 같은 상품(上品)의 신은 그에 속하지 않는다."

"……그럼?"

"흐응, 쉽게 설명하자면."

앙골모아가 가느다랗고 길다란 손가락으로 옥좌의 두개골을 톡톡 두드렸다.

"하위신. 더 이상 아무도 그 이름을 따르지 않는 잊혀진 신. 그들을 마계로 끌어내렸을 경우, 나는 그들을 해할 수 있는 권리를 얻게 된다."

"그럼 뮬딘과 같은 상위신은 불가능하다는 건가?"

"물론이다. 그건 무리가 따르지. 신이 왜 신이겠느냐."

그 명쾌한 해답에 카이는 입을 꾹 다물고 생각에 잠겼다.

'마왕조차 하위신을 해치우는 게 고작이라고?'

그것도 홈그라운드인 마계로 끌어내렸을 경우라는 조건이 붙는다. 그녀는 태양신 헬릭조차 경계했던 대악마. 오죽하면 헬릭은 카이를 쫓아다니며 그녀와는 절대 엮이면 안 된다고 몇 날을 귀찮게 했다. 그 때문일지도 모른다. 그녀라면 신을 상대할 수 있는 방법을 알 수 있을지도 모른다는 막연한 기대감을 품은 것은.

'하지만 안 된다…… 라.'

카이는 질문을 바꾸었다.

"그럼 죽이는 건 건너뛰고, 봉인이라면?"

"봉인?"

앙골모아의 짙고 길다란 속눈썹이 깜빡였다.

"우문이로구나. 스스로 모든 걸 내려놓지 않는 이상, 그 누가 신을 봉인할 수 있겠느냐."

"불가능하다는 건가?"

"아무래도 그대는 신(神)에 대한 이해가 없는 듯하구나."

그녀는 그러면 안 된다는 듯, 검지를 좌우로 흔들었다.

"천계의 신들은 주신이 만들어낸 세계의 관리자. 당연히 권한을 부여받은 초월의 존재들. 그들을 상대한다는 건…… 그래, 아직까지 인간들은 신분제를 고수하고 있느냐?"

"여전하지. 평민, 귀족, 그 위로 왕족."

"설명하기 쉽겠구나. 네가 뮬딘을 상대하겠다는 건, 노예가 신분제를 깨부수겠다고 날뛰는 것보다 무모한 일이다."

"이유는?"

"간단하다. 천계에 있는 한 어떤 피해도 입지 않으니까."

"그럼 신을 인간계로 끌어내린다면 되는 문제잖아."

이에 앙골모아가 피식 웃었다.

"그게 말처럼 쉬울까. 게다가 하위신이 아닌 이상, 천계를 벗어난다고 하더라도 죽이기엔 쉽지 않을 것이다."

"그걸 어떻게 아는데?"

"그야 나도 모른다만? 여태껏 그 누구도 해본 적이 없는 일이니 그저 추측할 수밖에. 하지만 하위신도 아니고 상급신들이 고작 천계를 벗어났다고 해서 피해를 입을까? 본녀는 그 부분에선 부정적이구나."

"흐음, 과연. 좋아. 질문은 끝났다. 솔직히 고맙네."

"무얼. 먼 길 찾아온 손님에게는 당연한 일이로다."

까딱까딱.

앙골모아가 손가락을 움직였다.

"그럼 이제 내 용건을 말해도 되겠느냐."

"그런 것도 있었나?"

그녀가 씁쓸하게 웃었다.

"왜 없겠느냐. ……이 자리는 고독한 자리다. 도전자의 얼굴을 본 지도 벌써 수백 년이 흘렀구나. 그저 아랫것들에게 추앙받고, 신격화되면서 오히려 권태로운 자리. 그것이 마왕의 위(位)로다."

"방금 그 발언, 악마들이 들으면 뒷목 잡고 쓰러졌을걸."

"나는 오히려 그들이 부럽구나. 목표가 있고, 노력할 수 있다는 것. 그것은 인생의 한 페이지를 아름답게 물들일 수 있다는 뜻이겠지."

"너에게도 그런 순간이 있었겠지. 마왕의 자리에 오르기 전까지 말이다."

"그랬으면 얼마나 좋았겠냐만은…… 아쉽게도 없구나."

그녀가 고개를 천천히 흔들었다.

"본녀는 노력이라는 걸 해본 적이 없다. 그저 절대자의 운명을 쥐고 태어났으니, 절대자의 길을 걸어온 것뿐. 이런 시시한 인생에 그 어떠한 낙이 있겠느냐."

"……좀 재수 없네."

"그래서 지금 이 순간, 본녀는 기대가 되느니라. 멈추었던 심장이 다시 뛰는 기분이로다."

앙골모아가 두 손을 공손하게 포갠 뒤 제 왼쪽 가슴에 올려놓았다.

"그대여. 날 즐겁게 만들어보아라."

"노력해 볼게."

카이가 피식 웃음을 지으며 전투 자세를 취했다.

알데바란 왕국의 국경선. 평원에는 한눈에 다 들어오지 않을 정도의 병력이 즐비하게 늘어서 있었다.

"와…… 저게 다 몇 명이냐?"

"글쎄. 모르긴 몰라도 최소 몇 백만 단위 아니겠냐."

"하긴. 기사 보니까 흑룡에서만 300만 명 왔다던데?"

"하여튼 대륙 새끼들. 머릿수는 더럽게 많아요."

"적은 거 아니냐? 흑룡은 2,200만 명이라고 들었는데."

"야야. 그중에서 알데바란에서 활동 중인 길드원은 300만 명 정도일걸? 나머지는 대륙에 골고루 흩어져서 어차피 이번 전쟁에 참여도 못 해. 그리고 막말로 흑룡이 잘나가는 길드였으니 중국인들은 그냥 의무적으로 다 가입한 거지. 활동하는 사람은 지금 모인 300만 명 정도가 맞을 거다."

"그래도 많네."

"많지."

언덕에 모여 알데바란 왕국의 출정식을 구경하던 유저들이 두런두런 대화를 나누었다. 그러기를 잠시, 왕국 소속의 백작이 성채 위에 올라가 긴 연설을 토해냈고, 알데바란 왕국에 소속된 모든 유저들의 눈앞으로 메시지 창이 떠올랐다.

[알데바란 왕국과 라시온 왕국이 전쟁이 시작되었습니다. 양국가에 소속된 유저들의 관계가 적대 상태로 변경됩니다. 적을 죽이거나 공성에 성공하면 전쟁 포인트를 획득합니다. 획득한 포인트에 따라 보상을 받으실 수 있습니다.]

국경선 성채의 문이 열리고 말을 탄 NPC 기사들부터 빠르게 성을 지나갔다.

방송국 입장에서 이번 전쟁은 놓칠 수 없는 대어였다. 공식적으로 미드 온라인에서 일어난 최초의 전쟁이었고 전쟁에 얽혀 있는 인물들이 하나같이 기사 쓰기 좋은 이들뿐이었다.

[무서운 대륙의 기상, 흑룡 길드, 무려 300만 대군을 이끌고 전쟁에 참여. 쟈오 린, '과거 아시아를 일통했던 민족의 기상을 보여주겠다.']

　[라시온 왕국에 속해 있는 세계 8대 길드들, 과연 흑룡의 머릿수를 감당해 낼 수 있는가? 리미트리스 캐서린, '메이드 인 차이나? 불량품이겠네.' 흑룡 측 비하 발언 화제.]

　기사를 쓰자마자 올라가는 조회 수의 단위가 평소보다 자릿수 하나는 더 달려 있다. 당연한 말이지만 커뮤니티의 반응도 전체적으로 월드컵과 비슷한 축제 분위기였다.

　-오우, 드디어 전쟁인가?

　-라시온 역배팅했다. 알데바란 참교육 가즈아!

　└웅 아니야~ 머릿수부터 겁나 밀려~

　└아직도 게임을 머릿수로 하는 무식한 사람이 있네ㅋㅋㅋ 레벨 1짜리 초보자 천 명이 모여도 레벨 100의 유저 한 명 선에서 정리 가능.

　└흑룡의 이미지가 좀 오합지졸이라서 그렇지, 알데바란 소속의 유저들은 수준 나쁘지 않음.

　-아, 다 필요 없고 시리스 성채 전이 제일 기대된다.

　└거긴 또 왜?

　└듣기로는 라시온의 동부랑 남부 세력은 거기 몰빵했다고 하더라.

└아, 하긴. 거기가 지리적으로 꽉 틀어막고 버티기엔 좋지. 그런데 동부는 카이밖에 생각 안 나고…… 남부엔 누가 있더라?

└워리어스.

└오, 빅꿀잼 예약. 근데 카이는 아직도 실종 상태 아님?

└ㅇㅇ 맞음.

유저들은 각자의 집이나 호프집에서 실시간으로 생중계되는 영상들을 보며 축제를 벌였다. 전장은 사람들의 예상보다 훨씬 더 치열했다. 머릿수가 더 많은 알데바란 측이 유리할 것이라 생각했지만, 의외로 북부 관문을 수성 중인 라시온 측에서 공격을 잘 막아내고 있던 탓이었다. 그때, 후방에서 가만히 대기 중이던 쟈오 린이 행동을 개시했다.

-오, 흑룡군도 드디어 움직이나!

-여태까지 가만히 있길래 라시온 힘 빠질 때까지 대기하나 했는데, 웬일?

-뭐, 아마 무슨 생각이 있으니까 움직이는 거겠지.

상황을 지켜보고 있던 하인드 백작도 같은 생각을 했다.

"흠, 아무래도 적들이 공세를 취할 생각인가 보군."

늙었지만 그는 라시온의 국경을 수십 년간 지켜온 호랑이.

압도적인 카리스마로 주변 병사와 장군들에게 명령했다.

"성채 위쪽에 마법사와 궁수의를 더 배치해라. 그리고 관문 쪽에 대한 방비를 한 번 더 확인하도록."

이런 큰 전쟁에서 출신이 불분명한 모험가들을 온전히 믿을 수는 없었다. 노련한 하인드 백작은 관문 쪽 병력을 믿음직스러운 사병들로 배치해 놓은 상태였다.

'이것으로 내부에서의 배신은 없다고 단언할 수 있다.'

그가 잠시 생각을 정리할 때였다.

"크, 큰일 났습니다!"

병사 하나가 사령탑을 올라오며 찢어지는 듯한 목소리로 보고를 올렸다.

"공성 병기가 등장했습니다!"

"흠. 공성 병기인가."

하인드 백작은 침착한 어투로 고개를 끄덕였다.

"그리 호들갑 떨지 말거라. 관문의 성벽은 마법사들의 방어막으로 철저히 보호되고 있으니까."

"지, 지금 성벽이 중요한 것이 아닙니다."

침을 꿀꺽 삼킨 병사가 이걸 어떻게 설명해야 될지 모르겠다는 표정으로 말을 이었다.

"공성 병기를 통해…… 사람이 날아오고 있습니다!"

119장
군주

　NET미디어는 언노운, 즉 카이와의 독점 계약이라는 홈런을 두 번이나 연달아 쳤다. 그 계약의 산물이 바로 비르 평야 전투와 절대자의 던전이라는 예능. 두 프로그램 모두 공전의 히트를 기록했고, NET미디어는 게임 채널로써의 자리를 확고히 다질 수 있었다.

　그들이 모든 유저들의 시선이 집중되는 전쟁 콘텐츠에서 손을 놓을 리 없었다. 부랴부랴 프로그램이 편성되었고, 유명한 랭커까지 섭외해 해설 자리에 앉혀놓았다. 바로 블랙마켓 길드에서 거액의 연봉을 받으며 활동 중인 솔로 플레이어, 클라크가 그 주인공이었다.

　"아하, 그러니까 클라크 씨는 라시온 쪽의 승리를 점치고 있다는 말씀이시죠?"

방송의 진행을 맡은 훤칠한 미남 아나운서, 도주완이 미소를 지으며 멘트를 날렸다.

　"뭐, 승리를 점친다고 말하면 조금 건방지게 들릴지도 모르지만. 틀린 말도 아니거든요. 아실지 모르겠지만, 사실 수성하는 쪽보다는 공성하는 쪽이 몇 배나 할 일이 많습니다."

　"아무래도 그렇겠지요? 적을 막기만 하면 되니까요."

　"맞습니다. 이제 라시온 왕국의 성채들을 한번 보세요."

　클라크의 시선에 따라, 화면에 입체 지도가 떠올랐다.

　"북부 관문, 동부의 시리스 성채, 서부의 온타리나 성채……　전부 난공불락이라고 불리는 천혜의 요새들입니다."

　"아! 공성하는 입장에서는 까다롭기 그지없겠습니다."

　"일당백. 즉 한 명의 병사가 능히 백 명을 막아낼 수 있는 영지예요. 게다가 알데바란의 유저들? 솔직히 비옥한 땅에서 열심히 먹고 자라면서 레벨 올린 라시온 군대에 비할 바는 아닙니다. 유저들의 수준도 그렇고 말이죠."

　"역시 클라크 씨. 랭커답게 해설에 막힘이 없는 모습입니다. 오늘 이 자리 함께해 주셔서 정말 영광이군요."

　칭찬이 이어지자 클라크의 가슴이 당당하게 펴졌다. 그리고 그때, 흑룡군을 이끌고 있는 쟈오 린이 전방으로 나섰다.

　"말씀드리는 순간, 쟈오 린의 지휘 아래 흑룡군이 즉석으로 공성 병기를 제작하는 모습입니다. 이 부분에 대해선 어떻게 생각하십니까?"

"공성 병기라…… 뭐, 새삼스러운 건 아닙니다. 아시겠지만 한동안 영지전이 활발했잖습니까."

"업데이트된 이후로 꾸준히 사랑받는 콘텐츠이지요."

"다른 길드들은 어떨지 모르겠는데, 저희 블랙 마켓 길드만 봐도 영지전 전략 부서라는 게 존재합니다."

"영지전 전략 부서요? 어떤 일을 하는 곳인지 참으로 궁금해지는 이름입니다만."

"이름 그대로의 일을 하는 곳이라 보시면 됩니다. 효율적으로 상대방 영지를 점할 수 있는지를 연구하는 곳이지요. 당연한 말이지만 다양한 형태의 공성 병기들을 연구합니다."

"아하, 확실히 미드 온라인은 그 높은 자유도가 장점인 게임이지요. 덕분에 현실에서는 사장 되다시피 한 직업의 전문가들도 최근 일자리가 생겼다는 풍문이 있더군요."

"맞습니다. 그리고 흑룡은 머릿수가 많은 집단 아닙니까."

"그렇지요. 인도조차 2,200만 명은 무리니까요."

"네. 그래서 전 오늘 흑룡이 대량의 공성 병기들을 운용한 돌파를 시도하지 않을까 생각합니다."

"아하, 질보다는 양이다?"

"흑룡이 즐겨 쓰는 수법이지요. 뭐, 그것 말고는 딱히 내세울 것도 없지만."

클라크가 독설을 내뱉는 순간, 제작된 흑룡의 공성 병기.

"어?"

도주완 아나운서가 눈을 동그랗게 뜨며 새된 소리를 내뱉은 것도 그때였다.

"클라크 씨, 저건…… 저건 어떤 의미로 해석을 해야 할까요?! 투석기가 사람을 날리고 있습니다!"

"어어……."

말문이 막힌 클라크의 두 눈동자가 희미하게 요동쳤다.

'저 돌아이 놈들, 대체 무슨 짓거리를 하는 거야?'

방송이라 내뱉지 못한 욕지거리가 입안에서 맴돌았다.

흑룡 측에서 준비한 공성 병기는 흔한 투석기였다. 지레의 원리를 이용해 투사체를 발사하는 무게추식 투석기. 당연한 말이지만 전쟁에서 투석기를 운용하는 이유는 간단하다.

성벽. 바로 무거운 바위를 이용해 성벽을 허물고 성채로 진입하기 위한 용도다. 헌데 그 기본적인 원리를 통째로 부정하고 사람을 태워 날린다니?

당연한 말이지만 사람이 바위보다 무거울 리는 없었다.

그것은 뒤집어 말하면.

"어! 포탄처럼 날아간 유저가 성벽을 넘어갑니다!"

더 멀리 날아간다는 뜻이기도 하다. 순식간에 포물선을 그리며 날아가는 유저들을 보며, 클라크가 미간을 좁혔다.

"저 높이에서 떨어진다면 아무리 장비를 잘 맞춘 탱커라도 살아남을 수 있을 리가 없는데……."

그의 말은 맞았다. 수백 미터 상공에서 떨어지고 무사한 유저가 있을 리 없다.

그건 상식적인 생각만 할 수 있어도 알 수 있는 사실.

흑룡이라고 그것을 모를 리 없었다. 알면서 날린 것이다.

슈우우우웅!

투석기를 통해 쏘아진 유저들이 북부 성채의 내부로 떨어졌다. 그 순간, 우레와 같은 굉음이 성채를 흔들었다.

콰아아아아아앙!

"……미친!"

클라크가 저도 모르게 욕설을 뱉어냈다. 흑룡 측에선 아무런 준비도 없이 무턱대고 유저들을 날린 게 아니었다.

"크, 클라크 씨. 저게 대체 어떻게 된 일이죠?"

상황을 파악하지 못한 도주완 아나운서가 황급히 물었다. 이미 성채의 내부에서는 불기둥이 치솟고, 검은 연기들이 하나둘씩 피어오르는 중이었다.

"……연금술사입니다."

클라크가 랭커답게 눈을 빛내며 설명을 이어나갔다.

"연금술사라는 직업이 있다는 것을 아십니까."

"물론입니다. 각종 포션을 만드는 직업 아닙니까?"

"맞습니다. 그들이 만드는 포션 중, 폭발 포션과 화염 포션이라는 것이 있습니다."

"아! 그렇다면 설마?"

"네, 날아가는 유저들을 자세히 보시면…… 저기! 상체 부분 좀 확대해 주세요."

그들의 몸에는 수십 병의 물약들이 주렁주렁 달려 있었다.

"폭발 포션, 화염 포션을 두른 채 날아가고 있습니다."

"그 말씀은……?"

"네. 흑룡은 처음부터 저들을 장기말로 사용하겠다는 생각이었습니다."

"그, 그런 말도 안 되는……."

"말도 안 되지만, 그만큼 효과적이네요."

클라크가 진지한 표정으로 화면을 바라보며 중얼거렸다. 아무리 죽으면 부활한다지만, 같은 유저의 목숨을 파리처럼 가볍게 생각한다는 것. 그건 정상적인 사람의 머리에서 나올 수 있는 작전이 아니었다.

'그야말로 흑룡이기에 사용할 수 있는 작전인가.'

인원수가 많다. 그냥 많은 것도 아니고, 정말 많다. 지금도 초마다 수십 명씩의 유저들이 하늘을 수놓고 있었지만, 흑룡군의 수가 줄어든다는 생각은 들지 않을 정도다.

"전쟁을 일으키는 놈은 미친놈이며, 그 전쟁에서 승리하는 것은 더욱 미친놈뿐이다…… 그 말이 실감나는 순간이군요."

수많은 병사들이 물통가 모래를 퍼 나르며 화재를 진압하려고 했지만, 새로운 유저가 떨어지는 것이 훨씬 더 빨랐다.

"라시온 북부 관문은 끝났군요."

"아아…… 뒷문이 개방되었습니다. 하인드 백작을 포함한 장군들이 병사들을 이끌고 도주로를 찾는 모습입니다!"

흑룡의 투석기가 동원된 후, 라시온의 북부 관문이 함락되는 데 걸린 시간은 고작 3시간이었다.

-와, 말을 잇지 못하겠네. 저거 저래도 되는 거냐?

-안 될 이유야 없지. 전쟁에선 이기는 게 전부니까.

-그래도 조금 뭐랄까…… 비인도적인 전술인데.

-그런 걸 왜 바라냐? 애초에 사냥터 독점하고 세금 뜯어내던 놈들이야.

흑룡의 새로운 공성법은 커뮤니티에서도 큰 반향을 일으켰다. 그들의 전략이 비인도적이라는 측과, 이기는 것이 장땡이라는 측. 당연한 말이지만 대다수가 흑룡을 비난했다.

이름만 대면 알만한 랭커들도 대거 포진해 있었다.

허나 커뮤니티의 여론과는 달리, 알데바란 측의 군대는 기세가 등등한 상태였다. 라시온의 북부 관문을 함락한 그들은 최소한의 병력만을 주둔시킨 채, 군을 세 갈래로 쪼갰다.

서부의 온타리나 성채로 향하는 제1군, 중앙의 할름 영지로 향하는 것이 제2군, 마지막으로 동부의 시리스 성채로 향하는 것이 제3군이었다.

"서부와 중앙은 다소 시간이 걸릴 것으로 사료됩니다."

"뭐, 그렇겠지. 그들에게는 큰 기대를 하지 않았으니까."

보고를 듣던 쟈오 린이 여유로운 목소리로 대꾸했다. 현재 흑룡의 300만 대군은 느긋하게 동부를 향해 진격 중이었다.

"그런데 시리스 성채는 그 성벽이 매우 높아 아까와 같은 작전이 통할 것 같지 않습니다."

심복이라고 할 수 있는 쿤 팽이 입을 열었다.

"혹시 용주께서는 그에 대한 혜안이 있으신지……."

"쿤."

"예, 경청하겠습니다."

"사마천의 사기, 진시황본기에 이런 말이 적혀 있다. 하결부 가부옹(河決不可復壅)이라고."

"하결부가부옹…… 강물이 터지면 이를 막을 수 없고, 고기가 썩으면 다시 살릴 수 없다는 뜻이군요."

"맞다, 이미 지나간 일을 바꿀 수는 없다는 뜻이지."

현재의 흑룡은 둑을 터뜨리며 흘러내리는 강물과 같았다.

시리스 성채의 지리가 아무리 좋아도 그곳이 수용할 수 있는 인원은 기껏해야 20만. 300만의 대군을 막기에는 턱없이 부족한 수였다.

"게다가……."

쟈오 린이 부드럽게 미소 지었다.

"범은 가죽을 아끼고 군자는 입을 아낀다고 하였다. 바로 오늘과 같은 날을 위해 정보를 그렇게 감춘 것 아니겠나."

"지당하신 말씀입니다."

불과 1년 전, 히든 클래스로 전직한 랭커들은 많았다. 당장 프레이 길드의 미네르바만 봐도 태양교의 히든 클래스, 성녀(聖女)로 전직하지 않았는가.

쟈오 린도 마찬가지였다. 그는 영웅급 히든 클래스인 '군주'로 전직한 상태. 하지만 최측근이 아닌 이상 누구도 그 사실을 몰랐다.

'정보는 아는 사람이 적을수록 힘이 되는 법이니까.'

사실 군주는 일반적이라면 비밀로 부칠 정도로 좋은 직업은 아니었다. 이끌고 있는 부하가 많을수록 당사자의 능력치가 상승하고, 또 아군의 능력치를 상승시키는 어느 게임에서나 있는 전형적인 '지휘관' 스타일의 히든 클래스였으니까.

하지만 쟈오 린은 그 직업을 얻는 순간, '흑룡'이라는 길드를 만들어냈다.

'이끌고 있는 부하 100명당 모든 스탯 0.1 추가. 그리고 군주

의 가장 높은 스탯 100당 아군의 능력치 1% 상승.'

천 명이면 모든 스탯 1. 만 명이면 모든 스탯 10. 십 만명이면 모든 스탯이 100. 백 만명이면 모든 스탯이 무려 1,000이나 상승한다.

'뭐, 길드원의 수가 1,500만을 돌파하니 본사에서 부랴부랴 패치해 버렸지만.'

모든 스탯의 최대 상승량을 3,000으로 제한해 버린 것이다. 하지만 그의 입장에서는 그것만으로도 충분했다. 세간에서는 세계 길드의 마스터들 수준을 비교할 때, 워리어스의 발칸을 제일로 쳐준다. 흑룡의 쟈오 린은 기껏해야 다섯 번째에서 여섯 번째 정도. 하지만 그건 사람들이 그에 대해 모르기에 하는 말일 뿐이다.

'모든 스탯이 3,000 이상인 사람은 나 정도밖에 없겠지.'

그가 300만의 대군을 이끌고 다니는 이유였다. 군주의 효과로 인해 아군의 능력치는 30%나 증가하는 셈. 충직한 군대가 함께하는 한, 흑룡을 이길 수 있는 세력은 없다.

'굳이 경계가 되는 존재라면 언노운, 카이 정도일까.'

고수는 고수를 알아보는 법. 카이의 영상을 수십 번 돌려본 쟈오 린은 그의 스탯이 1,500을 넘는다고 판단했다.

'하지만 그 유일한 걸림돌이 지금은 실종된 상태지.'

하늘이 자신을 향해 웃어주는 기분이었다.

"선발대의 보고입니다! 시리스 성채가 보인답니다."

부하의 보고에 쟈오 린이 여유로운 미소를 지었다.

"자, 그럼 하나씩 빼앗아보도록 하지."

카이, 그 남자가 다스리는 보물 같은 영지들을.

적색여명회의 회장, 고스트가 성벽에 올라선 채 협곡을 내려다보았다. 옆에 서 있던 발칸이 낮은 목소리로 중얼거렸다.

"300만이라…… 직접 보니 징글징글하게 많군."

발칸은 워리어스의 길드원들을 이끌고 시리스 성채로 합류한 상태였다. 영지 대다수가 속해 있는 남부를 지키기보다, 시리스 성채를 막는 것을 선택한 것이다.

어차피 동부가 밀리면 적들이 남하하는 것은 순식간 사방에서 물밀 듯이 내려오는 적들을 상대하는 것보다는 시리스 성채처럼 길목이 좁은 곳이 훨씬 좋다고 판단한 까닭이었다.

'만에 하나 이곳에서 패배한다고 하더라도……'

부활 지점은 남부로 해놓은 상태. 적들이 남하하는 시기에 맞춰 다시 한번 군세를 재정비, 기회를 노려볼 수도 있었다.

"그나마 다행인 건 말도 안 되는 투석기를 사용할 수 없다는 거겠지."

인간 자폭병은 시리스 성채에는 통하지 않는다. 협곡을 꽉 메운 성채가 일반 성벽보다 두 배는 높았기 때문이다.

"게다가 식량 문제에선 저희가 더 유리할 거예요."

미네르바의 말처럼, 공성보다는 수성 측의 식량 조달이 훨씬 수월할 수밖에 없었다. 한 마디로 시리스 성채를 막고 있는 이들은 성문이 뚫리지 않기만을 기다리면 된다는 뜻.

"현재 성을 지키는 아군의 수는 23만……."

"한 번에 들어설 수 있는 사람은 많아 봐야 7만. 나쁘지 않다."

발칸은 지평선까지 가득 채운 흑룡의 군대를 보면서도 침착함을 잃지 않았다.

'결국 정신력 싸움이다.'

누가 더 오래 버티냐의 싸움. 발칸과 워리어스는 이런 종류의 싸움에는 자신이 있었다.

"진정한 전사라면 자신이 활약할 수 있는 전장 정도는 고를 수 있어야 하는 법이지."

"라시온 왕국의 고 레벨 유저들이 대거 지원을 와준 덕에 마냥 안 좋은 상황은 아니에요."

미네르바는 객관적으로 상황을 파악했다. 시리스 성채가 밀리는 순간 동부와 중앙으로 향하는 길이 열린다. 곧 일반적인 유저들에게는 지옥이 열린다는 소리. 당연히 참사를 막기 위해 수많은 유저들이 자발적으로 모여들었다.

"흑룡 새끼들, 여기가 감히 어디라고 기어들어와?"

"머릿수만 믿고 까부는 놈들한테 본때를 보여줍시다!"

사기를 올리는 모습이 그리 나빠 보이지 않는다.

"수성은 너희에게 맡기고, 우리는 암살을 위주로 맡겠다."

고스트가 발칸과 미네르바를 쳐다보며 말했다.

"요인 암살이라면 성을 나서겠다는 소리인가?"

"한두 명도 아니고 무려 300만 대군이다. 쟈오 린의 명령이 떨어진다고 해도, 그들을 세밀하게 컨트롤하려면 반드시 중간 관리자가 필요해. 우린 그들을 자르겠다."

"나쁘지 않은 생각이군."

중간 다리가 끊어지면 잡음이 생기게 마련이니까.

"프레이 길드의 성기사진은 탱킹을, 사제진은 후방에서 확실히 지원을 하겠어요."

미네르바와 프레이 길드는 현재 성혈단과 잠시 헤어진 상태였다. 성혈단은 교황인 알버트가 위치한 아르칸 아카데미를 지키러 갔으니까.

"뒤를 맡기지."

같은 세계 8대 길드의 라이벌들. 적일 때는 누구보다 까다롭지만, 아군이니 든든하기 그지없다.

'이 정도 수준의 병력이라면 흑룡의 머릿수가 아무리 많아도 해볼 만하겠어.'

그리고 공성이 시작되었다.

＊

미드 온라인의 공성을 표현할 때 자주 사용되는 단어는 화려함이었다. 허나 그 단어조차도 공성을 가만히 보다 보면 빛이 바래는 것이 느껴진다.

콰르르르르릉! 파지직!

수백의 마법사가 주문을 외우고, 힐과 버프의 물결이 휘몰아치며, 궁수와 전사들의 공격이 서로를 향해 쇄도한다. 필드에서 보스를 상대하는 파티의 모습조차 화려한데, 이건 무려 수천, 수만의 병력이 함께 싸우는 전쟁. 화려할 수밖에 없었고, 그만큼 정신도 없는 무대였다.

"팔자 좋게 쉬고 있네."

"뭐, 성채 안에 있던 놈들이 설마 전초기지까지 올 거라고는 생각하지 못했겠지."

시리스 협곡으로 진입하는 입구 부근. 흑룡은 그곳에 전초기지를 세워놓은 상태였다. 어차피 협곡에 들어갈 수 있는 인원은 많아 봐야 10만 명 안팎. 나머지는 느긋하게 휴식을 취하는 중이었다. 그 모습을 보던 고스트가 입을 열었다.

"내려가서 요인들을 암살한다. 목표는 숙지하고 있겠지?"

"물론. 그런데 위험한 회원이 생기면 어떻게 해? 무시?"

화려한 로브를 두르고 있는 크리스의 질문에 고스트가 생각에 잠겼다.

"······그 부분은 각자의 판단에 맡긴다. 살리기 힘들다고 생각하면 과감하게 버려."

"다들 들었지? 나중에 원망하지 말고 처음부터 잘해."

"감히 크리스 따위가 충고라니."

"랭킹 1위한테 따위라고?"

회원들은 긴장은커녕 도리어 여유로워 보였다. 자신의 실력에 큰 자신이 있다는 소리.

"그렇게 자신 있으면 누가 더 많이 잡는지 내기 할까?"

"무식하기는."

"왜, 쫄려?"

"누가 할 소리를. 좋아, 하지."

의기투합하는 회원들을 뒤로한 고스트가 눈을 반짝였다.

"싸우지 말고 다들 잘 살아남아라."

붉은색 가면을 얼굴에 걸친 고스트의 신형이 바닥으로 푹 꺼져 버렸다. 그가 몸을 드러낸 장소는 흑룡이 임시방편으로 세운 목책의 앞쪽이었다.

"음?"

"왜 그래?"

목책을 지키던 흑룡의 길드원 하나가 동료에게 물었다.

"아니, 방금 바람이 불었던 것 같아서……."

"그야 불겠지. 협곡이니까."

"으, 벌써 교대하고 싶어지네."

은신 스킬을 사용해 자연스럽게 목책을 지나간 고스트는 헤매지 않고 막사로 들어섰다.

"음?"

돌연 막사의 입구 천이 흔들리자 보고서를 정리하던 유저가 고개를 갸웃거렸다.

"방금 입구가 열린 듯한……."

고스트는 혼자 중얼거리는 녀석의 얼굴을 확인했다.

'행크, 레벨 428, 확실하군.'

적색여명회는 요인 암살과 정보 파악에 있어선 미드 온라인의 최고를 자부하는 집단이다. 당연히 흑룡 길드의 내부 조직도에 대해선 훤히 꿰고 있었다.

'개인적인 감정은 없지만.'

전쟁이란 것이 모두 그런 것 아니겠나.

고스트는 자리에 앉아 있는 행크의 뒤로 천천히 걸어가, 목덜미에 단검을 쑤셔 박았다.

"……!"

행크의 입에서 비명은 나오지 않았다. 정확히 말하면, 나오지 못했다.

'침묵이 달려 있는 단검, 목덜미에 정확히 찔러 넣었다.'

목소리는 나오지 않을 것이고 스킬도 사용할 수 없을 것이다. 고스트는 부릅뜬 눈으로 투명화가 풀린 자신을 올려다보는 행크를 무감정한 눈빛으로 내려다보며, 왼손으로 그의 입을 막고, 오른손으로 또 다른 단검을 쥐었다.

푸욱!

이번에 찌른 것은 심장이었다. 행크의 피부 위로 푸른 혈관이 곤두서기 시작했다.

'아펜투스 가시독이 묻어 있는 단검이다.'

이어서 단검을 역수로 잡고 목을 가로로 크게 한 번 베어내자, 행크는 그 흔한 반항 한 번. 소리 한 번 내보지 못하고 허무하게 폴리곤이 되어 사라졌다.

'이제 겨우 한 놈. 그리고 이제 슬슬……'

콰아아아아아아앙!

폭발음이 울리며 전초기지가 시끄러워지기 시작했다. 적색여명회의 모든 회원들이 암살에 능한 것은 아니었다.

"크리스 녀석, 날뛰기는."

마법사로 위명이 높은 크리스는 대량 학살이 주특기.

'말려들기 전에 빠르게.'

고스트가 걸음을 옮길 때마다 몸이 투명하게 변해갔다.

✳

"무슨 소란이냐. 모이지 않은 사람이 몇 있는 것 같은데?"

작전 회의 중이던 쟈오 린이 불편한 표정으로 물었다. 부하의 보고를 들은 쿤 팽이 송구스럽다는 목소리로 말했다.

"기습입니다. 아무래도 적들이 게릴라 부대를 운용 중인 것 같습니다."

"게릴라 부대?"

쟈오 린이 코웃음을 쳤다.

"여명회 놈들이겠군."

"그런 것으로 사료됩니다. 랭킹 1위 크리스가 시원하게 날뛰는 중이니까요."

"자리에 없는 놈들은 모두 당한 건가."

"예, 행크랑 막핌, 주태륜, 심개 모두 접속 종료라고 표시되는군요."

"나까지 나설 필요는 없겠지."

"그야 당연하신 말씀을."

쿤 팽이 눈짓을 하자, 수백의 간부와 단주들이 모두 일어나 막사 바깥으로 향했다. 시리스 성채에서 교전 중인 1, 2단주를 제외하면 3단주인 쿤 팽의 지위가 가장 높았으니까.

"소동은 금세 진정될 것입니다."

"뭐, 크리스 정도라면 그렇겠지."

"오히려 기회가 아닐까 싶습니다. 철저히 베일에 쌓여 있던 여명회의 회원들 신상을 이 기회에 모두 밝히시지요."

"적색여명회의 멤버들이라…… 나름대로 재미있겠군."

쟈오 린이 손을 뻗어 찻잔을 들어 올렸다. 맑은 녹차가 담겨 있는 찻잔은 그 바닥이 보일 정도로 투명했다.

서걱!

기분 나쁜 소리와 함께 찻잔 속으로 붉은 액체 몇 방울이 투두둑 떨어졌다.

"무슨!"

깜짝 놀란 쿤 팽이 손을 뻗어 마법진을 소환했다. 하지만 은신을 해제하며 나타난 암살자가 한 발 더 빨랐다.

푸욱!

"큭!"

어깨 죽지에 단검이 박힌 쿤 팽이 뒤로 세 걸음을 물러섰다. 그 사이 암살자는 또 한 자루의 단검을 꺼내 그대로 쟈오 린의 눈을 쑤셨다.

"마스터!"

쿤 팽이 어깨에 박혀 있던 단검을 거칠게 뽑아 던지곤 화염의 창을 뽑어냈다. 이를 확인한 암살자는 여유로운 걸음으로 물러서며 이를 피해냈다.

"괜찮으십니까!"

"호들갑 떨지 마라."

쟈오 린의 목소리는 산보라도 나온 사람처럼 여유로웠다.

그 차분함이 암살자, 고스트의 미간을 찌푸리게 만들었다.

'멀쩡하다고?'

428레벨의 행크를 일격에 삭제시킨 연계기였다. 추정 레벨 460정도인 쟈오 린은 일격까진 아니더라도, 적어도 체력이 70% 정도는 사라져야 정상이었다. 시선을 올려 그의 생명력을 확인한 고스트의 눈매가 파르르 떨렸다. 은신 상태에서 급소에만 정확히 스킬 샷을 찔러 넣었건만, 고작 6% 남짓이 사라진 상태였다.

'이런 말도 안 되는……'

상대방의 방어력이 뛰어난가?

그럴 리 없다. 현재 쟈오 린이 입고 있는 옷은 우습지만 옛 중국의 황제들이나 입던 용포. 재봉사가 커스텀메이드한 옷으로, 외관은 멋있지만 방어력은 기타 중갑, 판금 계열 갑옷에 비할 바가 아니었다.

"꽤나 놀랐나 보군. 몸이 굳은 걸 보니."

부드러운 비단 손수건을 꺼내 흐르는 피를 닦은 쟈오 린이 천천히 자리에서 일어났다.

"그 가면을 보는 것도 오랜만이군. 그리울 정도야…… 그렇지 않나, 고스트?"

"……쟈오 린."

"미드 온라인 초기 때 몇 번 다툰 이후로는 도통 보질 못했으니, 거의 1년 반 만이로군."

기습을 당했음에도 불구하고 쟈오 린은 그 어떤 당황을 하지 않았다. 오히려 당황한 것은 암살을 감행한 고스트. 길드원들에게는 욕심내지 말고 중간 관리자만 공격하라고 했지만, 회의실 안에 단 두 사람만이 남았다는 것을 확인한 순간 욕심을 부린 것이 실수였다.

"……네놈, 대체 체력 스탯이 몇이지?"

"이 와중에도 정보 파악이라니. 직업병이 무섭구만."

낮은 웃음을 지은 쟈오 린이 곤란하다는 표정을 지었다.

"그나저나 이것 참. 처음부터 나를 노릴 줄은 몰랐는데."

자신에 대한 정보를 이렇게 빨리 공개할 생각은 없었다.

'조금 더 중요한 무대에서 화려하게 터뜨릴 생각이었거늘.'

부풀어 올랐던 기대감과 흥분이 빠르게 식는 기분이다.

"뭐, 기왕 이렇게 된 거 어쩔 수 없지."

쟈오 린이 인벤토리에서 길다란 장창 하나를 꺼내 고스트에게 겨누었다. 동시에 고스트의 눈동자가 가볍게 떨렸다.

'이 느낌은⋯⋯.'

마치 결투장에서 카이를 처음 봤을 때의 기분과 흡사하다.

"진심 바퀴벌레 같은데."

허공에 두둥실 떠있던 크리스가 아래를 내려다보며 인상을 찡그렸다. 플라이 마법과 이동속도를 향상시키는 헤이스트 마법을 동시에 적용. 그리고 두 개의 공격 마법을 장착한 쿼드라플 캐스터를 잡는 것은 쉬운 일이 아니었다.

"잡아도 잡아도⋯⋯ 끝이 안 보이잖아!"

크리스가 한 번 손을 휘저을 때마다 불과 얼음의 파도가 휘몰아치며 지상을 터뜨렸다. 죽어간 흑룡 길드의 유저만 무려 400여 명.

'죄다 200~300 레벨 수준의 떨거지들이지만⋯⋯.'

한 명의 마법사가 보여주는 임팩트치고는 매우 강렬했다.

"크리스!"

같은 여명회의 동료인 궁수, 잠바가 막사의 위쪽을 뛰어다니며 소리쳤다.

"슬슬 뺄 준비해라!"

"알았⋯⋯ 크윽! 회장은?"

"지금 누가 누굴 걱정하는 거야? 알아서 잘하겠지!"

말을 하면서도 잠바의 손은 쉬지를 않았다. 속사를 이용해

네 명의 머리를 뚫어버리는 궁술은 말 그대로 백발백중.

"참고로 난 400명 넘게 잡았으니까."

"지휘관 잡는 내기 아니었나? 난 세 명 잡았어."

"400명 안에 지휘관이 세 명도 없을까. 내가 이겼어."

"웃기네."

서로 농담을 주고받으며 흑룡의 전초기지를 쑥대밭으로 내놓은 그들은 슬슬 물러날 준비를 했다.

째각째각.

그것은 타이머였다. 작전을 시작하기 전, 고스트가 미리 맞춰두라고 한 타이머.

'20분이 다 끝나가. 잠바 말처럼 뺄 준비를 해야겠네.'

크리스는 몸을 빼기 직전, 크리스마스의 산타 할아버지처럼 큰 선물을 준비했다.

"만나서 재밌었고, 두 번 다시 보지 말자! 바퀴벌레 같은 놈들아!"

이글이글 타오르는 홍염의 구체가 그대로 전초기지로 천천히 낙하했다.

화르르르르륵!

구체는 제법 떨어진 물건들도 모조리 태워 버렸고, 닿는 것은 그 즉시 녹여 버렸다.

"450레벨 제한의 유니크 스킬, 마그마 볼이다."

순식간에 황무지가 되어버린 아래를 내려다보던 크리스의 눈에 하나, 둘 몸을 빼는 동료들이 보였다.

고스트라면 은신을 한 채 유유히 빠져나가는 중일 터.

'그럼 이제 슬슬 나도……'

크리스가 몸을 빼려는 순간이었다.

풀-썩!

멀리 있던 거대한 막사, 크리스가 흑룡의 본부로 파악한 곳이 쓰러졌다. 천 막사가 둘로 쪼개졌으니 무너질 수밖에.

"……회장?"

크리스의 눈으로 그 안쪽에서 피를 철철 흘리고 있는 고스트의 모습이 들어왔다.

'상대가 쟈오 린이라고?'

고스트가 쟈오 린에게 일대일로 밀린다는 생각은 단 한 번도 해본 적이 없었다.

'흑룡 놈들, 또 무슨 비겁한 짓을 했구만.'

크리스가 아랫입술을 꽉 깨물며 황급히 그에게 날아갈 준비를 했다. 하나, 어느새 모여든 흑룡 길드의 간부들이 그를 집중 포격하기 시작했다.

"느림의 미학!"

"체인 라이트닝!"

디버프가 쉴 새 없이 날아들었고, 그를 향해 원거리 스킬들이 수도 없이 쏟아졌다.

"야 이 멍청아! 안 나오고 뭐 해!"

크리스와 함께 도망치려고 남아 있던 잠바가 소리쳤다.

"하지만 회장이!"

"저건 못 살려! 회장이 분명 위기 시에는 스스로 판단해서 행동하라고 했었지?"

할 말이 없어진 크리스는 인상을 찡그리며 천천히 뒤로 날아갔다. 그런 그의 눈에 쟈오 린이 내지르는 창의 모습이 보였다. 공기의 결을 가르는 것 같은 쾌속하고 정확한 일격. 고스트가 스텝을 밟으며 이를 피하려 했지만, 뱀처럼 끈덕지게 따라온 창날은 결국 그의 심장을 그대로 꿰뚫었다.

"고스트가 죽어요?"

미네르바가 눈을 동그랗게 뜨며 물었다. 미드 온라인 최고의 소수 정예 길드, 적색여명회가 반쪽짜리 성공을 쥔 채 돌아왔다. 그들의 죽인 흑룡의 길드원은 5천 명 정도. 하지만 그 과정에서 여명회의 길드원들은 고스트를 포함해 넷이 목숨을 잃었다. 전체 길드원의 수가 22명밖에 안 되는 곳임을 감안하면 지독한 손해다.

"……쟈오 린. 그놈 뭔가 이상합니다."

크리스가 눈살을 찌푸리며 말을 이었다.

"회장이 그놈 하나 감당 못 할 리가 없어요. 회장의 성격상 첫 타는 무조건 은신 상태에서 급소를 찔렀을 텐데."

"으음. 확실히 쟈오 린은 알려진 정보가 많지 않지."

팔짱을 끼고 벽에 기대어 있던 발칸이 낮게 중얼거렸다.

"맞아. 우리 회에서도 전쟁 시작 전에 흑룡에 대한 정보는 다시 한번 싹 다 훑었는데…… 그놈에 대한 정보가 없어도 너무 없어. 사용하는 스킬이 뭔지를 모르니 직업도 몰라."

"알려진 바로는 검사일 텐데?"

"아니야. 오늘 놈은 창을 썼어. 그리고…… 생각해 보면 이상해. 그놈은 항상 사냥을 던전 위주로만 돌았어. 오픈된 장소에서의 필드 사냥을 철저히 배척했지."

"본인에 대한 정보가 흘러나가는 것을 철저히 감춘 거군."

"그렇지. 솔직히 평소에 쟈오 린 따위한테는 관심도 없었고. 유명한 것은 흑룡 길드 때문인지, 개인적인 실력은 50위에도 간신히 들어간다고 생각했으니까."

"로그아웃 당한 고스트로부터 뭔가 연락이 온 건 없나?"

"있어, 있는데……."

크리스가 복잡한 표정으로 메일을 그들에게 공유했다.

"쟈오 린의 스탯이 비정상적이라고? 이게 고스트한테서 온

메일의 본문인가요?"

"어. 녀석과 직접 싸워본 회장의 말에 의하면, 녀석의 스탯이 매우 높으니 전면전을 피하라고 쓰여 있어."

"스탯이 매우 높다라…… 불법 프로그램이라도 쓴 건가."

"그런 걸 썼다면 진작 계정이 차단당했을 거예요."

"으음. 하지만 전면전을 피하라고 해도 곤란하군. 우리는 성채를 수호하는 입장. 맞붙기 싫어도 도망칠 수는 없다."

"그게 문제지. 작전은…… 어쩌면 실패한 걸지도……."

"작전이 실패했다? 그게 무슨 뜻이지?"

발칸의 질문에 크리스는 불현듯 떠오른 생각을 지워내고자 고개를 흔들었다.

"아무것도 아니……."

그 순간.

"마스터! 흑룡 군이 다시 진격해 오고 있습니다!"

"쯧, 해가 떨어져서 쉽게 가나 했더니…… 하긴, 머릿수가 많으니 24시간 우릴 괴롭히는 작전을 택하겠지."

"그런데 단순히 괴롭힐 생각이 아닌 것 같습니다. 선봉에 서 있는 것이 흑룡의 마스터, 쟈오 린이에요."

회의실 안쪽에 모여 있던 이들이 서로의 눈을 마주쳤다.

"젠장…… 이래서 안 좋은 예감이란."

크리스가 머리를 짜증스럽게 긁어대며 중얼거렸다.

"어쩌면 쟈오 린의 비밀을 어설프게 건드린 게 최악의 수가 된 걸지도."

알데바란과 라시온 왕국의 전쟁이 한창일 때. 마계에서도 비슷한 규모의 전쟁이 일어나고 있었다. 동쪽과 북쪽의 전쟁은 아니었다. 두 대공은 이미 각자의 영토로 돌아갔으니까.

까드드드득!

개인 간의 전투였다. 규모 때문에 전쟁에 비견될 뿐.

"좋구나!"

앙골모아는 잔뜩 신난 듯한 하이톤이었다. 그녀를 상대하는 카이의 눈동자는 호수처럼 고요했다.

'확실히 귀찮네.'

마왕은 과연 마왕이었다. 스펙부터가 그 어떤 대공과도 비교할 수 없었다. 검은 뇌전의 스테론, 번개와 같은 속도로 움직이는 그의 속도를 따돌리는 민첩성. 세르핀의 빙결이나 바시온의 독도 자유자재로 사용한다.

'확실히 경험은 쭉쭉 늘어나는구나.'

두 사람은 이미 마왕성을 떠나 이름을 알 수 없는 황무지에서 손을 섞는 중이었다.

앙골모아가 가볍게 손가락을 까딱거렸다. 마치 스마트폰 잠금 화면을 해제하는 것처럼 가벼운 행동이었다.

하나 카이는 기겁을 하며 바닥을 굴렀다. 그가 현명했다.

우르르릉!

뒷쪽에 있던 거대한 돌기둥이 그대로 잘려 나갔으니까.

고개를 돌려 그 모습을 바라보던 카이가 중얼거렸다.

"진짜 괴물이 따로 없네……."

"그대의 입에서 그런 말이 나오니 재미있구나. 요즘의 인간들이 즐겨 사용하는 유머인가?"

앙골모아의 음성은 맑았으나, 몰골은 말이 아니었다. 입고 있던 마왕의 망토는 여기저기 찢어져 있었으며, 셀 수도 없이 굴러다닌 몸에는 잔 상처가 나 있고 말라붙은 흙이 덕지덕지 묻어 있었다.

"태어나서 그대처럼 강한 인간…… 아니, 악마까지 포함해서 그대처럼 강한 이를 만나는 것은 처음이구나."

"갑자기 웬 칭찬?"

카이가 눈을 가늘게 뜨며 그녀의 의도를 파악하려 했다. 허나 앙골모아는 고개를 절레절레 흔들며 환하게 웃었다.

"방금 전 그 공격이 본녀의 마지막 발악이었느니라. 더 이상은 그대를 상대할 힘이 없구나."

"……진심인가?"

"나의 명예와 심장을 걸고, 진심이니라."

앙골모아가 천천히 카이에게 다가왔다.

"그대는 강하다. 무식하게 힘만 늘리는 것보다 모든 역량을 효율적으로 사용하는 것이 중요하다는 걸 알고 있구나."

"적응한다고 고생 좀 했지."

카이는 앙골모아가 대련을 하기 전, 레벨을 600까지 올리면서 모아온 스탯들을 모두 분배했다.

총 325개의 스탯. 그걸 골고루 분배한 결과, 카이는 다시 한번 큰 성장통을 겪어야 했다.

힘이 3,787. 체력은 3,012. 지능은 진작에 3천을 넘긴 상태였으니 과감하게 패스, 민첩을 더 투자해 2,082를 찍었으며. 주 스탯인 신성은 4,500에 가까운 수치가 되어버렸다.

'역시 강자와 대련을 하면 적응하는 속도가 빠르네.'

살기 위해 저 스탯들에 적응했다는 말이 맞을 것이다. 처음엔 앙골모아와의 싸움에서 밀리던 카이는 시간이 지날수록 깨달았다. 본인이 할 수 있는 것과 할 수 없는 것. 그것을 파악한 것만으로도 싸움의 양상은 크게 바뀌었다.

"하지만 마지막으로 한 가지 충고를 해줄 점이 있구나."

"상대를 믿지 말 것, 이라면서 공격하는 건 아니지?"

카이의 농담에 앙골모아가 박장대소를 터뜨렸다.

"본녀를 대체 뭐라고 생각하는 것이냐?"

"그럼 뭔데? 충고라는 게."

"그대는 강하지만…… 뭐랄까, 이게 느껴지지 않는구나."

앙골모아가 자신의 손을 심장 부근에 올리며 말했다.

"심장의 떨림?"

"아니, 그런 게 아니다. 뭐라고 해야 할지…… 그래. 내가 과거 마계를 정복할 때를 예시로 들어보자꾸나."

앙골모아의 시선이 지평선을 향했다.

"서쪽의 세르핀을 상대할 때는 그녀의 고독함을 느꼈다. 혼자가 되고 싶다는 외로움. 본인의 영토에서 약육강식이라는 체제를 없애려던 그녀를 부하들이 배신했기 때문이겠지."

"배신이라고?"

"음? 이미 보았을 텐데? 저택 앞 얼음상들을."

"아아, 그게 전부 그녀의 부하인가."

"세르핀은 배신으로 불신과 외로움이라는 감정을 얻었지. 그녀와 손을 섞어본 그대라면 알 것이라 생각한다."

"확실히……."

얼음 위주의 공격을 사용하는 그녀를 상대할 땐, 단순히 춥다라는 감정을 넘어선 무언가가 느껴졌다. 뼛속을 넘어 심장 한편까지 시리게 만드는 알 수 없는 감정.

"누군가와 싸울 땐 그 대상의 감정을 느낄 수 있는 법이다. 하지만 그대에게선 아무런 감정이 느껴지지가 않아."

앙골모아의 두 눈이 카이를 똑바로 쳐다봤다.

"참으로 이상한 일이지. 그대는 분명 강한데, 분명히 자신의 영혼에 각인시킨 신념이 있을 텐데. 느껴지지 않는다."

"그건……."

자신이 이 세계의 주민이 아니기 때문이다. 몬스터를 사냥하고 레벨을 올려 강해지는 존재. 즉, 유저였으니까.

"그런데 그게 중요한가?"

그녀는 단호하게 말했다.

"중요하다. 강해지는 것만이 목표라면 이런 말을 해주지도 않았을 것이다. 하지만 그대의 목표는 더 위쪽이 아니더냐."

앙골모아의 손가락이 하늘을 향했다. 고개를 올려 잿빛 하늘을 쳐다보던 카이가 중얼거렸다.

"더 위쪽이라…… 그렇지."

자신이 노리는 것은 무려 신이었으니까.

잠시 그 모습을 지켜보던 앙골모아가 고개를 끄덕였다.

"정했다."

"뭘……."

그녀는 물음에 답하는 대신 왼쪽 뿔을 뚝 꺾어버렸다.

"지, 지금 뭐 하는 거야?"

"……본인의 신념조차 확고히 세우지 못한 존재는 타인이 세운 신념을 무너뜨릴 '자격'이 없는 법이니라."

앙골모아는 고통을 억지로 참는 듯 아랫입술을 꽉 깨물며,

뿔을 카이에게 내밀었다.

"이걸 가져가거라."

깜짝 놀란 카이가 반문했다.

"지, 지금 무슨 짓이야?"

"아무 말도 하지 말고 그냥 주면 받거라. 만약 대련이 아닌 정상적인 싸움이었다면, 난 목숨을 잃었을 것 아니더냐."

"아니, 그렇다고 뿔을 꺾다니…… 솔직히 이게 나한테 무슨 소용인지도 모르겠고."

"말했잖느냐. 언젠가 필요한 순간이 올 수도 있다고."

"……이게?"

카이는 조심스럽게 뿔을 받아들였다.

[마왕 앙골모아의 왼쪽 뿔]

등급 : 레전더리

마왕을 처치할 시, 매우 희소한 확률로 드랍되는 뿔입니다. 잘 갈아서 물에 타 먹으면 마기 스탯이 개방되며, 마기 스탯이 1,000 상승합니다.

"어?"

'이건…… 부작용이 없잖아?'

키네사의 심장은 마기 스탯이 오르지만, 교단과의 호감도가 떨어진다. 하지만 마왕의 뿔에는 부작용이 없었다.

'등급이 레전더리…… 마왕을 처치할 시 운이 좋아야만 얻을 수 있는 아이템이라 그런 건가.'

이득이면 이득이지, 절대 손해는 아니었다.

"나중에 다른 소리 하기 없기야."

"물론이다. 오히려 감사함을 느끼고 있다. 한 세계를 지배했다고 안주한 스스로에게 한심함을 느끼게 되었으니까."

그녀는 왼쪽 뿔의 절단면을 쓰다듬었다.

"이 뿔이 다시 자랄 때 즈음, 본녀는 지금보다 훨씬 더 강한 존재가 되어 있을 것이다."

"어…… 그건 다행이네."

페가수스 입장에서는 다행이 아닐지도.

"그런데 괜찮겠어? 약해진 걸 알면 자리를 넘보는 애들도 나올 수 있을 텐데."

"괜찮다. 뿔 하나 없다고 덤빌 간 큰 악마는 없으니까."

입가 가득 미소를 머금은 앙골모아가 물었다.

"그럼 이제 바로 인간계로 떠나는 것이냐."

"아니. 남부에 일행이 있어서, 그곳으로 갈 생각이야."

"기회가 된다면 방문해다오. 달라진 모습을 보여줄 테니."

"기회가 된다면 말이지."

가볍게 고개를 끄덕인 카이가 천천히 손가락을 튕겼다.

"그럼 다음에 또 보자."

허공을 울린 단어들이 흩어지기도 전에, 카이는 사라졌다.

"……그거 참 신출귀몰한 인간이구나."

앙골모아가 어깨를 으쓱거리며 중얼거렸다.

❋

남부의 해방군…… 아니, 이제 그들은 해방군이라고 하기에
도 무리가 있었다. 소규모의 레지스탕스가 아닌 정규군 수준
의 규모와 세력을 갖췄으니까. 남부에 몇 개의 영지를 통합한
그들은 영토의 이름을 그대로 엘리시온이라고 불렀다.

"뭐 하는 건가?"

엘리시온에서 가장 높게 솟은 성. 복도를 거닐던 카즈라가
무언가를 빤히 쳐다보며 물었다.

"하늘 쳐다봐요……."

벽에 달라붙은 채, 창문 밖을 올려다보는 유하린이었다.

"비라도 내리나?"

"마음속에는 내릴지도……."

남부의 전선을 휘젓고 남쪽의 사신이라는 무서운 이름을
얻은 그녀였지만, 이따금 보이는 멍한 모습은 카즈라를 헷갈리
게 만들었다.

'전장에서는 누구보다도 존경할 만한 인물이거늘⋯⋯.'

아무리 해방군의 악마라고 하더라도, 마족 본연의 '강함'을 동경한다는 것에는 변함이 없다. 그저 자신보다 약한 악마를 벌레 취급하지 않는다는 것이 다를 뿐. 덕분에 유하린은 엘리시온에서 많은 악마들에게 존경을 받는 중이었다.

"그럼 나는 이만."

"잠깐."

카즈라가 가던 길을 가려고 하자, 유하린이 몸을 돌려 그를 불러세웠다.

"나 뭐 좀 물어볼 게 있는데."

"뭐지?"

"악마들도 연애를 해?"

걸음을 멈춘 카즈라는 몸을 돌리며 이에 대꾸했다.

"대다수는 안 한다. 하지만 특별한 녀석들도 있지. 사랑이라는 감정을 느끼고 결혼하는 특별한 놈들도 있고."

"그렇구나. 그럼 한 번 들어봐봐. 만약 남자 악마가 여자 악마한테 고백해서 서로 연인이 되었어. 그런데 그날 이후로 남자 쪽에서 먼저 말을 거는 일이 없으면 어떻게 된 걸까?"

"글쎄⋯⋯ 잘 모르겠지만 남자 쪽이 나쁜 거 아닌가?"

"역시!"

유하린이 두 주먹을 앙 쥐며 죄 없는 복도 벽을 때렸다. 그

때마다 성이 우르릉, 이상한 소리와 함께 울렸다.

"악마도 이건 좀 아니라고 하는데……!"

"아니…… 성이 무너질 것 같으니까 그만 때려라."

카즈라의 만류에 겨우 손을 멈춘 유하린이 한숨 내쉬었다.

그때, 성의 악마 하나가 달려와 카즈라에게 말했다.

"카즈라 님! 신의님께서 오셨습니다."

"신의라면……?"

"예. 지난번에 엘리시온의 수만 환자들을 단번에 치료해 주신, 그 신의(神醫)님이십니다!"

힐끗.

카즈라는 대꾸 대신 고개를 돌려 유하린의 눈치를 살폈다. 아니나 다를까, 신의라는 말에 귀가 쫑긋한 유하린은 악마에게 성큼 걸음으로 다가갔다.

"어디예요."

서늘한 목소리에 바짝 얼어붙은 악마가 반문했다.

"예, 예?"

"지금 어디있냐구요, 카이 님."

"5, 5층의 응접실에……."

말을 듣기도 전에, 유하린은 복도 끝으로 사라졌다.

"카이 님!"

분명히 미웠는데, 만나면 왜 연락 안 했냐고 조금 삐진 척이라도 하려고 했는데, 자신을 보면서 환한 웃음을 짓는 그를 보자 미운 감정들이 눈 녹듯 사르르 녹아내렸다.

"이제 다 끝나신 거예요?"

오랜만에 주인을 만나 꼬리를 흔드는 강아지의 모습이 이럴까. 카이는 한달음에 달려와 반짝이는 눈으로 자신을 올려다보는 유하린을 보며 웃음을 터뜨렸다.

"네. 하린 씨가 고생해 주신 덕에 다 끝났습니다."

"헤헤, 다행이에요."

소중한 사람에게 도움이 되었다. 유하린은 그 사실만으로도 기분이 좋아지는 것을 느끼며 배시시 웃었다.

"아, 참."

살짝 발그레해진 유하린의 얼굴을 보며, 저도 모르게 얼굴을 붉힌 카이가 인벤토리를 뒤졌다.

"혹시 괜찮으시면 이거 쓰실래요?"

"이, 이건……."

반지를 바라보는 유하린의 표정이 딱딱하게 굳어갔다. 그것도 잠시, 눈물이 핑 돈 그녀는 황급히 얼굴을 숙였다.

'카이 님한테 이런 얼굴 보여주기 싫어.'

눈이 퉁퉁 부어오르는 꼴사나운 모습이라니, 절대로 싫다.

유하린은 조심스럽게 두 손을 내밀어 반지를 받아들였다.

"……예뻐요."

은색을 베이스로 이루어진 반지에는 보라색 알이 박혀 있었다. 디자인 자체만으로도 아름다운데, 그 반지의 이름 또한 낭만적이었다.

'영원이라니.'

이것은 프로포즈가 아닐까?

울먹거리던 유하린의 입가에서 주책맞게 웃음이 나왔다.

"헤헤헤……."

괜히 서운하고, 슬프고, 울다가 웃고. 짧은 시간에 다양한 감정을 느낀 유하린은 본인도 웃긴지 점점 더 크게 웃었다.

"좋아해 주시니 저도 기분이 좋네요. 사실 그렇게 좋은 물건은 아닌데……."

"아니에요. 이 반지도 무척 마음에 들고…… 또 이런 건……누가 줬는지가 중요하잖아요오……."

끝에 가서는 거의 개미가 기어가는 조용한 목소리였다.

"그렇게 말씀해 주셔서 감사합니다."

그녀의 반응에 카이도 웃음 가득한 표정을 지었다.

'나 때문에 고생했는데, 이 정도는 당연히 해드려야지.'

주변을 둘러보던 카이가 물었다.

"그럼 이곳에서의 일은 다 끝나신 건가요?"

"네. 언제든지 원하실 때 떠나시면 돼요."

유하린이 그제야 생각난 듯, 눈을 동그랗게 뜨며 물었다.

"기사들은 보고 계세요? 요즘 라시온 왕국 상황이 많이 안 좋던데…… 시리스 성채도 오전에 함락되었고요."

"예. 때마침 잘 끝난 것 같아요. 빨리 돌아가 봐야죠."

"돌아갈 생각인가."

카즈라가 응접실로 들어오면서 물었다.

"가봐야지. 이곳에서의 볼일이 끝났으니까."

"……이번에 가면, 영영 못 보는 건가?"

"글쎄? 기회만 된다면 또 오지 않을까 싶은데."

여기만큼 경험치가 풍부한 곳은 딱히 없으니까.

"그럼 기대하겠다. 세르핀 님께서도 잘 가라고 전해달라고 하시더군."

"뭘 또 그렇게까지 영영 못 볼 것처럼 말해."

피식 웃음을 터뜨린 카이가 손을 내밀었다.

"그동안 고생 많았다."

"진짜 시작은 지금부터다. 이제야 기반을 마련했으니, 엘리시온의 뜻을 더욱더 널리 퍼뜨려야지."

씨익 웃은 카즈라가 엄지로 뒤쪽을 가리켰다.

"기왕 갈 거면 한 번 보고 가지 그러나?"

"어딜?"

"따라와 봐."

두 사람을 이끈 카즈라는 5층의 테라스 쪽으로 향했다.

남부의 영지 몇 개가 통합된 엘리시온. 그곳에서 가장 많은 인구를 가진 거대한 도시가 바로 그들이 위치한 장소.

"이쪽으로."

이를 드러내며 씨익 웃은 카즈라가 두 사람을 테라스 난간 쪽으로 안내했다.

"뭐, 풍경도 나쁘진 않은 것 같……."

난간 쪽으로 다가간 카이와 유하린의 눈이 크게 뜨여졌다.

"진짜다! 신의님이셔!"

"옆에 남부의 사신님도 계신다!"

"꺄아아아악!"

"저희에게 살아갈 희망과 땅을 주셔서 정말 감사합니다!"

귓가가 쩌렁쩌렁하게 울리는 함성이 도시를 뒤덮었다.

테라스에서 훤히 내려다보이는 거대한 광장. 그곳에는 악마들이 발 디딜 틈도 없이 빼곡하게 들어서 있었다.

"이, 이게 다 무슨…… 저게 다 몇 명……."

"못해도 10만은 될 거다. 신기하지? 신의가 왔다는 소식 하나만 듣고 부랴부랴 모인 숫자가 저 정도다."

엘리시온에서 카이의 명성은 거의 건국 시조 급이나 다름없었다. 다 죽어가는 엘리시온의 수만 악마들을 단 하루 만에 기적처럼 살려낸 의술의 신.

게다가 남부의 사신은 또 어떠한가. 그들이 지금 서 있는 대지를 점령하는데 가장 큰 공헌을 한 전쟁 영웅이었다.

"카이! 카이! 카이!"

"유하린! 유하린! 유하린!"

"저, 저 이런 건 처음이에요……."

10만 악마들이 자신들의 이름을 연호하자, 유하린이 몸을 부르르 떨며 말했다. 금방이라도 울 것 같은 표정으로 악마들을 쳐다보고, 카이를 쳐다보더니, 또 반지를 쳐다봤다.

'하린 씨는 표정이 참 다양하시네.'

그녀를 쳐다보던 카이가 손아귀에 있는 반지를 쳐다봤다.

"반지는 안 끼세요?"

"어? 어어……."

카이의 질문에 말문이 막힌 유하린은 고개를 돌려 악마들을 쳐다보더니, 용기를 얻은 듯 고개를 푹 숙이며 말했다.

"카, 카이 님만 괜찮으시다면! 직접 끼워쥐세요! 하웃!"

얼마나 떨면서 말했는지, 끝에 가서는 아예 혀를 깨물었다. 많이 아팠는지 눈물을 줄줄 흘리며 울먹거리는 유하린.

카이는 저도 모르게 그녀의 머리를 부드럽게 토닥였다.

"어이구, 천천히 하셔도 되는데. 괜찮아요? 많이 아프죠?"

"네에⋯⋯."

부끄러워 죽겠다는 표정으로 고개를 숙이는 유하린. 카이는 그녀를 못 말리겠다는 표정으로 보다가 반지를 가져갔다.

"손 주세요."

"네에에⋯⋯."

부끄럽게 내밀어지는 유하린의 손목을 부드럽게 받친 카이가 생각했다.

'손⋯⋯ 엄청 부드러우시네.'

새삼스럽게 그녀가 여자라는 생각이 확 든다. 그리고 카이의 심장도 두근거리기 시작했다. 마치 자신이 프로포즈하는 것 같지 않은가. 무려 10만 명의 악마들 앞에서.

"그, 그럼 끼워 드릴게요. 반지."

"네⋯⋯ 네에!"

바짝 기합이 든 두 사람은 시선까지 뻣뻣하게 느껴졌다.

"어어⋯⋯."

막상 반지를 끼워주기 전, 카이는 고민했다.

'어느 손가락에 끼워 드려야 하지?'

왼손 약지는 누가봐도 커플링을 끼는 자리 아니던가.

그래서 그가 생각한 자리는 새끼였다.

'인터넷에서 본 적 있어.'

왼쪽 새끼손가락에 끼우는 반지는 변화, 기회를 뜻한다고.

마침 변화의 기사인 그녀와 잘 어울리기도 한다.

"그럼…… 새끼에 끼워 드릴까요?"

카이의 질문에 유하린이 푹 숙이고 있던 고개를 들어 올렸다. 그녀의 길다란 속눈썹이 한 번 깜빡였고, 투명한 눈망울이 거칠게 좌우로 흔들렸다.

"약지이……."

"네?"

"약지에 끼워주세요."

마지막 말은 아나운서처럼 또박또박하게.

"아, 네……!"

박력에 밀린 카이가 조심스럽게 약지에 반지를 끼웠다.

부끄러움에 얼굴이 폭발하기 직전.

"……고마워요."

자신의 왼손을 가슴팍에 꼬옥 묻으며, 살포시 웃는 유하린의 꽃 같은 미소가 만개했다. 그 모습을 처다보던 카이의 심장은 고장이라도 난 것처럼 빠르게 뛰기 시작했다. 100미터 달리기를 끝냈을 때와 비슷한 심장 박동을 느낀 카이가 황급히 고개를 돌렸다.

"……축하한다."

두 사람의 곁에서, 처음부터 끝까지 그 장면을 목격한 카즈라가 무미건조하게 축하를 건넸다.

"아, 응, 고맙다."

무엇을 위한 축하인지는 모르겠지만, 예의상 대꾸했다.

"크흠, 그럼 이제 갈까요?"

카이는 분위기를 환기하고자 질문을 던졌다.

"……좋아요. 어디라고 해도, 갈 거예요."

아직까지 정신은 꽃밭을 뛰고 있는 유하린이 말했다.

"예, 그럼 잠시 실례를."

유하린의 어깨에 손을 얹은 카이가 입술을 달싹였다.

"신출귀몰."

카이가 신출귀몰을 사용해 이동한 곳은 다름 아닌 라시온의 수도, 레이아크였다. 왕궁의 입구를 지키던 기사들은 돌연 허공에서 두 남녀가 튀어나오자 무기를 뽑으며 경계했다.

"웬 놈이냐!"

"정체를 밝혀라!"

하나 카이의 얼굴을 제대로 보는 순간, 두 기사의 표정이 경악으로 물들었다.

"카, 카이 백작님!"

"실종되셨다고 들었는데……."

"지금 막 돌아오는 길입니다."

그래도 인간계라고, 코로 들이쉬는 공기부터가 다르다.

'훨씬 가벼워.'

그것은 공기뿐만이 아니었다. 몸 전체가 가벼워진 기분이다. 시험 삼아 가볍게 점프를 하자, 50㎝ 정도는 떠올랐다.

"오."

"카이 님도 몸이 가벼워지셨어요?"

"네, 마계가 확실히 수련하기에는 좋네요."

카이가 기사들을 향해 정중히 요청했다.

"바로 폐하를 뵙고 싶은데, 가능할까요."

"물론입니다. 회의실에서 보고를 받고 계시는 중입니다."

기사들이 서둘러 무기를 갈무리하며 길을 비켜주었다. 길을 앞장선 카이는 곧장 왕궁의 거대 회의실로 향했다.

문이 열리기 직전, 안쪽에서 고성이 간간이 터져 나왔다.

"그, 그럼 문을 열겠습니다."

시종이 힘차게 문을 열자 모든 귀족과 베오르크 국왕의 시선이 쏠렸다.

"동부의 카이 백작 아닌가!?"

"아무리 찾아도 없더니, 이럴 때……."

"도망친 게 아니었나?"

"도망을 쳤다면 이런 시기에 돌아왔겠나?"

"조용."

웅성거리는 귀족들을 단번에 휘어잡은 베오르크 국왕이 자리에서 일어났다.

"카이 백작."

"예, 전하."

카이가 곧장 허리를 반듯하게 숙이며 대답했다.

"어디 있다가 이제 온 것인가."

미드 온라인의 귀족이란 단순히 먹고 노는 권리만 지닌 존재가 아니다. 권리가 있으면 마땅히 지켜야 할 의무도 있는 법. 그 어떤 귀족도 전쟁이라는 굴레 앞에서는 잔꾀를 부릴 수 없다. 그런 의미에서 카이의 실종은 많은 구설수가 퍼지기 딱 좋은 소스였다.

동부의 신성, 동부 지역을 통치하는 대영주가 전쟁이 났는데도 모습을 보이지 않았으니까. 때문에 평소 카이를 탐탁지 않게 여기던 극소수의 귀족들은 수차례나 그를 지탄했다.

"잠시 다녀올 곳이 있어서 다녀왔습니다."

카이의 입에서는 덤덤한 목소리가 흘러나왔다. 그 모습이 그를 싫어하는 귀족들의 눈살을 찌푸리게 만들었다.

"쯧. 역시 모험가들은 귀족에 어울리는 존재들이 아니야."

"제 영지민들이 얼마나 죽어 나갔을지도 모르는데 저런 뻔뻔한 발언이라니……."

베오르크 국왕은 카이를 똑바로 보며 다시 입을 열었다.

"다녀올 곳이라…… 그곳이 국가의 전쟁을 등한시할 정도로 중요한 곳이었는가."

"물론 아닙니다. 올 수 있었다면 진작 왔을 겁니다. 간 것도 자의가 아니었고, 돌아오는 데 시간이 걸렸을 뿐입니다."

"대체 어딜 다녀왔길래 그런 소리를 하는 거지?"

카이가 해룡의 주인이라는 건 라시온의 귀족이라면 이미 모두가 알고 있는 사실이다. 해룡의 속도라면 저 대륙의 끝, 암흑지대까지도 길어야 열흘이면 날아갈 수 있다. 당연히 의심할수밖에 없는 상황.

카이는 귀족들을 둘러보며 천천히 입을 열었다.

"마계입니다."

"무…… 무슨!"

"마, 마계?!"

깜짝 놀란 귀족들에게서 찢어지는 듯한 소리가 튀어나왔다. 얼마나 놀랐는지, 벌떡 일어나는 이들도 있을 정도였다.

"예. 어둠 추적자의 수장이신 물의 현자, 타르달 님의 요청으로 암흑 지대에 있는 뮬딘 교의 신전을 조사하고 있었습니다. 그 과정에서 뮬딘 교 잔당들의 함정에 걸려 마계로 강제 소환됐었습니다."

"……조사라, 그런 요청을 했다는 걸 듣기는 했다."

베오르크는 증명이 끝났는지 손을 휘휘 저었다.

"되었다. 하지만 전쟁을 대비해야 할 대영주가 한마디 소식도 없다가 늦게 나타난 것은 분명한 죄. 이에 대한 책임은 모든 전쟁이 끝난 후에 묻겠다."

"배려에 감사드립니다."

"그래, 곧장 찾아온 이유는 상황을 알고 싶어서겠지?"

"예."

전쟁에서 가장 중요한 것은 병사의 질, 장군의 능력, 더 유리한 지형…… 여러 가지가 있다. 하지만 그 무엇보다도 중요한 것은 다름 아닌 정보다.

'현재 어떻게 돌아가고 있는지를 알 필요가 있어.'

물론 커뮤니티나 각종 뉴스 기사, 혹은 게임 채널 등에서도 이런저런 정보를 얻을 수는 있다. 하지만 그것들은 결국 외부의 시선에서 바라본 단편적인 정보에 불과하다.

실제로 전쟁을 치르는 두 국가의 왕궁만이 파악한 정보가 따로 있을 것이다. 그러한 카이의 생각은 적중했다.

"그럼 우선 들어라."

베오르크가 손짓하자 라시온의 군복을 입고 있는 장군 한 명이 수정구를 조작했다. 그러자 곧 수정구 위로 거대한 입체 지도가 투영되었다.

"현재 각 지역의 상황입니다."

"음……."

전황이 한눈에 확 들어오는, 디테일하면서도 거대한 지도였다. 지역마다 옆에 함께 표시된 그래프는 적군과 아군의 병사 수 차이부터 승률까지 자세하게 쓰여 있었다. 빠르게 지도를 훑은 유하린의 안색이 크게 어두워졌다.

"어떡하죠? 생각보다 많이 불리하네요."

중앙은 아직까지 잘 버텨주고 있었지만, 서부는 이미 아래쪽까지 뚫린 상태였다. 시리스 성채가 함락된 동부 역시 파죽지세로 적의 공격을 허용하는 중.

'진군 속도가 예상보다 훨씬 빠르네.'

이것으로 대충 정보는 모두 파악했다. 카이는 이 자리에서 더 있을 필요성을 느끼지 못했기에 고개를 숙였다.

"좋은 정보 감사합니다."

그 멘트는 다분히 이별을 고하는 사람의 것 같았기에, 베오르크 국왕이 물었다.

"온 지 얼마 되지 않았는데…… 벌써 가려는가?"

"가야죠."

카이의 시선은 입체 지도 위, 동부 도시에 꽂혀 있었다.

'리버티아와 아르칸이 제일 위험하네.'

아직까지 천계로 돌아가지 않았다면, 아르칸에는 헬릭과 라샤가 있을 수도 있다. 그녀들을 제외하고도 태양교의 교황이 거주하는 곳. 쟈오 린이 미치지 않은 이상 그를 죽이거나 인질로 삼진 않겠지만, 조심해서 나쁠 것은 없다.

"그럼 동쪽부터 먼저 시작하겠습니다."

카이의 담담한 목소리에 귀족들이 멀뚱멀뚱한 표정으로 눈만 깜빡였다.

"시작이라니…… 무슨 말인가?"

귀족 하나가 조심스럽게 묻자, 카이가 웃으며 대꾸했다.

"그야 물론 대청소죠."

✳

카이가 인간계로 돌아오기 수 시간 전, 아르칸 아카데미 내부의 분위기는 그리 좋지 않았다.

"흐흐흑, 우리 다 죽는 거 아니야?"

"무, 무슨 소리야. 놈들이 제정신이라면 감히 이곳을 건드리진 못할걸?"

아르칸 아카데미. 현재 대륙에서 가장 유명한 학원 도시로, 각 나라와 제국의 귀족과 상인, 왕족과 황족이 교육을 받기 위해 찾아오는 곳이다. 하지만 알데바란과 라시온 사이에서 전쟁이 터지며 모든 수업이 무기한 중지되었다. 학생들의 안전을 중요시하는 알버트의 지휘 아래 많은 학생이 자신들의 영지로 돌아갔지만 미처 돌아가지 못하고 학원 안에 고립된 학생들도 제법 많았다. 안타까운 일이지만 가문의 지위가 낮거나, 귀족이 아닌 상계의 자식들이 그 주인공들이었다.

"알데바란의 흑룡 군은 무척 잔혹하다고 들었는데……."

"여긴 태양 교의 신전이 들어서 있는 지역이야. 설마 여기서까지 칼부림이 일어나지는 않겠지."

지극히 상식적인 생각이었으나 상황이 상황인 만큼 학생들은 불안감을 느껴야만 했다. 거대한 강당에 삼삼오오 모인 학생들은 서로를 의지하며 불안을 잠재웠다.

"헬릭."

푸른 머리칼의 소녀, 라샤가 친우의 소매를 흔들었다.

"혹시 모르니까 돌아가자. 천계에서 지켜보다가 일이 다 끝나면 다시 내려오자. 응?"

라샤의 부드러운 설득에도 불구하고 헬릭의 표정은 어딘가 불편해 보였다. 그녀는 팔짱을 척 끼더니, 턱 끝으로 어딘가를 가리켰다.

"라샤여, 저곳을 보거라."

고개를 돌린 라샤의 시야로 구석에 모여 있는 한 무리의 학생들이 들어왔다. 미처 자신의 영지로 돌아가지 못한 학생들. 하지만 다른 점이 있다면, 그들의 국가였다.

"젠장, 알데바란 놈들 왜 굳이 전쟁 같은 걸 일으켜서."

"수백 년 만에 찾아온 평화의 시기란 말이다."

"쯧. 우리가 지금 누구 때문에 이 고생을 하고 있는데."

"어이, 적들이 오면 너희가 나가서 말려라. 같은 국가 사람이니까 죽이진 않겠지."

당연히 알데바란 국가의 학생들을 쳐다보는 눈길이 아니꼬울 수밖에 없었다. 개중에 성격이 급한 몇몇 이들은 당장에라도 손이 올라갈 기세였다.

"저런 꼴을 보고 어찌 천계로 올라갈 수 있겠느냐."

"……하지만 인간들의 일이야. 너무 깊게 관여하는 건."

"라샤여."

헬릭의 얼굴 위로는 부루퉁한 표정이 떠올라있었다.

"진심으로 그렇게 생각하느냐?"

진중한 음성에 움찔한 칼 라샤가 옅은 한숨을 내쉬었다.

"……아니."

신도들을 모두 잃고 충격으로 수백 년간 스스로를 봉인했던 그녀였다. 인간을 사랑하는 마음이라면 헬릭 못지않았다.

"하지만 우리는 신이야. 인간들의 일에 너무 개입하면 좋지 못하다고."

"그걸 누가 안단 말이냐."

헬릭이 새침한 표정을 지으며 말했다.

"응? 그게 무슨 뜻이야?"

"우리가 신인 거, 여기서는 아무도 모른단 말이다."

듣고 보니 그럴싸하다.

'설득력이…… 있어!'

설마 헬릭이 자신을 설득하는 날이 오게 될 줄이야. 칼 라샤는 오묘한 감정을 느꼈다.

'뭐, 뭘까, 이 기분.'

옆에서 하나부터 열까지 항상 챙겨주던 아이가 어느 날 갑자기 자신에게 훈계를 하다니.

"그, 그래도 인간들의 속담에는 이런 말이 있잖아. 인간이 하는 일은 하늘이 알고, 땅이 안다고."

"응? 호른과 이스카를 말하는 것이더냐?"

순진무구한 질문에 라샤는 결국 두 손을 들어 올렸다.

"……아니야, 내가 잘못했어."

그녀는 잠시 이마를 짚더니 물었다.

"그래서 뭐 어쩌고 싶다는 거야?"

"학생들이 다들 너무 불안해하는구나."

지금에야말로 자비와 선을 관장하며 카리스마가 넘치는 태양신인 자신이 나서야 할 차례.

후으응!

콧김을 세게 뿜어낸 헬릭이 강당의 구석 자리로 당당하게 걸어갔다.

"이보거라!"

분위기가 살벌한 현장에 도착한 헬릭이 우렁차게 말했다.

"생각해 보니 이 녀석들을 인질로 잡으면 저쪽에서도 함부로 공격하지 못할 것 같은데?"

"이보거라."

"나는 가치가 없어. 가문도 변방의 남작 가문이라고."

"그건 네가 판단할 문제가 아니고 우리가 판단할 문제지."

"지금 해보자는 거냐?"

"얼씨구, 역시 알데바란 놈이라 그런가, 한 대 치겠다?"

"아, 아무도 내 말이 안 들리는 것이더냐?!"

헬릭이 폴짝폴짝 뛰며 학생들의 어깨너머로 소리쳤다. 수차례 말이 씹힌 그녀는 상처라도 받았는지, 눈가에 눈물이 방울방울 맺혀 있었다.

"응? 이 녀석은⋯⋯."

그제야 헬릭의 존재를 알아챈 학생들이 고개를 돌렸다. 그들은 머리를 벅벅 긁더니, 사탕과 과자를 하나씩 꺼냈다.

"자, 이거 줄 테니까 저리 가 있어."

"이빨 상하지 않게 아껴먹고."

"먹고 나서 양치해라."

"응응, 알겠느니라."

품 한가득 과자와 사탕을 안아 든 헬릭이 행복한 표정으로 돌아오자, 라샤가 이마를 짚었다.

'카이 님, 제 친구 어떡하죠.'

라샤는 사탕을 한 아름 안고 아장아장 걸어오는 헬릭을 안쓰럽게 쳐다봤다.

"헬릭……."

"응……? 핫!"

그제야 자신의 임무(?)를 재차 떠올린 헬릭은 과자와 사탕을 조심스럽게 땅에 내려놓았다.

"다시 다녀오겠느니라."

"응…… 힘내."

라샤의 응원을 뒤로한 헬릭이 다시 달려갔다.

"에잇! 지금 과자가 중요한 게 아니니라!"

헬릭이 빼액 소리를 지르자 모두의 시선이 집중되었다.

"쓸데없는 짓을 그만두라는 의미였느니라. 대체 이게 무슨 짓이더냐. 이 아이들이 무슨 잘못이 있다고?"

"하지만 이 녀석들은 알데바란의……."

"그래서?"

헬릭이 학생을 빤히 쳐다보며 물었다. 명색이 신이라 그런지, 그녀의 눈동자를 마주한 학생이 어깨를 움츠렸다.

"그들이 이번 전쟁이 일어나는데 지대한 공헌이라도 했더냐? 저 소녀를 보거라."

그녀는 알데바란에서 상단을 운영하는 가문의 딸로, 수많은 귀족들에게 둘러싸이자 울먹거리는 중이었다.

"다들 부끄러운 줄 알거라."

조막만 한 몸에서 나오는 카리스마에 모두 움찔했다.

"프레스콧 교수의 도덕 시간에 배우지 않았더냐? 붕…… 신?"

슬쩍 라샤를 쳐다보자, 그녀가 '붕, 우, 유, 신'이라고 또박또박 전해주었다.

'고마우니라.'

"붕우유신! 벗 사이에는 도리가 있고, 믿음이 있는 것 아니었더냐. 시험에 나오는 문장이라 외웠던 것이냐?"

조그마한 여자아이가 잘못을 정면에서 꾸짖자, 부끄러운 마음이 생긴 학생들이 하나둘 고개를 돌렸다.

"아니, 우리도 그런 것 정도는 알고 있는데……."

"쯧, 실수했다. 그냥 화풀이할 대상이 필요했던 거였어."

"사과는 내가 아니라 저들에게 해야지."

"미안하다. 말이 좀 심했네."

"내 생각이 좀 짧았다."

"……사과를 받아들이지."

화해를 이룬 학생들은, 헬릭에게도 감사의 인사를 전했다.

"꾸짖어줘서 고맙다."

"다음에 사탕 하나 더 주마."

"음음, 바람직하구나."

뿌듯한 표정의 헬릭에게 라샤가 다가갔다.

"잘 해결됐네."

"아직 머리가 덜 굳어서 그런지 몰라도 말을 하면 듣는구나. 큰 놈들은 고집이 쎈데 말이지."

"너가 말하니까 진짜 안 어울려."

키득거리며 웃은 라샤가 헬릭에게 과자를 돌려주었다. 그때, 강당이 크게 뒤흔들릴 정도의 폭음이 도시를 뒤덮었다.

"흐음."

겉보기에도 성스러운 백색 성채를 바라보는 남자는 흑룡 길드의 제 3단주, 쿤 팽이었다.

"단주님, 어떻게 할까요?"

부하의 질문에 쿤 팽은 깊은 생각에 잠겼다.

'난 리버티아로 가겠다. 3단을 이끌고 아르칸을 정복해라.'

쟈오 린이 헤어지기 전에 남겼던 명령이다. 그는 도대체 무엇을 하는지 알 수 없는 도시인 아르칸보다, 리버티아에 훨씬 더 높은 점수를 매겼다. 아인종들은 돈이 되기 때문.

물론 불법이지만, 제대로 성공만 시키면 천문학적인 돈을 굴릴 수 있을 것이다.

'용주께서 리버티아로 간 것은 이해가 가지만…….'

막상 쿤 팽도 눈앞의 성채가 무엇을 하는 곳인지 알 수가 없었다. 병사들이 방어를 하는 것도 아니었고, 그저 성채에 마법 방어막이 둘려 있을 뿐이었다. 과거 골리앗과 스팅의 기습으로, 인어족이 카이의 영지에 둘러놓은 방어막이었다.

"저 알 수 없는 방어막이 생각보다 훨씬 단단합니다."

"……창과 방패라 이건가."

쿤 팽이 피식 웃었다.

"우리가 누구인지 잊었느냐."

흑룡 길드 제3단, 흑봉단(黑蜂團).

'용주께서도 참 짓궂으시지.'

흑룡 길드에는 수십 개의 단이 있다. 그리고 제1단을 제외한 모든 단들은 다른 길드를 모티브로 삼고 있다.

제2단인 흑투단(黑鬪團) 같은 경우는 워리어스 길드를.

제3단은 단연 과거의 검은 벌을 모티브로 삼고 있다.

그 이하도 모두 마찬가지. 이 기획이 설립된 건 무려 1년 반 전, 쟈오 린이 히든 클래스 군주를 얻은 직후였다. 흑룡 길드를 세운 그는 말도 안 되는 머릿수를 내세워 하나의 길드 아래에서, 여러 개의 길드를 키우는 계획을 설립했다. 남들이 볼 때는 흑룡 길드 하나뿐이지만, 실상은 그 안에 스무 개 정도의 길드가 있는 셈. 잘나가는 길드들을 벤치마킹한 것은 물론, 전술과 전법 또한 고스란히 가져온다. 그것이 바로 흑룡 길드가 시간이 갈수록 강대한 힘을 자랑하는 이유였다. 잘나가는 것을 그대로 가져오는 데 그 숫자까지 많다. 상대하는 입장에서는 벽으로 느껴질 수밖에 없는 것이다.

"그럼 일단 큰 것부터 한 방 선물할까."

쿤 팽이 왼손에 거대한 나무 스태프를 들었다. 저주받은 고목나무를 수개월 담금질하여 만든 스태프로, 무려 유니크. 주문력 150% 상승이라는 옵션까지 붙어 있는 보물이었다.

"파이어볼."

어지간한 화속성 마법사라면 모두가 배우고 있는 파이어볼이 그의 손끝에서 생성되었다. 허나 그의 것은 달랐다. 기껏해야 야구공 크기여야 할 파이어볼은 무식하게 덩치를 키워나가기 시작했다. 잠시 후, 지름 5미터까지 거대해졌다.

"가라."

쿤 팽이 손목을 살짝 튕기자, 거대한 파이어볼이 빠른 속도로 날아갔다. 날아가면서 가속이 붙은 화염구는 그대로 아르칸의 성채 입구를 들이박았다.

콰아아아아아앙!

거대한 폭음과 함께 땅이 흔들렸다. 하나 성채에는 그 흔한 그을음조차 남지 않았다.

"방어막이 생각보다 튼튼하군."

쿤 팽이 입꼬리를 올렸다. 함락하는 맛이 있을 것 같다.

우르르릉, 우릉!

강당이 쉴 새 없이 흔들렸다. 서로를 꼬옥 안으며 바닥에 주저앉은 학생들이 있는가하면, 분한 표정으로 입술을 깨무는 학생들도 있었다. 마법 증폭기를 통해 안내가 흘러나왔다.

-교수들이 현 사태를 막기 위해 최선을 다하고 있습니다. 학생 분들은 모두 안전한 강당 안에 모여 있기를 바랍니다.

"여기 안전한 거 맞아?"

"젠장, 무너지면 다 죽는 거 아냐?"

"그냥 나가서 신분 증명하면 살 수 있지 않을까?"

학생들이 패닉에 빠지자 안쓰럽게 처다보던 헬릭이 슬며시 손을 들었다. 신성력으로 마음을 안정시킬 작정이었다.

탁!

하나 라샤가 딱딱한 표정을 지으며 그녀의 손등을 때렸다.

"안 돼."

"아주 조금이니라. 불안한 마음이 진정될 정도만……."

"안 된다고."

철옹성 같은 그녀의 반대에 헬릭은 입을 삐죽 내었다.

"라샤는 인간들에게 매정하구나."

"누군 안 도와주고 싶대? 하지만 난 인간들보다 내 친구가 더 소중해. 후회는 한 번이면 충분해."

할 말이 없어진 헬릭이 고개를 끄덕였다.

"움. 과민반응처럼 느껴지지만, 나를 생각해서 그런 거니 알겠어."

"알아줘서 고마워. 빨리 진정됐으면 좋겠다."

"그러게 말이다."

우르르릉!

하지만 두 소녀의 바람과는 반대로, 공격은 더 거세졌다.

"어이. 아까보다 소리가 더 커지지 않았어?"

"진동도 더 심해졌는데? 뭐가 어떻게 돌아가는 거야?"

학생들이 식은땀을 흘리며 숨을 죽였다. 왠지 숨을 크게 내쉬는 순간, 폭격이 재개될 것 같았기 때문이다.

치지지직.

멈춰있던 안내 문구가 다시 흘러나왔다.

-현재 적군과 교섭 중이십니다. 학생 분들은 인솔에 따라 안전한 장소로 질서 있게 이동해 주시기 바랍니다.

강당의 문이 열리고 교수들이 재빨리 들어오며 학생들에게 손짓했다.

"자, 어서 모이거라!"

"이게 끝이냐? 더 이상 없지?"

"잘 따라오거라."

아르칸 아카데미의 중앙 부분에 위치한 강당은 크고 거대하며 안전하다.

'그런데 여기보다 더 안전한 곳이라면……'

'교황님이 기거하시는 신전밖에 없잖아?'

머리 좀 돌아간다는 학생들의 표정이 굳어졌다. 교수들도 분명 그 모습을 봤지만 그들은 내색하지 않고 말을 아꼈다.

"단주님, 찾았습니다."

"예, 학생들과 선생들로 보이는 이들입니다."

돌연 한 무리의 마법사들이 교수들의 앞을 가로막았다. 모두 가슴팍에는 흑룡의 엠블럼을 달고 있는 이들이다. 당황한 교수들이 학생들을 보호하며 그들을 경계했다.

"너희들이 어떻게 여기에…… 교황님은 어디 계시지?"

"아아, 협상은 무사히 끝났으니 걱정하지 마세요."

"누가 건드린답니까?"

흑룡 길드원들이 실실 웃으며 대꾸했다.

"헌데 협상이 무사히 체결되기 전에 우리가 성문을 박살을 내버려서…… 당분간 우리가 이곳에 머물면서 교황님과 학생 분들을 보호하기로 했습니다."

"귀한 분들인 걸 아니 정중하게 보호하고 모실 겁니다. 각자의 집으로도 돌려보내 드릴 거고······ 물론 그 과정에서 합당한 수고비 정도는 받아야겠지만."

말이 좋아서 보호지, 인질로 삼겠다는 말과 다름이 없다. 교수들이 분노하는 순간 한 무리의 마법사들이 걸어왔다.

"단주님을 뵙습니다."

선두의 인물을 발견한 흑룡 길드원들이 포권을 취하며 인사했다. 쿤 팽은 학생들의 수를 헤아려 보더니 물었다.

"이게 도시 내부의 학생들 전부인가? 생각보다 적군."

"고위 귀족들의 자제는 본국으로 돌아간 것 같습니다."

"역시 있는 새끼들이 더한다니까."

쿤 팽의 농담에 부하들이 껄껄 웃었다.

"······굉장히 큰 실수를 저지르는군."

사회학 교수의 나즈막한 경고였다.

"음?"

자그마한 중얼거림이었지만 쿤 팽은 이를 들었다. 그는 불량한 자세로 교수에게 다가가며 물었다.

"방금 뭐라고 했지?"

"지금 실수하는 것이라고 했다. 대륙에 태양교를 비호하는 세력이 얼마나 많은지 모르나? 게다가 이 자리에 있는 학생들은 모두 각 대륙의 귀족 자녀들. 분명 후회할 일이······."

"사람이 참 웃긴 게, 남의 잘못은 눈에 잘 들어오면서 정작 자신의 잘못은 잘 모르단 말이지."

화악! 교수의 멱살을 잡아챈 쿤 팽이 으르렁거렸다.

"커억…… 컥!"

"이쪽에서 정중하게 모셔줄 때, 닥치고 있어라. 난 학생들이랑 교황님만 챙기라고 명 받았지, 교수들까지 신경쓰라는 말은 못 들었으니까."

"쿨럭, 쿨럭!"

땅에 내동댕이쳐진 교수가 숨을 몰아쉬었다.

"교수님!"

가장 먼저 달려온 것은 헬릭과 라샤였다. 쿤 팽을 노려보던 헬릭이 소리쳤다.

"그대는 노인 공경도 모르느냐!"

"알지. 아니까 경고로 그쳤지. 안 그랬으면……."

스윽, 그는 엄지 손가락으로 목을 긋는 시늉을 했다.

"그러니까 아가씨도 무사히 집에 돌아가고 싶으면 우리 말 잘 따라줘야 해. 착하지?"

쿤 팽이 헬릭의 머리를 쓰다듬기 위해 손을 뻗었다.

타악! 헬릭이 그의 손을 쳐냈다.

"허락 없이 내 머리에 손대지 말거라."

그녀가 머리를 허락한 이는 몇 안 되며, 인간은 한 명뿐이다.

"……하, 이 아가씨 좀 귀여우시네."

부하들이 지켜오는 앞에서 자존심이 상한 쿤 펭이 다시 한 번 손을 뻗었다.

"어?"

그런데 이상하다. 잘 나아가던 손이 더 이상 앞으로 나아가지 않았다.

"못 들었냐."

스산한 음성이 쿤 펭의 귓가를 울렸다. 그리고 그 음성보다도 차가운 감각이 팔을 마비시키기 시작했다.

딱, 딱딱!

다른 사람들은 모두 정상인데, 쿤 펭만이 알 수 없는 한기를 느끼며 이빨을 부딪쳤다. 한겨울에 호수에 입수한 것 같은 끔찍한 수준의 냉기였다.

쩍, 쩌저적.

"손대지 말라잖아."

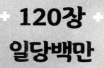

120장
일당백만

"이건 나만 할 수 있거든."

순식간에 쿤 팽의 팔을 얼려 버린 존재, 카이가 오른손을 뻗어 헬릭의 머리를 쓰다듬었다. 그러자 헬릭의 표정이 녹아내리는 초콜릿처럼 흐물흐물해졌다.

"흐어어…… 이, 이 느낌은……."

얼굴을 보지 않고도 알 수 있는, 오구오구 장인만이 줄 수 있는 손맛! 머리를 내주면 잠이 솔솔 오는 부드러운 손길!

"으으아아……."

뜨끈뜨끈한 욕탕에 들어간 아저씨 같은 소리를 내던 헬릭이 정신을 차리곤 소리쳤다.

"핫! 돌아왔구나, 그대여!"

"예."

고개를 돌린 헬릭이 자연스럽게 카이의 소매를 잡았다.

마치 두 번 다시 떠나가지 말라는 것처럼.

"하린 씨도 오셨어요?"

라샤는 뒤에서 유하린과 해후를 나누는 중이었다. 슬쩍 쳐다보자, 나이답지 않은 성숙한 미소로 화답해 주었다.

"너는…… 카이?"

쿤 팽이 이를 딱딱거리며 힘겹게 말했다.

"네가 어떻게…… 여기에……."

"왜, 빈집 털다가 주인이 나오니까 깜짝 놀랐어?"

"건방…… 진……. 죽…… 여!"

하지만 그의 부하들이 스킬을 캐스팅하는 것보다, 카이가 손가락을 한 번 튕기는 것이 훨씬 빨랐다.

따악!

경쾌한 소리와 동시에 얼음의 산이 생겼다. 새하얗다 못해 그 속까지 들여다보이는 투명한 얼음은 주변의 흑룡 길드원들을 모조리 삼켜 버렸다.

"마, 말도 안 되는 크기……."

"이만한 마법을 무영창으로 시전한다고?"

"동부의 신성이 엄청난 강자라는 소문은 들었지만……."

실시간으로 목격한 학생들은 물론이고, 마법학 교수마저 경악한 표정을 지었다. 솟아난 얼음의 산 안쪽에는 총 12명의 흑룡 길드원들이 들어 있었다.

잠시 그들을 쳐다보던 카이가 몸을 돌렸다.

"하린 씨, 여기 분들을 좀 보호해 주시겠어요?"

"물론이죠. 걱정 마세요."

유하린이 자신의 검집을 톡톡 두드리며 쾌활하게 말했다.

이에 카이는 한 쪽 무릎을 낮춰 헬릭과 눈높이를 맞췄다.

"저 다녀올게요."

"웅웅, 조심하거라."

"저 이제 걱정받을 시기는 지났어요."

도리도리. 헬릭이 고개를 흔들었다.

"아니이, 그대 말고. 나는 이 도시가 좋으니라. 그러니까 흥분하지 말고, 시설들 부서지지 않게 조심하라는 뜻이니라."

그녀가 고사리 같은 손가락으로 빙산을 가리켰다. 생성과 동시에 주변의 기둥과 도로들이 무너졌다. 할 말이 없어진 카이는 머리를 긁적거리며 웃었다.

"노력해 보겠습니다."

* * *

아르칸 도시의 성채 앞에는 끝없는 평원이 이어져 있다. 성채 위에서 이를 내려다보면, 바람에 흔들리는 푸르른 초원은 바다를 연상케 했다. 그곳에는 알버트 교황과 성기사들을 보호(?) 중인 680여 명의 흑봉단원들이 휴식하고 있었다.

"응? 뭐야."

단원 하나가 비명을 내질렀다. 당연히 주변에 있던 단원들이 고개를 돌리며 관심을 드러냈다.

"왜? 무슨 일인데? 뭐 재미있는 기사라도 떴어?"

"아, 아니 그게 아니고……."

단숨에 주목을 받게 된 단원이 당황한 표정으로 다시 한번 자신의 인터페이스를 바라보았다.

'단주랑 같이 성채로 들어간 녀석들이…… 왜 다 로그아웃으로 표시되지?'

단순히 표시 오류인 줄 알았건만, 귓속말을 보내봐도 오프라인이라는 문구가 뜬다. 표정이 굳어진 단원이 입을 열었다.

"이상해. 성채에 있는 단주랑 단원들이 로그아웃 되었다."

"뭐? 그럴 리가…… 엇! 정말이네?"

"뭐야, 무슨 일인데."

쿤 팽의 접속이 끊겼다는 소식이 순식간에 퍼져나갔다. 동시에 그들은 패닉에 빠졌다.

"어…… 그럼 우린 어떻게 하지? 복수? 아니면 대기?"

흑봉단원들이 패닉에 빠졌다. 그건 쿤 팽이 당했을 때부터 예견된 수순이나 다름없었다. 흑룡 길드는 소수의 간부가 절대 다수인 길드원을 이끄는 형태. 간부가 당하면 그 아래는 오합지졸에 불과하다. 고스트가 아무 이유 없이 흑룡의 중간 관리자들을 처치하려고 한 것이 아니었던 것이다.

머리를 잃은 흑봉단원들이 갈피를 못 잡는 사이, 무너진 성채에서 한 사람이 걸어 나왔다.

"어? 저기 누가 나오는데?"

모두의 시선이 아르칸 성채의 입구로 향했다. 아직은 조그맣게 보이는 한 남자가 여유롭게, 당당함을 잃지 않은 걸음걸이로 다가오는 중이었다. 오후의 하늘은 따사로운 햇살을 비추는 중이었고, 햇살을 머금은 사제복이 더할 나위 없이 잘 어울렸다.

"잠깐만. 저 사제복은…… 카이? 저거 카이 아니냐?!"

"새, 새끼가 재수 없는 소리를 하고 있어. 애초에 우리가 전쟁을 벌인 것도……"

카이가 자리를 비웠기 때문이다. 불안한 마음이 든 흑봉단원들은 랭킹 창을 열었다. 그리고……

1위. 카이 LV.600

2위. 유하린 LV.539

3위. 크리스 LV.482

"마, 맙소사. 진짜잖아!"

그들이 당황하는 사이, 카이는 코앞까지 다가온 상태.

"흐음."

좌에서 우로 돌아가는 시선. 680명이라는 숫자를 글로 볼 때는 적어 보이지만, 한 군데에 모아놓으니 많아 보였다.

"우선은……."

카이의 시선이 알버트 교황과 그를 지키는 수십의 성기사단들에게 돌아갔다.

"너희들은 좀 나오고."

카이가 손가락을 까딱거리자, 알버트 주변을 포위하고 있던 흑봉단원들이 붕 떠오르더니 어딘가로 날아갔다.

"미, 미친. 버그 아니야?"

무슨 일이 일어난 건지 파악조차 못 한 흑봉단원들이 눈알만 굴리고 있을 때. 카이는 알버트 교황 쪽으로 걸어갔다.

"교황님, 오랜만에 뵙습니다."

"오오, 카이 님. 돌아오셨군요!"

안색이 확 밝아진 알버트 교황이 그를 반갑게 맞이했다.

"그런데 잡혀 계십니까. 너희들은 또 왜 보고만 있어."

"죄송합니다."

카이의 말을 받은 것은 알버트 교황을 지키고 있던 성혈단원들이었다. 하지만 알버트가 재빨리 손사래를 쳤다.

"카이님. 그들을 꾸짖지는 말아주십시오. 모두 다 제가 부족한 탓입니다. 그들은 전투를 원했지만, 제가 대화로 풀고 싶다고 억지를 부려서……."

대강 상황 파악은 되었다. 아마 성혈단원들도 속이 부글부글 끓고 있었겠지. 이런 허접한 녀석들에게 꼼짝없이 잡혀 있어야 했으니까. 카이는 그들의 어깨를 두드려 주었다.

"고생했다."

"아닙니다…… 그보다, 돌아오셔서 정말 기쁩니다."

성혈단원들의 눈빛으로 존경심이 피어올랐다. 카이가 등장해서 보여준 한 수만으로도, 가늠할 수 없는 그의 경지가 느껴졌기 때문이다.

"그럼 여기는 너희가 정리하고 들어올래?"

"맡겨주십시오. 기회를 주셔서 감사합니다!"

성혈단원들의 눈빛이 이글이글 타올랐다. 카이는 그런 이들에게 가볍게 버프를 걸어주고는 알버트 교황과 함께 성채로 돌아갔다. 교황이 힐긋힐긋 뒤를 쳐다봤다.

"저…… 카이 님. 저들을 도와주시지 않으셔도 됩니까?"

그의 걱정에 카이가 낮게 웃었다.

"하하, 교황님. 벌써 잊으셨습니까? 성혈단원들은 교황님이 직접 뽑은 교단의 스페셜리스트들이에요."

"압니다. 물론 알지만 머릿수가 거의 열 배가……."

"물론 일반적인 성기사들이라면 무리겠지요. 하지만……."

카이는 뒤도 돌아보지 않은 채.

"제 단원들이 그렇게 약하게 자라지 않았다고 믿습니다."

그 말을 증명이라도 하듯, 뒤쪽에선 흑봉단원들의 비명 소리가 들려왔다.

"어쭈? 바짝 쫄아서 검 하나 뽑지 못하던 놈들이……."

"무기 안 내려? 어? 어어? 어! 커…… 커르륵!"

"모, 모두 이 녀석들 죽…… 커억!"

전원 마법사로 이루어진 680의 흑봉단원들은, 고작 80의 성혈단원들을 당해내지 못했다.

"흠, 진짜 막나가는 놈들이네요."

알버트 교황으로부터 전후 사정을 전해 들은 카이가 눈살을 찌푸렸다.

"나도 알데바란군이 그토록 몰상식할 줄은 몰랐네."

"아뇨, 아마 알데바란군이라기보다는…… 흑룡군이라고 봐야 옳을 겁니다."

알데바란 역시 국교까지는 아니지만, 백성들의 대다수가 태양교를 믿고 있다. 그런 와중에 굳이 교단의 신경을 긁어 부스럼을 만들 필요는 없다.

'흑룡은 교단의 신경을 긁어도 상관없지.'

당장 알버트만 해도 이번 사건의 잘못을 알데바란에게 전가하고 있다. 한 마디로 이번 전쟁의 간판은 결국 흑룡이 아닌 알데바란이라는 것.

'놈들이 제멋대로 나댈 수 있는 명분이 세워진 거네.'

그러니 평소에 못하던 갑질도 시원하게 하는 것일 터.

"생각해 보니 좀 열 받네?"

갑질을 왜 자신의 영지까지 기어들어 와서 한단 말인가. 눈꼬리를 파르르 떨던 카이는 자리에서 일어나며 말했다.

"그럼 이제 가보겠습니다."

"아니…… 어디를 말인가?"

"전쟁이 났잖습니까. 당연히 싸우러 가야죠."

카이의 태연자약한 목소리에 알버트 교황이 멍한 표정으로 물었다.

"……그대는 지금 군대가 없지 않은가."

그 물음에 카이는 입 꼬리를 씩 말아올리며 대꾸했다.

"제가 곧 군입니다."

엉겨 붙는 헬릭과 라샤에게 나중에 놀아주겠다고 약속한 뒤, 카이는 곧장 리버티아로 향했다.

'하린 씨에게는 자꾸 부탁만 해서 죄송하네. 하지만……'

이번 전쟁만큼은 스스로의 손으로 끝내고 싶다. 왜냐하면 상대방은 감히 자신의 집에 무단으로 침입한 놈들이니까.

"으음? 카이!"

"여, 영주님이 돌아오셨다!"

리버티아로 돌아오자마자 영지민들이 물밀 듯 밀려오며 그를 환영했다.

'확실히 영지의 분위기가 다운되어 있네.'

항상 밝고 긍정적인 에너지가 뿜어져 나오던 리버티아다. 헌데 지금은 다들 어깨가 알게 모르게 축 쳐져 있다.

'그야 수백만 적군이 몰려오고 있다는 소식을 들으면 불안할 수밖에.'

때를 참 잘 맞춰왔다. 백과사전에서 봤을 때, 어류랑 조류는 스트레스를 받으면 안 된다고 쓰여 있었으니까.

"오오오, 카이!"

인어 족의 왕인 카리우스가 다가와 그 큰 몸집으로 카이를 화악 껴안았다. 싱그러운 바다 내음이 물씬 풍겨왔다.

'으으음.'

"이게 얼마 만에 보는 얼굴인지! 실종되었다고 들었는데!"

"저도 오늘만 그 소리 열 번은 들었네요."

짤막한 해후를 마친 카이는 회의를 시작했다.

"적군은 어디까지 왔습니까."

"엘프 정찰병들이 안쟈민의 숲에서 적의 발목을 붙잡고 있어요."

엘프 여왕 엘라니아가 말했다.

"모두 물리세요. 기껏해야 수백의 엘프 정찰병들로 놈들의 발목을 묶을 수도 없고, 헛된 희생은 사양입니다."

"하지만 중앙, 그러니까 인간들의 지원군이 오려면 아직 한참 시간이……."

"지원군은 필요 없습니다. 이곳."

카이가 딱 잘라 말했다. 이어서 지도의 한 곳을 가리켰다. 안쟈민의 숲을 지나면 나오는 티노움 평야였다.

"오늘 이곳에서, 흑룡 군과 싸우겠습니다."

"그, 그건 좀. 판단을 너무 성급하게 내리신 거 아니세요?"

카이의 날벼락 같은 선언에 모두가 당황했다. 그들의 대표로 세계수 루테리아가 테이블을 아장아장 걸어오며 말했다.

[벗이여, 다시 한번 생각해 보게. 리버티아의 모든 영지민을 긁어모은다고 하더라도, 우리는 수가 많지 않네.]

"굳이 영지민들이 나설 필요는 없습니다."

톡톡.

카이의 검지가 테이블을 격식 있게 두드렸다. 그의 눈빛은 그 여느 때보다도 밝게 빛나는 중이었다.

"저 하나면 충분하니까요."

카이는 입 밖으로 꺼낸 폭탄선언을 철회할 생각이 없었다.

실제로 그는 굉장히 오랜만에 방송을 켰다. 타이탄 길드와의 전투 이후 처음 키는 방송이었다.

하루 대부분을 커뮤니티에 죽치고 있는, 커뮤니티 백수들이 가장 먼저 반응했다.

-대, 대박! 언노운이 라이브 스트리밍한다!

-뭐? 진짜? 좌표 좀 쏴줘!

-이 시기에 갑자기? 아, 랭킹 표에 나오지 않았던 이유에 대해서 해명하려는 건가?

-나도 잘 몰라! 그런데 언노운이 방송 켰으면 봐야지!

믿고 보는 언노운. 우스갯소리로 유행하는 말을 증명이라도 하듯, 이른 아침 시간임에도 불구하고 엄청난 사람들이 몰려들었다.

"등굣길부터 뭐 보냐?"

"쉿, 조용히. 지금 언노운 라이브 스트리밍 보는 중."

"뭐? 야! 그런 게 있으면 진작 말을 했어야지!"

대중교통을 통해 출근, 등교를 하던 사람들도 소식을 듣고 부랴부랴 스마트폰을 꺼냈다. 방송을 켠 지 10분도 지나지 않아 시청자 수만 300만을 돌파. 순식간에 몰려드는 트래픽에 커뮤니티 서버가 비명을 지를 때 즈음.

-아아, 목소리 잘 들리십니까.

리버티아에 위치한 자신의 대저택에서 모습을 드러낸 카이였다. 고작 한마디를 했을 뿐인데, 채팅창은 도저히 읽을 수 없을 정도로 빠르게 올라가기 시작했다.

-르노 미디어의 강한수 기자입니다. 실종된 이유에 대해 해명 부탁 드립니다!

-전쟁 났는데 거긴 괜찮아요?

-대체 어디 있다 오신 거예여?

-꺄악! 오빠 너무 멋있어요!

-랭킹 표를 보니 레벨 600이시던데, 지옥수라 빡사냥이라도 하고 오신 건가요?

질문이 올라왔지만, 카이는 자신이 할 말만을 했다.

"오늘 제가 이렇게 여러분 앞에 모습을 드러낸 것은, 이번 전쟁에 대해 하고 싶은 말이 있기 때문입니다."

알데바란과 라시온 사이에서 불거진 대규모의 전쟁! 카이의 입에서 그 말이 나오자 시청자들이 귀를 쫑긋 기울였다.

개중에는 조금 더 나은 음질로 그의 목소리를 듣기 위해, 이어폰을 황급히 귀에 끼는 이들도 더러 있었다.

"우선…… 흑룡 길드."

카이가 푹신한 의자 등받이에 몸을 묻으며, 다리를 꼬았다. 그는 팔걸이에 두 팔을 편안히 내려놓더니, 손가락으로 깍지를 꼈다. 왠지 모르게 위압이 되는 그 모습에 모두가 침을 삼키는 순간. 그의 입이 열렸다.

"내가 자리 비운 사이에 귀여운 짓을 해놨더라."

300만, 아니, 2,200만 길드원을 이끄는 쟈오 린을 향한 도발이었다.

-ㅋㅋㅋㅋㅋㅋㅋㅋㅋㅋㅋㅋㅋㅋㅋㅋㅋㅋㅋㅋㅋ

-뭐냐, 사이다 방송이었음? ㅋㅋㅋㅋㅋ

-아니, 카이 형. 이거 뒷감당 어떻게 하시려구요;;

-흑룡이 못 보지 않았을까요? 지금이라도 방송 끄시는 게…….

-지금 시청자 수가 몇인데 이걸 못 볼 리가 ㅋㅋㅋ

-모르겠고, 일단 팝콘이랑 콜라 사러 간다.

-난 치킨.

카이의 배짱 두둑한 발언에 채팅이 올라오는 속도가 세 배는 더 빨라졌다. 트래픽을 감당하지 못한 채팅창이 한순간 멈춰 버렸고. 그 모습을 쳐다보던 카이가 쐐기를 박았다.

"안쟈민의 숲에 배치해놓은 군은 모두 물리겠다. 오늘 오후, 티노움 평야에서 결판을 내자."

물론, 끝까지 상대방의 도발도 잊지 않았다.

"아, 혹시라도 겁먹었다면 안심해도 좋아. 이쪽에서는 나 혼자 나갈 생각이니까."

수백만 명이 지켜보는 앞에서 이루어진 선언이었다. 그것은 카이 스스로 자신의 발목에 족쇄를 채운 것이나 다름없었다. 만약 군대를 매복시켜 둔다면, 설령 전쟁에서 승리하더라도 여태껏 쌓아온 명성이 모래성처럼 무너지게 될 것이다.

"기다릴게."

그 말을 끝으로 방송이 종료되었다. 방송은 끝났지만, 충격받은 시청자들은 게시판으로 몰려들어 의견을 나누었다.

-아무리 생각해도 이해가 안 감. 언노운은 흑룡 길드원이 몇 명인지 모르는 거 아님?

-그럴 수도 있어. 이미 검은 별이랑 타이탄 길드를 깨봤으니, 같은 세계 10대 길드 출신인 흑룡도 비슷한 규모라고 생각하는 걸지도.

-그게 사실이라면…… 큰 실수했네;;

-음. 원숭이도 나무에서 떨어지는 날이 있는 법인데, 아마 카이에겐 오늘이 그날인 것 같다.

시청자들의 의견은 대부분 카이가 실수했다는 쪽으로 기울었다. 하나, 미련 없이 방송을 끈 카이는 여유롭게 차를 홀짝였다.

딸라앙.

저택의 현관 쪽에서 맑은 종소리가 울렸다.

"애들아, 문 좀 열어줄래?"

카이의 부탁에 요정들이 꺄르르 웃으며 현관 쪽으로 날아갔다. 들어온 이는 드워프 족의 대장장이들이었다. 그들은 무거운 상자들을 수십 개나 집 안으로 들여놨다.

"영주님이 부탁하신 물건들입니다."

"흑탑주에게 요청하신 물품이라고 하던데, 맞습니까?"

"네, 맞습니다."

카이는 그제야 웃는 낯으로 일어나 물품들을 확인했다.

"다행이네요. 늦지 않아서."

내용물들을 바라보는 카이의 눈이 반달처럼 곱게 휘었다.

"수준 낮은 도발일 뿐이다. 무시하고 사기를 신경 써라."

회의실에서 단주들에게 명령을 내리는 쟈오 린의 음성은 차가웠다. 하지만 그의 분위기는 무시하라는 말과는 어울리지 않게 상당히 저기압이었다. 우선 항상 그의 오른쪽 자리를 지키고 있던 쿤 팽이 없었다.

'5초 만에 당했다고……'

어떻게 당했는지를 듣게 된 쟈오 린이 눈살을 찌푸렸다.

'뭐, 그 시간이면 나 또한 녀석을 처치할 수 있다.'

자신감을 되찾은 쟈오 린이 테이블을 두드리며 물었다.

"왕창, 적 엘프 정찰병들의 움직임은 어떻지?"

"……카이의 방송 이후, 그의 말처럼 모두 기척이 사라졌습니다. 정황상 후퇴를 한 것 같습니다."

쟈오 린이 고민에 빠져들었다.

'그렇다면 방송에서 한 말이 모두 진실이라는 건가?'

사실 그런 공식 석상에서, 몇 시간 만에 들통날 거짓말을 하기도 힘들다. 현재 미드 온라인에서 카이가 지닌 좋은 이미지와 영향력을 생각한다면 더더욱 그렇다.

'진실만을 말했다는 것인데…… 이해가 가질 않는군.'

현재 리버티아로 진격하는 흑룡의 군대는 한두 명이 아니다. 무려 300만 명. 그중 일반 병사들을 제외하더라도, 세계적인 길드를 모방한 단들만 무려 20개가 있다.

'자신감인가, 자만심인가……'

뭐, 어느 쪽이든 크게 상관은 없다.

'이 기회를 살린다.'

쟈오 린은 카이가 거짓말을 했든, 진실을 말했든 신경 쓰지 않았다. 그가 거짓을 말했다면 오늘 흑룡은 그의 위선을 전 세계에 까발릴 것이다.

'그리고 만에 하나 진실을 말했다면……. 놈은 죽는다.'

토끼를 사냥하는 사자의 마음가짐으로, 방심 따위 하지 않을 것이다. 처음부터 전력을 다해서 순식간에 녀석을 해치우고 리버티아를 손에 넣는다. 그것이 깔끔하고 뒤탈이 없는 것을 선호하는 쟈오 린의 방식이었다.

"한 시진 후 출정한다. 모두 준비하도록."

티노웁 평야에 도착한 카이는 저도 모르게 어린 시절을 떠올렸다. 초등학생 시절, 전교생이 운동장에 모여 교장 선생님의 훈화 말씀을 듣던 기억이었다.

'그때 그게 총 몇 명쯤 됐을까…….'

잘은 모르겠지만 그게 대략 천 명은 넘었을 것이다. 지금에 와서야 흐릿한 기억이지만, 사람이 많았다는 또렷했다.

"비교도 안 되네."

티노움 평야는 푸르다. 아니, 티노움 평야뿐만 아니라 라시온 왕국의 동부 지역은 대부분 푸르다. 최대 곡창인 만큼, 땅이 기름지기 때문에 잔디조차 잘 자라기 때문이다.

"……까맣네."

그 푸르고 넓던 티노움 평야가 좁아 보였다. 검은색 장비를 맞춘 수백 만 흑룡군이 자리를 차지하고 있기 때문이다.

'사람들도 구경 많이 왔고……'

"후우우……."

카이가 눈을 감으며 가볍게 심호흡을 했다. 아무리 본인의 실력에 자신이 있다지만, 긴장되는 것은 어쩔 수가 없다.

'300만이라 이거지.'

살면서 이 정도 규모의 사람을 한자리에서 보는 이가 과연 몇이나 될까. 하물며 그 엄청난 머릿수를 상대해야 한다. 그것도 혼자서.

"좋아."

그의 눈이 다시 뜨여졌을 때, 더 이상 긴장감이나 동요는 보이지 않았다. 그는 오만하게 턱을 치켜들고, 손가락 끝을 까딱였다. 올 테면 와보라는 제스처. 누가 봐도 불리한 사람은 카이였지만, 단순한 행동 하나가 분위기를 바꾸었다. 카이가 흑룡에게 도전을 허락한 듯한 모양새가 된 것이다.

"그렇게 나올 것이라고 생각했다."

수백 미터 앞. 멋들어진 흑마의 안장 위에 앉아 있던 쟈오 린이 중얼거렸다.

'모든 것을 연구했다.'

그와 흑룡 길드의 정보부는 카이에 대한 모든 정보를 낱낱이 수집했다. 그가 최초로 세상에 자신을 알린 붉은 주먹과의 일전. 그때보다도 더 먼저인 붉은 노을과의 다툼까지.

쟈오 린은 이 세상에서 카이에 대해 자신보다 잘 아는 이가 없을 것이라 확신했다.

'적을 알고, 나를 알면 전투에서 패배할 수는 없다.'

아군의 머릿수도 훨씬 많고, 적은 자신에 대해 모른다.

'전쟁이란, 개인의 무력 가지고 하는 것이 아니다.'

바닥부터 차곡차곡 쌓아 올린 돌들이 모여 굳건한 성채가 되는 것처럼. 전쟁 또한 하나부터 열까지 천천히 공을 들이고 준비를 해야만 승리를 거머쥘 수 있다. 저 멀리 점처럼 보이는 카이를 바라보던 쟈오 린이 천천히 입을 열었다.

"죽여라."

그 짧은 명령과 동시에 수십만 명의 흑룡군이 튀어나갔다.

땅이 뒤흔들리는 것 같은 착각이 일었다.

"방심은 안 한다는 건가."

적들을 바라보며, 카이가 피식 웃었다.

"괜찮네."

방심하는 적을 두드려 패는 것만큼 허무하고 재미없는 일도 없는 법이니까. 적들이 지척에 도착하기 직전, 카이의 손가락이 허공을 유려하게 쓸었다. 뿌옇고 검은 운무가 그의 신형을 집어삼켰다. 이제는 대부분이 알고 있는, 전매특허.

"듀라한 군대인가."

50마리의 듀라한을 소환할 때 연출되는 모습이었다.

'녀석이 말도 안 되는 일을 추진한 이유를 생각해 봤지.'

계속 생각을 한 뒤 내린 답은 단 하나.

'네놈은 정말로 자신이 있는 것이다.'

자신과 듀라한 군대, 그리고 소환수들. 그것을 이용해서 '흑룡'을 정면에서 깨부술 자신이.

'그렇다면 깨닫게 해주지. 얼마나 광오한 생각이었는지를.'

쟈오 린의 눈동자에 살기가 번들거리는 순간 오십 마리의 듀라한이 전장에 난입했다.

"Yo, 시작됐군. 브로의 전쟁."

마이클 레이놀드는 티노움 평야에서 실시간으로 중계되는 카이의 전투를 지켜보려고 레드불과 치킨을 준비했다.

"한국 치킨, 시키면 언제나 따끈따끈쓰."

양념 치킨을 한 입 크게 베어 물은 마이클의 눈동자가 카이를 응원했다.

'브로가 이겼으면 좋겠지만⋯⋯.'

그를 잘 알고 있는 마이클조차 말을 아낄 수밖에 없었다.

"응?"

가장 먼저 카이가 소환한 것은 듀라한 군대. 거기까지는 대다수의 유저들이 예상을 했기 때문에 크게 놀라는 눈치가 아니었다. 하지만 마이클처럼 눈썰미가 좋은 몇몇 유저들은 무언가가 이상하다는 것을 깨달았다.

'저 듀라한들⋯⋯ 옛날과는 모습이 확 다른데?'

확실하다. 절대자의 던전을 촬영하고 편집한 것이 본인인 만큼, 듀라한 군대들은 질리도록 봤다.

'카이가 소환하는 듀라한 군단은 갑옷을 입고 있었지.'

당연한 일이다. 듀라한은 기사형 몬스터니까.

"하지만 저 모습은⋯⋯?"

현재 듀라한들의 손에는 무기가 들려 있었다. 그것만이라면 전혀 새로울 것이 전혀 없다. 타락의 성지에서도 듀라한들은 유니크 등급의 무기를 사용했으니까. 하지만 지금 눈여겨봐야 할 건, 통일된 무구를 들고 있다는 점이었다.

스물다섯 마리에게는 뾰족하고 길다란 묵빛의 창이. 나머지 녀석들에게는 날카로운 묵빛 검이 들려져 있다.

"워어, 저 어썸한 방어구는 또 뭐지?"

듀라한들의 기사 갑옷, 그 위를 한층 더 감싼 무광 혹색의 전신 방어구. 그 표면을 붉은색 선들이 마치 살아 있는 생물처럼 기어 다니고 있었다.

"멀리서 보니 지렁이처럼 보이기도 하는데, 저게 뭘까."

마이클이 닭다리를 뜯으면서 고민하는 사이. 카이의 버프가 듀라한들을 휘감았다. 동시에 첫 격돌이 일어났다. 역사적인 전투에서 선공을 날린 것은 앞에 있던 듀라한이었다.

녀석의 팔이 뒤로 한껏 당겨지더니. 쌔애액! 소리와 함께 앞으로 튀어나갔다. 그 손에는 창이 들려 있었다.

콰드드드득!

"커억!"

창날은 혹룡 길드 유저의 머리를 그대로 강타했다. 그것으로 끝이었다.

주변의 혹룡 길드원들이 한껏 당황했다.

"이, 이게 무슨…… 한 방이라고? 단 한 방?"

"방금 로그아웃 당한 녀석의 레벨은 420인데……?"

동요하는 길드원들을 간부가 빠르게 진정시켰다.

"동요하지 마라! 기선을 잡기 위해 처음부터 무리를 했을 뿐, 기껏해야 A.I다! 저것보다 강한 몬스터도 수백 번을 더 상대해 왔어! 쫄지 마라!"

그 외침은 확실히 효과가 있었다. 바짝 얼어 있던 흑룡 길드원들의 몸이 부드러워졌고, 눈빛에는 생기가 돌기 시작했다. 하나, 듀라한들의 텅 빈 눈두덩에선 그들보다 훨씬 더 빛나는 안광이 터져 나왔다.

콰득! 우드드득! 콰드득!

듀라한들이 팔을 한 번 휘두를 때마다, 흑룡 길드원이 한 명씩 죽어나갔다. 창날을 찌를 때마다 머리와 심장이 터져 나갔고, 검이 휘둘러지면 적들의 목이 땅을 굴렀다. 듀라한들을 상대하는 흑룡 길드원들은 속수무책으로 뒤로 물러났다.

"무, 무슨 A.I가⋯⋯! 새끼들, 단순한 듀라한이 아니야!"

"웬만한 유저보다 훨씬 더 잘 싸운⋯⋯ 커억!"

고작 50마리에 불과한 듀라한들이, 수만 명의 유저들을 송곳처럼 뚫고 나가며 유린했다.

"침착해라! 앞에선 적을 막고, 공격은 아군에게 양보해라!"

황급히 전술을 바꾼 간부의 판단은 훌륭했다. 흑룡 길드의 탱커진들이 앞으로 나와 듀라한들의 공격을 막아냈고, 그 틈에 후방의 유저들이 공격했다.

퍼엉! 파앙! 까드득!

얻어맞은 듀라한들이 뒤로 날아가고, 장비 위로 길다란 스크래치가 나기 시작했다. 그러자 듀라한들의 장비 위를 기어

다니던 붉은 선들이 피격 부위로 몰려들었다.

"……뭐지?"

한 세트 당 최고급 스포츠카보다 더 비싼, 흑탑주와 드워프의 합작. 적응형 무구의 프로토 타입이 진가가 드러나는 순간이었다.

카가가각.

붉은 선들이 빠르게 움직이며 손상된 부분을 수복해나갔다. 동시에, 듀라한들의 잃은 체력이 조금씩 차올랐다.

"다, 다시 침착하게!"

"겉모습이 요란할 뿐이다. 방금 전엔 효과가 있었어!"

그러나 같은 방법의 공격은 결과가 판이했다.

"효과가…… 없어? 이, 이게 무슨!"

적응형 무구는 상대의 공격을 학습하면서 주인을 지킨다. 심지어 듀라한들도 싸우면서 실력이 점점 늘어나는 학습형 소환수. 이 둘의 만남은 처음부터 엄청난 시너지를 불러일으킬 수밖에 없었다.

'물론 적응형 무구에도 단점은 있어.'

아직은 프로토타입이라 그런지, 기억할 수 있는 공격의 패턴은 세 개 뿐이다. 즉, 가장 최근에 공격 받은 세 개의 공격에 대한 방어력만 높일 수 있다. 물론 단점이라고 부르기에는 애매했다. 그것만으로도 충분했으니까.

"자, 잠깐…… 이 녀석들 레벨이……! 6, 600?!"

"아, 이제야 본 건가."

카이의 입가로 장난기 어린 웃음이 맺혔다. 하지만 지금 알아차렸다고 딱히 묘수가 생기는 것은 아니다.

'오히려 더 큰 혼란이 기다리고 있겠지.'

실제로 듀라한들의 레벨이 모두 600이라는 것을 눈치챈 적들은 앞으로 나서질 못했다. 간부들이 고함을 질러도 뒷걸음질을 치는 이들이 태반이었고, 그런 이들은…….

서걱! 우드드득!

그저 듀라한들의 먹잇감이 될 뿐이다. 거기서 다시 한번, 나이트 오브 나이트메어의 꿀 같은 효과가 발동했다.

스킬 - 스켈레톤 나이트 소환 사용 가능.

재사용 대기시간 : 24시간.

소환된 스켈레톤 나이트는 시전자의 레벨에 영향을 받습니다. 휘하의 언데드가 적을 처치하면, 대상은 스켈레톤이 되어 시전자를 따릅니다.

달그락, 달그락!

죽어나간 흑룡 길드원들이 스켈레톤이 되어 조금 전까지 아군이었던 이들의 목덜미에 검을 쑤셔박았다.

"뭐, 뭐야! 듀라한에게 죽으면 스켈레톤이 된다! 죽지 마!"

"그게 말처럼 쉬울…… 커어억!"

그야말로 아수라장이나 다름없는 난전이 일어났다.

"저쪽은 이제 끝났네."

그렇다면 이제 무엇을 해야 할까?

'더욱더 정신없게 휘저어줘야지. 영혼을 탈탈 털릴 만큼.'

카이는 소환수와 빛의 군단을 소환했다. 미믹과 블리자드, 할리와 데스몬드가 티노움 평야에 그 모습을 드러냈다.

"마스터, 부르셨습니까."

"어. 전쟁이다."

[……적군의 숫자가 많은 것 같다만.]

[여기도 인간, 저기도 인간…… 역겹군.]

할리와 데스몬드조차 놀란 눈을 뜰 정도의 머릿수였다.

[적들을 쓸어버리면 되나?]

"가능한 많이."

[나중에 남겨놓지 않았다고 뭐라고 하지 말거라.]

[쯧, 역겨운 인간이지만 혈향이 이토록 진하니…… 도저히 참을 수 없군.]

"다녀오겠습니다, 마스터."

카이는 전의를 불태우는 소환수들은 적군의 오른쪽 방면으로 보냈다.

'좌측과 우측은 어느 정도 시간 벌이가 가능해졌다.'

그렇다면 자신이 얼마나 빠르게 정면을 뚫어주느냐. 그것이 승부의 관건이었다.

"크윽, 이 새끼들은 또 뭐야!"

"요, 용이라고?"

"뭐야. 뱀파이어까지 있잖아……!"

정신을 못 차리는 흑룡 군을 쳐다보던 카이가 천천히 걸음을 옮기기 시작했다. 목표는 쟈오 린이 위치한 흑룡 군의 중앙군 쪽이었다.

"……으음."

상황을 지켜보던 쟈오 린의 입에서 신음이 흘러나왔다. 압도적인 머릿수로 손쉽게 찍어누를 줄 알았던 상대가 의외로 잘 버텼기 때문이다. 그는 재빨리 머리를 굴렸다.

'듀라한 군대의 무력이 예상했던 것보다 훨씬 높다.'

자신이 수집한 정보에 따르면, 듀라한 군대쯤이야 순식간에 정리가 되었어야 한다. 하나 아군 수만 명이 밀리고 있다. 몇백, 몇천도 아닌 수만 명이.

'레벨이 600이라…… 혹시 카이의 레벨과 연동되는 건가?'

갑작스럽게 든 생각이었지만, 그는 자신의 예상이 맞다고 생각했다.

'실수했군. 이런 디테일한 부분을 놓치다니.'

하지만 그렇다고 결과가 바뀌지는 않는다. 쟈오 린은 황급히 손을 올리며 명령했다.

"듀라한 군대가 있는 곳으로 병사 십만을 더 보내라."

"예!"

죽지 않는다면, 죽을 때까지 병사를 보내면 그만일 뿐.

"소환수가 있는 곳에도 병사 십만을 더 보낸다. 듀라한과 소환수들이 카이를 절대 지원하지 못하도록 에워싸라."

"명을 받듭니다!"

쟈오 린은 고립되는 적들을 보며, 카이를 쳐다보았다.

"자, 네놈이 자랑하는 손과 발, 모두 잘라냈다."

그러니 이제 몸통을 칠 시간이다.

"녀석의 목을 가져오는 자에게는 만 골드를 주지."

"마, 만 골드……!"

카이의 목에 거금이 달리자, 길드원들의 눈빛이 바뀌었다.

'스무 개의 길드를 동시에 상대하는 기분을 알게 해주마.'

쟈오 린은 자신의 발밑에서 움직이는 수백만의 병사들을 보며 희열을 느꼈다.

'과거 진나라의 시황제가 이런 기분을 느꼈을까.'

손짓 하나, 단어 하나로 저들을 부릴 수 있다. 그 짜릿함은 현대 사회에서는 쉽게 맛볼 수 없는 정복욕이었다.

"죽여라."

'과연 머릿수가 많긴 많아.'

시간이 갈수록 듀라한 군단과 소환수들의 생명력이 낮아지는 중이었다. 하지만 카이는 서두르지 않았다.

'머리는 차갑게, 그리고 가슴도 차갑게.'

카이는 그 어떤 돌발 상황에서도 당황하지 않게끔 냉정을 유지했다. 그것은 무척이나 큰 도움이 되었다.

"만 골드다! 죽여 버려!"

"600레벨이라도 고작 한 명이다! 숫자에는 장사 없어!"

수백만 대 일의 싸움이다. 그것이 흑룡 길드원들이 저토록 당당할 수 있는 자신감의 원천이었다. 어딜 봐도 아군이니까. 요컨대, 군단이 보여주는 위용에 흠뻑 취해 버린 것이다.

'하지만 그건 독이 될 거다.'

자신감이란 주변 환경에 따라 낼 수 있고, 낼 수 없고 갈리는 것이 아니라는 걸 아니까. 그걸 누구보다 잘 알고 있는 카이는, 거대한 전장에서 누구보다 큰 자신감을 드러냈다.

"죽고 싶은 놈부터 와라."

어느새 손에 쥐어진 성검이 번쩍거리며 빛을 토해냈다.

"광휘의 검."

빛의 검날이 다가오는 적을 가볍게 내리그었다.

스가아아악!

그것으로 끝. 레벨 400 이상의 고수가 단 일검에 일도양단되어 사라졌다. 그럼에도 불구하고 흑룡 길드원들의 공세에는 거침이 없었다.

"때려 죽여! 죽더라도 좋다! 공격을 성공시켜!"

함성 소리가 사방을 울렸다. 동시에 한 자루의 검이 카이를 향해 날아왔다.

콰드드드득!

카이는 손을 들어 그 검날을 정면에서 받아냈다.

"찌, 찔렀다……."

처음으로 카이에게 공격을 성공시킨 적이 멍한 목소리를 뱉어냈다. 하지만 그의 얼굴에 당혹감이 내려앉는 데에는 긴 시간이 필요하지 않았다.

"뭐, 뭐야. 분명 찔렀는데……?"

"찌른거 맞아."

카이가 고개를 끄덕거리며 그 사실을 확인시켜 줬다.

"하지만…… 레벨 차이가 대체 몇이라고 생각하는 거냐."

1레벨과 200레벨의 싸움에서 누가 이길지 의심하는 사람은 없다. 그건 1레벨 플레이어가 백만 명이라도 마찬가지다. 하지만 400레벨과 600레벨의 싸움이라면?

사람들은 큰 착각을 하기 시작한다.

'400레벨이라면 장비도 갖춰졌고, 보유한 스킬도 많잖아.'

'게다가 머릿수까지 많으면……?'

'역시 숫자에는 장사 없는 법이지.'

상대에게 대항할 수 있다는 착각.

"미안하지만 틀렸어."

와드드득!

카이가 손바닥을 접어 주먹을 꽉 쥐었다. 그의 손에 잡힌 적의 검이 음료수 캔처럼 찌그러졌다.

"게임에선 레벨과 스탯이 법이고, 힘이다."

흑룡 길드원들의 시선이, 무의식적으로 카이를 향했다.

300,199/300,200

레벨 400의 검사가 있는 힘껏 내지른 일격. 그것에 카이가 입은 대미지는 고작 1이었다. 레벨 1의 초보자조차 생명력 100을 지닌 채 게임을 시작하게 된다. 대미지가 1이라는 건, 레벨 1의 초보자조차 100번을 맞아야 죽게 된다는 뜻.

"마, 말도 안 돼."

"대미지가 1밖에 안 들어간다고?"

상대는 넋을 놓았다. 손이 선뜻 앞으로 나아가지 않았다.

우드드득!

그 사이 카이는 손을 뻗어 적군 하나의 목을 비틀었다.

"멍청한 놈들! 뭐 하고 있나! 공격해!"

단주들의 명령에 길드원들이 마지못해 공격을 퍼부었다.

푸욱, 서걱!

카이의 몸을 수십 개의 무기가 강타하고, 수백 개의 스킬들이 폭격했다.

'좀 지켜볼까.'

카이는 공격을 피하지 않고 오롯이 몸으로 견뎌냈다. 그렇게 30초쯤 흘렀을까? 그는 자신의 생명력을 확인했다.

299,645/300,200

"축하해. 총 825번 공격해서 555의 피해를 입혔네."

"미, 미친……. 대미지가 진짜 안 들어가!"

"아니, 이 새끼 마법 저항력은 대체 얼마인 거야……."

현재 카이의 마법 저항력은 101.5%. 한 마디로 마법으로 그를 죽이는 것은 사실상 불가능에 가깝다.

"당황하지 마라!"

흑룡 제2단. 흑투단 단주인 왕류인이 소리를 높였다.

"마법사들은 공격 대신 지원, 속박형 스킬을 써라! 나머지는 모두 무기를 쑤셔 박아! 죽더라도 좋다! 대미지를 1이라도 넣어! 아군은 수백만이다. 죽기 전에 한 대씩만 때려도 무려 수백만 대미지! 놈은 절대로 살아나갈 수 없다!"

"과, 과연……!"

"그래, 죽더라도 딱 한 대만……."

희망에 찬 흑룡 길드원들이 다시 득달처럼 달려들기 시작했다. 마치 공략법이라도 알아낸 유저들이라도 된 것처럼.

'부나방 같네.'

그들을 바라보는 카이의 입가에는 비틀린 미소가 맺혔다.

"희망이란 현재 없는 것을 기대고 바라는 것을 의미하지."

니체는 주장했다. 희망은 인간의 고통을 연장시키기 때문에 가장 질 나쁜 악이라고. 이 순간, 카이도 그에 동의했다.

'그러니까 고통을 덜어줄게.'

따악!

카이의 전신을 은은항 황금빛 신성력이 뒤덮었다.

'에너지 실드.'

마계에서 대공 키네사를 처치한 뒤 얻게 된 레전더리 등급의 스킬. 효과는 카이조차 혀를 내두를 정도로 대단하다.

'이건 앙골모아의 전력조차 다섯 번은 막아낸다.'

물론 에너지 실드는 신성력을 소비한다. 엄청난 신성력이 유지에 소모되고, 피해를 입을 때마다 신성력이 사라진다.

'하지만 그 정도야 뭐.'

카이는 피식 웃으며 성검을 좌에서 우로 크게 베었다. 마치 잔디밭 위에서 제초기를 돌린 것처럼, 적들의 수급이 허공을 수놓았다.

띠링!

[전장의 사신 효과가 발동합니다. 스테미너가 소량 회복되었습니다. 적을 처치하여 신성력이 소량 회복되었습니다.]

'좋네.'

스스로가 지치지 않고 달려 나가는 열차가 된 듯한 기분이다. 그 어떠한 적도 자신을 멈출 수 없었으며, 자신의 일검을 받아내는 이는 한 명도 없었다.

카이가 왼발을 축으로 몸을 핑그르르 돌렸다. 날아든 수십 개의 무기는 그가 남긴 잔상만을 찔렀다.

"어어…… 비, 비켜! 뒤로 물러나게!"

"야이 씨, 누가 발 밟았어!"

지나치게 많은 머릿수가 오히려 독이 되었다. 자유롭게 움직이는 카이와는 달리, 그들은 쉽게 움직이지 못했다.

'독 안에 든 쥐.'

카이는 눈앞 길드원의 무릎을 밟고 허공으로 떠올랐다.

"어어!"

"위다! 놈이 멈춰 있을 때 공격해!"

피잉! 쇄애애액!

순간적이지만 평야에 그늘이 드리워질 정도로 많은 화살이 하늘을 가렸다.

"화살이라, 후회할 텐데."

"어……? 화살의 궤적이 왜, 왜?"

포물선을 그리며 날아가던 수만 개의 화살들이, 일제히 하늘로 솟구치기 시작했다. 동시에 카이의 신형 또한 빠른 속도로 비상하더니 구름 속으로 사라져 버렸다.

"다, 단주님. 어떡하죠?"

공격해야 할 대상을 잃어버린 흑룡 길드원들은 엉거주춤한 자세로 서로만 쳐다보던 그때, 카이와 함께 구름을 뚫고 사라진 화살들이 돌아오기 시작했다. 그것도 엄청난 속도와 함께, 밀집된 공간으로 떨어졌다.

쉬이이이익!

"방패 들어어어어!"

왕류인의 외침에 반응한 유저들이 방패를 들었다.

방패 위로 엄청난 양의 화살이 빼곡히 박혔다.

'무, 무슨 대미지가…….'

'한 번에 날아온 화살이 420개라고?'

'꿀꺽, 방패가 없었다면 끝장났겠군.'

목숨을 건진 유저들이 안도의 한숨을 내쉬었다. 방패를 준비하지 못한 유저나, 애초에 방패가 없던 클래스의 유저들의 경우에는 끔찍했다. 애초에 수만 개의 화살을 좁은 지역에 밀집해서 떨어뜨린 카이였다. 방패가 없는 이들은 적게는 수십 개부터, 많게는 수백, 수천 개의 화살을 받아내야 했다.

파스스슥!

그것이 의미하는 것은 죽음. 단 한 번의 공격으로 수천 명의 유저가 폴리곤이 되어 사라졌다.

"으드드득."

그 모습에 왕류인이 이를 갈았다. 검 손잡이를 쥔 손에는 저도 모르게 힘이 꽈악 들어갔다. 하지만 화살 공격을 중지시킬 수는 없는 노릇이었다. 수가 많은 흑룡 군이 한 명의 대상을 동시에 타격하려면, 원거리 공격이 필수. 심지어 상대는 마법 공격에 전혀 대미지를 받지 않았다.

'궁수들마저 배제해 버리면 피해를 줄 방법이 없다.'

결국 왕류인은 기존의 방법을 고수했다.

"계속해서 쏘고, 견제해라!"

하지만 그것도 견제할 대상이 있을 때의 이야기.

'그러고 보니……?'

왕류인이 아차한 표정을 지었다. 구름 위로 사라진 화살들은 돌아왔지만, 카이의 모습은 여전히 보이지 않고 있었다.

"잠깐, 설마?"

카이의 마법은 절대자의 던전에서 이미 공개된 바 있다.

'헬 파이어······!'

캐스팅 시간이 긴 스킬이다. 아무리 카이라지만, 수백 만 명을 상대하면서 그 캐스팅을 유지할 집중력은 없다.

"산개! 산개해라! 곧 마법이 떨어질 거다!"

왕류인이 목이 찢어져라 소리를 질렀지만, 흑룡 군은 쉽게 움직이지 못했다. 그 자리에만 수십만 명이 있었으니까.

화르르륵!

그 순간, 구름이 일제히 터져 나가며 네 개의 거대한 불덩이가 모습을 드러냈다. 먼 거리가 있음에도 불구하고 머리 위쪽이 화끈거렸다.

"요격해애애애애!"

왕류인의 명령에 흑룡의 병사들이 헬 파이어를 향해 자신의 원거리 스킬을 모조리 퍼부었다. 수십만 개의 화살이 하늘을 뒤덮으며 헬 파이어를 향해 날아갔다. 그 순간, 구름의 뒷편에 숨어 있던 카이가 모습을 드러냈다. 아주 먼 거리에 있었지만, 왕류인의 눈에는 그의 함박웃음이 똑똑히 보였다.

'웃어······? 잠깐, 설마!?'

왕류인의 관자놀이로 굵은 땀 방울 한 줄기가 흘러내렸다.

'헬 파이어가…… 움직이지 않는다.'

처음부터 카이는 헬 파이어를 이용해 공격할 의사가 없었다는 뜻이다. 그렇다면 그가 노리는 것은 단 하나.

"원거리…… 스킬……!"

그는 자신의 실수를 깨달았지만 되돌리기엔 너무 늦었다.

카이는 수십 만 개의 원거리 스킬들이 날아오는 것을 보며, 천천히 손가락을 튕겼다.

따악!

세상이 멈췄다. 무서운 소리를 내며 날아오던 화살도, 이글거리는 화염도 차가운 얼음의 창도. 모두 멈춘 채 카이의 명령을 기다렸다.

"너희들이 좋아하는 삼국지에 이런 일화가 있더라고."

공명, 조조를 속여 하룻밤에 10만 발의 화살을 모으다.

"배웠으면 써먹어야지."

새애애애애액!

멈춰있던 수십만 개의 스킬들이 방향을 선회에 제 주인들에게 돌아가기 시작했다. 허공에 못 박힌 것처럼 서 있던 카이는 팔짱을 끼고 흑룡 군을 내려다보았다.

다소 오만한 눈빛을 드러낸 그의 앞으로. 헬 파이어를 비롯한 수십만 개의 스킬들이 운석처럼 떨어지기 시작했다.

콰아아앙! 콰아앙! 퍼엉!

폭격이 떨어지는 듯한 굉음과 함께 대지가 진동했다.

"……장관이네."

그 모습을 지켜보던 카이가 저도 모르게 중얼거렸다.

땅에 옮겨 붙은 네 개의 지옥불은 진화될 줄 모르고 흑룡 군을 불살라 버렸다. 수십만 개의 스킬들은, 불이 붙은 흑룡 군들의 막타를 치는 데 사용되었다.

"경험치도 은근 잘 오르잖아?"

적들의 레벨이 200 이상이나 낮다지만 무려 수만 명을 학살한 참이다. 경험치가 아무리 짜다고 해도 카이의 경험치는 순식간에 30%나 상승했다.

"자, 그럼 본격적으로 가보자고."

카이는 폭격 속에서 간신히 살아남은 왕류인의 앞으로 이동했다. 쭉 뻗어나간 성검의 검극이 그를 지목했다.

"뭐, 뭐냐."

뒤늦게 정신을 차린 왕류인이 말했다. 잘게 떨리는 그의 목소리에는 처음과 같은 자신감이 사라진 상태였다.

"길로틴, 너에게 사용할 스킬인데 무슨 뜻인지 알아?"

"갑자기 무슨 시답잖은 소리를……."

왕류인이 으르렁거렸다. 그는 길로틴이 단두대를 의미한다는 것을 알고 있었다.

"그럼 다음 질문, 네가 흑룡 군에서 제일 강한 유저인가?"

"……그렇다."

물론 세간에는 그렇게 알려져 있다. 사실은 쟈오 린이 그보다는 훨씬 강하지만, 그는 일부러 말을 아꼈다.

'이 녀석이 방심해 준다면, 용주께서 승리하실 확률이 올라갈 테니까.'

때문에 그는 가슴을 쫙 펴면서 검을 뽑았다. 마치 자신이 흑룡 군에서 가장 강한 유저라는 것을 과시라도 하듯이.

그는 들고 있던 방패를 뒤로 던졌다. 길다란 대검의 손잡이를 두 손으로 꽉 잡고, 전의를 불태웠다.

"긴말 필요 없겠지. 와라."

제법 멋있는 말이었다. 주변에 있던 흑룡 길드원들도 조금씩 거리를 벌리며 두 사람을 위한 무대를 만들어주었다.

'놀고 있네.'

하지만 카이는 처음부터 왕류인 따위와 시시한 일기토를 벌일 생각이 없었다.

파앗!

잔상을 뿌리며 달려 나간 카이의 검이 왕류인의 가슴을 길게 베고 지나갔다.

'터, 터무니없는 빠르기……!'

쟈오 린을 상대해 봤던 왕류인의 머리로 경종이 울렸다.

'이 정도 속도라면…… 용주께서도……!'

그의 눈동자에서 두려움이 확산되듯 퍼져 나갔다. 맑은 물 위에 색소를 한 방울 떨어트린 것처럼, 아주 빠른 속도로.

"아까 물어봤던 질문에 대한 답은, 단두대야."

카이가 뜬금없는 말을 꺼냈다.

'그 정도는 나도 알고 있다.'

짜증이 난 왕류인이 신경질적으로 소리쳤지만, 목소리는 새어 나오지 않았다.

서걱!

카이의 검격이 그의 목을 완전하게 베어낸 후였으니까.

"단 두 대."

카이는 자신의 개그에 만족하며 낮게 웃었다.

쟈오 린은 부하들이 준비해 준 높은 옥좌에 앉아 전장을 바라보는 중이었다.

우드드득!

돌연 옥좌의 팔걸이가 바스라졌다.

'왕류인이…… 당했다고?'

중요한 건 그가 당했다는 것이 아니다. 고작, 두 번의 공격으로 당했다는 것이 포인트였다.

'나조차 그런 일을 하려면……'

쟈오 린의 머릿속에 생각이 많아졌다. 어쩌면 카이가 자신의 생각보다 강자일지도 모른다는 불안감이 엄습했다. 잘게 떨리는 그의 눈동자가 메시지 창을 향해 돌아갔다.

[길드원, 왕류인 님이 사망했습니다.]
…….
[길드원의 수가 100명 줄어들었습니다.]
[모든 스탯이 0.1만큼 줄어듭니다.]

"허, 허억……."

사람은 지닌 것이 많을 때는 사소한 것을 보지 못한다. 쟈오 린의 경우가 딱 그러했다. 카이를 주시하느라, 좌측과 우측에서 벌어지는 싸움을 등한시한 대가였다.

"……."

이미 듀라한 군단이 날뛰는 곳에는 불사의 군단이 강림했다. 듀라한들이 수천 마리의 스켈레톤들을 이끌며 아군을 학살하는 중이었다.

획! 고개를 돌리자 반대편의 전황이 눈에 들어왔다. 해룡이 수압포를 발사할 때마다 아군이 수십 명씩 가볍게 사라졌다. 그뿐만 아니라 흡혈귀나 리자드맨의 경우에도 착실히 한두 명씩 처치해 나가는 중이었다.

"게다가 저건……."

타이밍 좋게 미믹의 모습이 변했다. 그것은 과거, 세계 10대 길드의 구성원 중 하나였던 니혼이치조차 멸망시킨 보스 몬스터. 자탄의 모습을 고스란히 잇고 있었다.

"……이대로는 안 된다."

불안해진 쟈오 린이 벌떡 일어나 길드원들에게 명령했다.

"전진 전군! 카이의 발목을 붙잡아라. 그동안 나는……."

시선이 우측으로 향했다. 언데드들이 축제를 벌이고 있었다. 쟈오 린이 실력을 만천하에 드러낼 생각을 품었다.

"듀라한 군단을 정리하겠다."

한때 커뮤니티에서 뜨겁게 달군 주제가 하나 있었다. 상대하기 가장 까다로운 보스란 무엇일까라는 잡담에서 시작된 가벼운 토론이었다. 하지만 토론에 참가한 유저들은 저마다 다른 생각을 지니고 있었고, 이 화제에 관심을 가진 랭커와 프로게이머들이 대거 유입되며 제법 큰 화제로 부상했었다. 며칠간의 토론 끝에 내려진 결론은 다소 허무했다.

게이머의 입장에서 상대하기 가장 까다로운 보스는, 잡는 데 오랜 시간이 걸리는 보스다.

모두가 공감한 결론은 아니었지만, 대부분의 랭커들은 이에 납득했다. 그 이유는 간단했다.

"보스 몬스터는 스펙이 높아. 체력과 방어력, 공격력이 일반 몬스터랑 비교도 안 되지. 그런 녀석을 상대할 땐 잠시도 긴장의 끈을 놓을 수 없단 말이지. 왜냐고? 뻔하잖아. 긴장의 끈을 놓는 순간 실수가 발생하거든. 어라, 실수했네? 하고 넘길 수 있는 게 아니야. 실수는 죽음과 직결되니까."

미드 온라인은 과거의 게임들과 다르다. 마우스와 키보드만 조작하던 게임들에선 10시간이 넘도록 보스 레이드를 하는 사람도 수두룩했다. 하나 미드 온라인은 가상현실게임, 머리는 물론 몸까지 바쁘다. 당연히 공략 시간이 오래 걸리는 보스를 상대할 때는 높은 체력과 집중력이 요구된다. 카이를 상대하는 흑룡 길드원들도 그 부분을 실감하고 있었다.

"하아, 하아……."

"으드득, 괴물 같은 놈."

전쟁이 시작된 지 두 시간이 흘렀다. 그 동안 흑룡 길드원들은 단 1초의 휴식 시간도 없이 카이를 몰아붙였다. 본인들이 열세라는 것을 알면서도 그랬던 이유는 간단하다.

'이놈도 사람이야, 사람! 언젠가는 온다.'

'캐릭터의 스테미너가 줄어드는 순간. 플레이어의 집중력이 흐려지고, 상황 판단이 잘 안 되는 시기가 반드시 온다.'

그 순간만을 위해 꾹 참고 기다린 것이다.

하나, 그건 그들의 크나큰 착각이었다. 그들이 알고 있는 것을 카이라고 모를 리가 없었으니까.

'이 녀석들은 수가 많아.'

당연히 처음부터 그에 대한 대비를 했다.

'길게 끌어서 좋을 건 없겠지.'

흑룡 길드는 교대로 싸우며 이 전쟁을 최대 며칠까지 끌어갈 생각을 지니고 있었다. 하나, 카이는 반대로 생각했다.

'길어야 한나절. 빠르면 여섯 시간 안에 승부를 본다.'

도저히 300만 명을 적으로 둔 사람이 할 법한 생각이 아니었다. 일반적인 유저들은 자그마한 오크 부락을 섬멸하는 것조차 최소 하루는 잡았으니까.

'그럼 슬슬 시동을 걸어볼까.'

카이는 처음부터 의도적으로 비쥬얼이 화려한 공격만을 퍼부었다. 사실 하려고만 한다면, 그는 더 효율이 좋은 공격들을 사용할 수 있었다. 하나 그러지 않았다.

오히려 마나를 펑펑, 비효율적으로 써가면서 적들에게 화려한 공격만을 퍼부었다. 그 의도는 간단했다.

'사기.'

전쟁에서 가장 중요한 것이 사기라는 것. 그건 오크 토벌대와 검은 벌 사냥을 걸쳐 비르 평야 전쟁과 타이탄 길드까지. 수많은 전투를 겪은 카이가 누구보다 잘 알고 있는 부분이었다. 때문에 그는 초반부터 '연출'을 통해 적들의 사기를 꺾어놓았다. 실제로 흑룡 군의 사기는 카이의 압도적인 무력을 견식한 이후, 정확히 말하자면 왕류인이 고작 두 번의 공격을 받고 사망한 이후로 바닥까지 떨어졌다.

'슬슬 입질도 오는 것 같으니…… 시작하자.'

처음과 비교하면 현저하게 분위기가 다운된 적들의 군세. 그것을 쳐다보던 카이가 두 번째 페이즈에 돌입했다.

"소환 취소, 미믹."

저 멀리서 자탄의 모습으로 싸우고 있던 덩치가 순식간에 전장에서 사라졌다. 물론 잘 싸우고 있던 녀석을 돌연 취소한 데에는 다 이유가 있었다.

"강화 소환, 미믹."

바로 자신의 앞에 불러오기 위해서다.

"뀨웅."

"폼 체인지, 아오샤."

카이의 명령이 떨어지자 미믹의 몸이 무서운 속도로 증식하기 시작했다. 댐이 무너져 불어난 강물처럼, 순식간에 불어난 녀석의 몸집은 과거 화이트홀을 집어삼켰던 보스 몬스터, 아오사의 모습을 완벽하게 재현해 냈다.

"뭐, 뭐야."

"이 모습은…… 화이트 홀의 보스?"

"'달빛과 함께 춤을'에 나왔던 보스 몬스터 아니야?"

난데없이 거대한 보스 몬스터가 등장하자 적들이 당황했다. 그 모습을 지켜보는 카이는 말없이 입 꼬리를 올렸다.

'사람은 당황하게 되면 호흡이 가빠지지.'

폐 속으로 들어가는 공기의 양도 많아진다.

"갑자기 이게 무슨…… 어?"

"끄…… 끄으윽?"

"쿠, 쿨럭! 쿨럭!"

"젠장! 도, 독이다……!"

아오사 주변에 위치한 수만 명의 흑룡 길드원. 그들이 단체로 중독되어 버린 이유.

"사실 아오사의 독은 끔찍하거든."

중독되는 순간 초마다 생명력과 마나가 빠져나간다. 포인트는 거기에 호흡 곤란 상태까지 추가된다는 것이다.

'멀쩡하던 사람이 호흡 곤란에 빠지면 당연히 당황하지.'

다시 한번 말하지만, 사람이 당황하게 되면 호흡이 평소보다 더욱 가빠진다. 즉, 악순환의 고리라는 뜻이다.

"사, 사제들! 어서 정화를……!"

"저, 정화가 문제가 아니라고!"

"일단 푸른 안개에서 빠져나와라! 그 안에 있는 동안에는 해독을 해도 다시 중독될 뿐이다!"

일대에 낮게 깔린 푸른 역병의 운무. 그곳을 빠져나가지 않는 한, 초마다 계속해서 중독 상태가 갱신된다.

"제, 젠장. 이제 와서 이곳을 빠져나가라고 해도……."

"비켜! 뒤에 놈들은 뭐 하고 있냐고!"

믿음직하고 든든하던 후방 동료가 순식간에 짐이 되었다.

"쿨럭! 쿨럭! 젠자아앙! 이 비열한……."

"300만 명이 우르르 몰려와 놓고, 비열함을 운운해?"

원래도 카이의 독주를 막지 못했던 이들이다. 하물며 행동에 제약이 생긴 호흡기 질환 환자들이라면?

"밖으로 나가서 환기시키고, 맑은 공기나 실컷 마셔라."

카이는 마치 초보자 존에 있는 허수아비를 상대하듯 흑룡 길드원들을 짚단처럼 베어 넘기기 시작했다. 평균적으로 초당 스무 명씩 죽어가던 적들이, 초당 여든씩은 사라졌다.

'흠, 슬슬 끝났나.'

미믹이 사용한 푸른 역병의 지속 시간이 끝났다.

"사, 살았다. 힐러들! 이 틈에 빨리 회복을!"

"전방부터 피 채워줘! 후방 길드원들은 포션 빨고!"

안도가 어리는 적들을 쳐다보던 카이가 입을 열었다.

"미믹, 폼 체인지, 자탄."

아오사의 거대한 몸집이 흐물거리며 변화하기 시작했다. 낙타나 거북이처럼 보이는 거대한 고대 병기의 모습으로.

"중력장 사용."

고오오오-!

미믹의 힘찬 울음소리와 함께, 어깨를 짓누르는 중력이 발생하였다.

"커…… 커어어억!"

"으그극!"

서 있기도 힘든 압도적 무게감. 항상 가볍게 마시던 공기들이 철근처럼 무거워지며 흑룡의 군대를 무릎 꿇렸다.

반면 카이는 여유로워 보였다. 그는 따로 중력장을 사용해 영향에서 벗어났기 때문이다.

투둑, 투두둑.

의사와는 상관없이 무릎을 꿇게 된 흑룡 길드원들의 손에서 무기가 떨어졌다. 주변을 돌아보던 카이가 가볍게 발을 굴렀다.

"절대 영도."

쩌저저적!

극한의 냉기가 사방으로 뻗어나갔다.

"추, 추……."

"으들들드들."

흑룡 길드원들의 무릎에 닿은 냉기는 그들의 몸을 타고 올라가 머리카락까지 꽁꽁 얼려 버렸다.

"……하아아."

카이가 가볍게 숨을 내쉬자 하얀 입김이 새어나왔다. 주변으로는 무릎을 꿇고 있는 수십만 개의 얼음상만이 존재했다.

'마나를 거의 다 썼네.'

범위가 범위다 보니, 소모되는 마나의 양도 수십만 단위. 카이도 포션을 연달아 몇 병이나 마셨다. 병당 백만 원이 가뿐하게 넘어가는 최상품의 마나 회복 포션들이었다.

"크으, 포카리 맛"

배가 불러 더 이상 포션을 못 마실 지경이 되자, 마나의 절반 정도가 회복된 상태였다.

"미믹, 이제 다시 가서 블리자드 녀석들이랑 합류해."

고오오오- 쿵! 쿵!

웅장한 목소리로 대꾸한 미믹이 거대한 다리를 움직이며 이동을 개시했다. 얼음상들은 발에 짓밟혀 산산조각났다.

"음?"

카이가 이변을 느낀 것도 그때였다. 그는 눈을 가늘게 뜨며 좌측, 듀라한 군단이 있는 곳으로 고개를 돌렸다.

매의 목격자를 사용한 카이의 눈동자가 녹색으로 물들었

고, 시야는 마치 망원경을 들여다보는 것처럼 확대되었다. 당연히 듀라한 군단 사이에서 엄청난 기운을 뿜어내고 있는 존재가 누군지도 볼 수 있었다.

'저건…… 쟈오 린?'

카이의 미간이 좁혀졌다. 레벨 600의 듀라한 군단이 쟈오 린의 검을 받아내지 못하고 하나, 둘씩 쓰러지고 있었다.

'쟈오 린이 저렇게 강했다니…… 상상도 못 한 전갠데?'

바닥에 누운 듀라한들의 수만 스물두 마리. 멀리서 그 모습을 바라보던 카이가 천천히 손을 뻗었다. 동시에 그의 등 뒤로 네 개의 신성 마법진이 하나씩 떠오르기 시작했다.

하나, 둘, 셋…… 마지막으로 넷.

위이이잉!

신성 마법진이 톱니바퀴처럼 맞물리며 맹렬하게 돌아가는 순간, 카이도 주문을 시전했다.

"리저렉션."

"한심한 것들! 비켜라!"

쟈오 린이 전선에 합류하며 소리쳤다. 부하들을 무참히 썰어버리고 있는 카이를 흘깃 쳐다보며, 입술을 꽉 깨물었다.

'넌 조금만 더 기다려라.'

자신의 부하들이 녀석의 스테미너를 빼놓으면, 그때 등장해 녀석을 꺾어버릴 생각이었다.

'그전에 나는······.'

텅텅텅!

옆구리에 낀 제 투구로 허벅지를 때리는 듀라한들은 기세 등등했다. 이미 그들을 따르는 스켈레톤만 수천 마리. 듀라한 들의 공격은 길드의 간부들조차 합공하지 않는 이상 버틸 수 없을 정도였다.

'하지만 그래봤자 몬스터.'

쟈오 린이 빛살처럼 튀어나갔다. 희대의 명검, '패왕검'이 하 늘의 태양빛을 반사시켰다.

'최고의 대장장이 모루에게 직접 의뢰해 제작한 무기.'

절삭력과 대미지 중가량은 타의 추종을 불허할 정도.

텅텅!

기척을 느낀 듀라한이 고개를 돌렸다. 그 순간, 쟈오 린의 패왕검이 하늘을 둘로 쪼갤 기세로 내려쳤다.

서걱!

모든 스탯이 3,000에 근접하는 괴물의 분노가 담긴 일격.

그것은 듀라한을 양단해 버렸다.

"마, 마스터······?"

"용주께서 듀라한…… 듀라한을……?"

보고도 믿을 수 없는 광경에 길드원들이 벙찐 표정을 지었다. 하나 쟈오 린은 우연이 아니었다는 것을 증명이라도 하듯, 듀라한만 찾아가 그들을 일격에 죽여 버렸다.

"흥. 레벨 600이라고 해도, 기껏해야 몬스터."

쟈오 린은 주변을 돌아보았다. 합류 이후 군의 사기는 하늘을 찌를 정도로 높아진 상태였다.

"용주께서 우리를 이끄신다!"

"사악한 언데드 군단을 무찔러라!"

'이끌어주지 않으면 뭘 하지도 못하는 버러지들.'

텅! 텅!

"하여튼 몬스터들이란."

낮게 코웃음을 치던 쟈오 린은 그대로 몸을 돌려, 뒤쪽의 듀라한을 그대로 처치해 버렸다.

우드득!

반으로 잘린 듀라한의 투구가 바닥에 떨어지는 순간.

우우우우웅!

구름이 터져 나가며 빛줄기 하나가 지척에 떨어졌다.

"뭐, 뭐냐! 마스터부터 보호해!"

"사태 파악을, 대체 무슨 스킬이냐!"

'음?'

쟈오 린의 눈매가 확 좁혀졌다. 불과 몇 초 전, 자신이 일검에 처치했던 듀라한. 분명히 반으로 쪼개 버렸던 투구가 꿈틀꿈틀 움직이며 하나로 합쳐졌기 때문이다.

'잠깐, 이 스킬은⋯⋯?'

사냥을 하면서 숱하게 봐 왔던 스킬이다. 사망한 아군을 되살리는, 미드 온라인에선 사제만이 가능한 거룩한 기적.

"리저렉션⋯⋯? 카이가 어째서 이 스킬을?"

의문이 쟈오 린의 머리를 뒤덮었다. 하나 그는 의문을 잠시 구석으로 미뤄놓고, 침착하게 사태부터 파악했다.

'전장에서 듀라한 한 기를 살린다고 달라질 건 없다.'

우우우웅! 우우웅!

그런 그의 생각을 비웃기라도 하듯. 하늘에서 스무 개가 넘는 빛줄기가 연속적으로 떨어졌다.

리저렉션(Resurrection). 사제들이 초보자 티를 벗어날 때 배우는 스킬로, 유저들 사이에선 기적이라고 불린다.

죽은 아군을 부활시키는 행위. 유저들에게 이것만큼 커다란 기적은 없으니까.

물론, 그렇다고 리저렉션이 만능 스킬인 것은 아니다.

유저가 죽으면 받게 되는 페널티는 총 세 개. 3일간의 접속 페널티, 경험치 하락, 일정 확률로 아이템 드랍이다. 여기서 리저렉션을 사용하게 되면 3일간의 접속 페널티가 사라지고 곧장 접속할 수 있다. 물론 경험치 하락과 아이템 드랍만큼은 막을 수 없지만, 아이템이야 살아나면 도로 주울 수 있다. 요컨데 리저렉션 스킬은 세 가지 페널티 중에 사실상 두 개를 없애주는 기적. 하나 비교적 낮은 레벨에서 배우는 이 스킬을 물 쓰듯 쓰는 사람은 없다. 이유는 간단하다. 신성력의 소모가 너무 크기 때문.

신성 스탯만 4,500가량인 카이의 신성력은 매우 높다. 게다가 칭호와 세트 효과로, 신성력을 소모하는 모든 스킬의 효과가 두 배 상승한다. 여기에 모든 스킬의 신성력 소모량도 큰 폭으로 줄어든다. 그런 카이임에도 불구하고, 23마리의 듀라한을 살리자 전체 신성력의 1/4가량이 날아갔다. 아마 일반적인 450레벨의 사제라면, 한 번에 살릴 수 있는 아군은 기껏해야 서너 명. 고작 그것만으로도 신성력이 고갈되어 다른 행동은 할 수 없을 것이다.

"후우……."

하얀 입김을 뿜어내던 카이는 자신의 소환수, 듀라한들을 살려냈다. 카이의 입장에서는 든든하기 그지 없지만 상대하는 입장에선 그게 아니다.

"이, 이 끈질긴 놈들……."

"다시 살아났다고? 그것도 스무 마리가 넘게?"

"카이 저 녀석……!"

큰 충격에 빠진 흑룡 길드원들이 주춤주춤 물러났다. 우선 쟈오 린을 제외하고는 마땅히 상대할 방법이 없는 듀라한. 스무 마리가 넘게 죽었던 듀라한들이 멀쩡하게 살아나서 움직이니, 심리적인 압박감이 상당했다. 절대로 죽지 않는 불사신을 상대하는 기분. 그리고 그러한 기분을 느끼는 이유는 간단했다.

'카이 녀석…… 성기사가 아니었다! 리저렉션 스킬은 오직 사제만 쓸 수 있어. 아무리 히든 클래스라고 해도 기존의 클래스 체계 자체를 엎을 순 없다.'

카이가 사실은 성기사가 아닌 사제였다는 것. 그리고 300만 흑룡 대군이 고작 사제 하나에게 일방적으로 밀리고 있다는 것. 쉽게 믿기지 않는 '현실'들은 흑룡 군의 전의를 착실하게 깎아나갔다.

"……놀랍군."

되살아난 듀라한들을 보던 쟈오 린이 중얼거렸다. 동시에 진한 안타까움이 스쳐 지나갔다.

'정말 아쉽구나.'

언노운이 막 이름을 알리기 시작했을 때. 만약 그때 억만금을 불러서라도 그를 데리고 왔다면? 그를 손에 넣는 길드는 지금쯤 명실상부한 월드 1위를 차지했을 것이다.

'적으로 만난 것이 안타까운 상대는 처음이구나.'

쟈오 린은 그 아쉬움을 달래고자 검을 휘둘렀다.

"……?!"

그리고, 되살아난 듀라한이 그 일격을 막아냈다.

"이게 무슨……?"

충격을 받은 쟈오 린의 눈동자가 요동쳤다. 이 녀석은 분명 자신의 검을 받지 못하고 양단되었던 녀석이다.

그런데 고작 부활한 것만으로 강해졌다니?

끼리릭.

입이 없는 듀라한은 말을 할 수 없다. 하나 자신의 투구에서 뿜어져 나오는 안광으로. 들고 있는 검과 전신에 두른 투기로 말을 할 뿐이다.

나는 학습한다. 죽음은 나를 더욱 강하게 만든다. 덤벼라.

'고작해야 몬스터 따위가……!'

알 수 없는 기분이 휩싸인 쟈오 린이 분노했다.

"건방지구나!"

휘익!

쟈오 린의 검이 공간을 찢어발기며 떨어졌다.

군주 클래스의 효과로 상승한 모든 스탯은 3,000. 게다가 그가 레벨을 460까지 올리면서 얻은 스탯들은 모두 합쳐 2,500 수준이었다. 그는 레벨이 오를 때마다 스탯을 체력과 힘, 민첩에만 올인했다. 즉, 현재 그의 힘은 3,700.

서격!

듀라한의 팔이 잘려 나갔다. 동시에 쟈오 린이 이를 악물었다.

'감히……!'

그는 목을 베어내려고 했다. 하나 듀라한이 찰나의 순간 몸을 비틀어 자신의 팔을 내준 것이다.

그리고 이어지는 창격!

까드드드득!

듀라한의 공격이 처음으로 쟈오 린의 방어구를 강타했다. 큰 대미지가 들어왔지만, 쟈오 린의 체력은 이미 유저의 범주를 아득히 넘어선 상태. 눈 하나 깜빡하지 않은 쟈오 린이 그대로 주먹을 내질렀다.

까아아아앙!

"한낱 깡통 따위가!"

듀라한을 그대로 터뜨려 버린 쟈오 린이 숨을 몰아쉬었다. 조금 전까지만 해도 먹잇감에 불과했던 듀라한들. 전장에 흩어진 49마리의 듀라한들이 신경 쓰이기 시작했다.

'……실수했군.'

고작 듀라한을 상대하는데 호흡을 잃다니. 자신은 이 전쟁을 통해 절대적 강자이자 덤빌 마음조차 품지 못할 아이콘이 되어야 했다.

'아무리 강해졌다고 해도 결국 듀라한. 빠르게 마무리 짓고 체력이 떨어진 카이를…….'

쟈오 린이 슬쩍 고개를 돌려 카이의 위치를 확인했다. 지금쯤이면 자신의 군대가 정신없이 몰아붙이고 있을 터.

하나 그것은 큰 착각이었다. 카이의 위치를 확인한 순간, 쟈오 린의 눈이 화등잔만하게 커졌다. 자신의 군대는 모두 얼음상이 되어 있는 상태였고, 카이의 모습은 보이질 않았다.

'어디…… 어디에?'

쟈오 린이 황급히 길드 채팅을 동원했다.

-카이의 위치를 찾아라! 놈은 어디있지?
-모르겠습니다.
-보이지 않습니다.
-파악 중입니다.

쟈오 린은 등골의 피가 싸늘하게 식어가는 기분을 느끼며 등을 돌렸다. 그것은 그가 평소에 추구하던 이성이 아닌, 본능이 시킨 행동이었다.

까아아아앙!

"호오, 생각보다 반응이 좋네."

결정적인 순간, 이성보다는 본능이 그의 목숨을 살렸다. 쟈오 린은 순식간에 당도한 카이를 보며 입술을 깨물었다.

"네놈……."

"그동안 답답했겠어. 그렇게나 강한데, 실력 숨기고 있었으니 오죽 답답했을까."

"순간의 명예보다는 실리를 택한 것뿐이다."

"누가 뭐래? 그래서 더 안타까운 거지."

카이가 성검을 휘두르자 날카롭게 베어지는 소리가 났다.

"그렇게 답답한 거 참아가면서 오늘 하루만 보고 달려왔는데…… 나한테 다 무너지게 생겼잖아."

"신은 너에게 능력을 준 대신, 겸손을 앗아갔구나."

"아닌데, 오히려 내가 드린 게 더 많은데?"

한 달 과잣값만 얼만데.

"그럼 시작할까?"

"……조금 이르다고 생각하는데. 보는 눈들도 생각해야 하지 않나?"

전쟁이 시작된 지 얼마 되지 않았다. 시청자들 입장에서 두 사람의 매치는 메인 디쉬나 다름없다.

"그런 것까지 신경 쓰면서 살아? 피곤하게."

"널 걱정해서 해주는 말이다."

이 말만큼은 진심이었다. 그는 자신의 뛰어남을 믿는 만큼, 카이의 우수함 또한 인정했다. 그렇기에 그를 동정했다.

"하늘 위에 두 개의 태양이 떠오를 수는 없는 법. 오늘 하나를 땅 밑으로 가라앉는다."

"설마 그게 나라는 건가?"

"물론이다. 이해가 빨라서 좋군."

무조건 이길 것이라는 확신. 그리고 자신의 손으로 신화를 이룩해낸 사내를 밟아야 한다는 안타까움…… 희열. 복합적인 감정을 느끼는 쟈오 린이 천천히 손을 들어 올렸다.

"하지만 네놈이 그렇게 원한다면 상대해 주지."

"마왕도 이렇게까지 오만하지는 않았는데……."

조용히 중얼거린 카이가 마지못해 고개를 끄덕였다.

"좋아. 그럼 상대를 부탁할까."

쟈오 린이 격식 있는 자세를 취했다. 허리를 꼿꼿하게 펴고 턱을 치켜든 채, 왼손은 뒷짐을 진 상태였다. 오른손에 검을 쥐고 그 검만을 제 가슴 앞에 비스듬하게 세워놓았다.

'끝까지 멋있는 척은 혼자 다 하네.'

"간다."

단어가 허공에 흩어지기도 전에, 그의 신형은 쟈오 린의 등 뒤로 돌아가 있었다.

"뻔하군."

쟈오 린이 귀신같이 몸을 돌리며 반응했다. 유저가 자신의 움직임에 이렇게까지 반응할 것이라고는 생각하지 못했었다. 때문에 카이는 살짝 놀랐다. 많이는 아니고, 아주 살짝.

'그래서 뭐 어쩌라고.'

카이의 성검이 쟈오 린의 패왕검을 짓눌렀다.

까드드드득!

놀랍게도 두 사람의 힘 스탯은 동일한 수준. 누구 하나 물러서지 않고 제자리를 지켰다.

"이, 이 무슨…… 내 힘을 버틴단 말이냐?"

"그게 무슨…… 버티면 안 되나?"

"당연히 안 되고말고!"

자신의 힘 스탯은 3,700이다. 당연히 그 어떤 유저보다도 높아야 하고, 절대적이어야 한다. 헌데 자신의 일격을 버티다니? 아니, 버티는 것 이상으로…….

까드드드득!

저울추가 한쪽으로 기울기 시작했다. 이유는 간단했다.

"너…… 몸의 밸런스가 엉망이네."

조용히 중얼거린 카이의 신형이 그 자리에서 푹 꺼졌다.

쟈오 린이 몸을 돌리며 검을 그대로 휘둘렀다.

까아아앙!

검이 부딪치며 불꽃이 일어났다. 잠깐의 격돌을 뒤로하고 다시 한번 카이의 신형이 사라졌다. 나타난 장소는 다시 뒤.

"이런 잔기술 따위, 통하지 않는다!"

다시 한번 등을 돌리며 검을 휘둘렀다. 이번에도 카이의 공격을 막아냈다. 하나, 충격을 완전히 해소하지 못한 쟈오 린의 발이 뒤로 한 걸음 물러섰다.

"이익……!"

카이가 매서운 바람처럼 쟈오 린을 몰아쳤다. 뒤에서, 좌에서, 우에서, 때로는 위쪽에서. 밸런스가 엉망이라는 것을 파악한 즉시 흔들기에 들어간 것이다.

카이는 정확하게 정답을 짚었다. 시간이 갈수록 쟈오 린의 자세가 무너진 것이다. 처음의 고고하고 꼿꼿한 자세를 더 이상 찾아볼 수 없었다. 바람에 흩날린 머리카락은 잔뜩 산발이 된 상태였고, 카이가 검을 번개처럼 내려칠 때마다 허우적거리며 겨우 이를 막아내는 것이 다였다.

까아앙!

"크윽!"

심지어 공격을 막아낼 때마다, 명치라도 맞은 것처럼 뒤로 몇 걸음이나 물러났다.

'왜? 왜? 대체 왜?'

자신의 스탯이 카이보다 현저히 높지는 못하더라도, 최소한 동급은 될 것이다. 처음에 힘 대결을 할 때 확신했다.

'그런데 왜…… 왜 이렇게 밀리는 거지?'

이 상황을 도저히 이해할 수도, 납득할 수도 없었다.

그리고 마침내, 그의 가드가 뚫렸다.

푸욱!

성검에 그대로 가슴이 뚫린 쟈오 린의 인상이 일그러졌다.

"크으윽……!"

사악!

카이는 금세 검을 뽑고 뒤로 물러났다. 체력이 생각보다 훨씬 많았기에, 반격당할 수도 있다는 생각 때문이었다.

"크으으……."

흑룡 군의 사제들이 쟈오 린의 체력을 회복시켰다. 카이가 심드렁한 목소리로 손을 휘저었다.

"저놈들부터 죽여 버려."

충실한 그의 기사들이 투구를 휘두르며 전장의 사제들에게 달려들었다.

"어…… 어어어! 사, 살려줘!"

"탱커진들 뭐 해?"

몸이 약한 사제들이 순식간에 맞아 죽었고, 카이는 쟈오 린을 빤히 쳐다보았다.

"……뭐냐, 그 눈빛은."

기분 나쁜 카이의 눈빛에 쟈오 린이 으르렁거렸다. 하나, 더 이상 그의 오만한 발언에 일일이 신경쓰지 않았다. 그를 자신의 적수로 생각하지 않았으니까.

오히려 안타까웠다. 동시에 화가 나기까지 했다.

"너…… 스탯이 높지? 어쩌면 나보다도 더."

"물론 높을 것이다."

쟈오 린은 그에 대한 자부심이 엄청난지, 고개를 힘차게 끄덕였다. 그럴수록 카이의 눈빛은 안타까움으로 물들었다.

"그렇구나…… 그런데, 그럼 대체 여태까지 뭘 한 거냐?"

"……뭐?"

"너, 그 스탯들을 가지고 전력으로 싸워본 적은 있어?"

"군자는 경거망동하지 않는 법이다."

"아, 없구나."

이해를 마친 카이가 중얼거렸다. 그것이 쟈오 린과 자신의 결정적인 차이였다.

경험. 자신의 높은 스탯에 만족하고, 어떤 적이든 찍어누를 수 있을 것이라는 오만한 생각. 그것이 쟈오 린의 발목을 단단하게 묶은 족쇄가 되어버렸다.

카이는 그와 달랐다.

'끝없이 싸워왔지.'

약자만 상대한 게 아니라, 강한 상대들만 찾아다니며 그들과 싸웠다. 그게 지금의 카이를 만들었다. 전투 시에 능력을 100% 활용할 수 있는 플레이어. 그게 카이였다.

'반면에 쟈오 린은……'

높게 쳐줘 봐야 40~50% 정도? 물론 스탯이 워낙 높다 보니 웬만한 랭커들은 그의 옷깃조차 스치지 못했을 것이다.

'하지만 안 되지. 그래선 안 돼.'

그런 얄팍한 깊이와 수준으로 자신에게 덤빌 생각을 해선 안 된다. 수많은 역경과 고난을 뚫고, 마왕까지 무릎 꿇린 자신은 이미 전투의 베테랑이었다. 미드 온라인에서 가장 잘 싸운다고 스스로 자부심이 생겼을 정도다.

"이건 나에 대한 모욕이야."

카이의 눈동자가 싸늘해졌다. 강자를 마주했을 때의 떨림은 이미 식은 지 오래였다.

'이런 녀석을 상대로 길게 끌 필요는 없겠지.'

잔뜩 기대했는데, 마치 사기를 당한 것처럼 허무하기까지 하다. 살짝 짜증이 난 카이의 등 뒤로 네 개의 신성 마법진이 떠올랐다. 주변이 뜨거워지고 몸은 바람처럼 가벼워졌다.

"간다."

말의 온도도, 담긴 무게도 남다른 한마디였다.

'급할 때일수록 머리는 더 차갑게.'

샤오 린은 빠르게 냉정을 되찾았다.

솔직히 당황스럽기는 했다. 카이가 강해도 너무 강했으니까. 자신이 상정했던 기준을 아득히 넘어서는 강함이었다.

'호랑이한테 물려가도 정신만 바짝 차리면 살 수 있는 법.'

쟈오 린이 결투에 집중하기 시작했다. 흐트러진 머리카락 사이로 두 개의 안광이 형형하게 빛났다.

"간다."

카이가 던진 단어 하나가 그의 마음을 어지럽혔다. 그의 목소리가 심장 밑바닥에 쿵하고 가라앉은 것처럼 몹시 답답한 기분이 느껴졌다.

"네 개의 창."

네 개의 창이 두둥실 떠올랐다. 창들은 마치 저들이 피라니아처럼, 쟈오 린의 몸을 뜯어먹기 위해 주변을 맴돌았다.

까강! 까가강!

'이런⋯⋯ 이런 공격은 처음이다.'

네 개의 창은 단순히 쳐내야 할 공격이 네 개 더 늘어나는 것이 전부가 아니다. 보통 몬스터를 상대할 때, 혹은 사람을 상대할 때 공격이 오는 궤적은 비슷하다. 하지만 네 개의 창은 기존의 공격 궤도와는 전혀 색다른 위치에서 느닷없이 찾아왔다. 정수리를 노리며 훅하고 내려오는가 하면, 바닥에서 가시처럼 찔러 올라오기도 했다.

적으로 하여금 단순히 네 개의 공격을 더욱 쳐내는 것이 아니라, 훨씬 더 많은 정신력을 소비하게 만든다. 실제로 쟈오 린은 창들을 쳐내느라 눈동자가 쉴 새 없이 이리저리 굴러갔고,

몸은 잠시도 쉴 틈이 없었다.

카이는 거기서 쟈오 린을 더 괴롭혔다.

"신벌."

하늘이 갈리고, 신의 분노를 담은 빛의 세례들이 땅을 두드렸다. 피해를 받은 것은 비단 쟈오 린 뿐만이 아니었다. 전장 대부분에 무차별적으로 떨어지는 빛의 입자들은 흑룡 군들을 자비없이 강타했다.

위이이이이잉!

소리가 들릴 때마다 적들이 혼비백산하며 소리쳤다.

"피, 피해! 또 온다!"

하지만 분노한 신의 벌은 피할 수 없는 법. 잠깐의 무차별 폭격이 끝났을 때, 카이는 두 개의 레벨을 올릴 수 있었다.

"남은 체력은 70%…… 아직 많이 남았네."

조용히 읊조린 카이가 이어서 가볍게 성호를 그렸다.

"블레스. 헤이스트. 태양의 축복, 태양의……."

카이는 '간단한' 버프만을 걸고 쟈오 린에게 달려들었다.

'온다……!'

쟈오 린은 네 개의 창을 상대하면서도 긴장의 끈을 놓지 않았다. 전투 내내 카이의 움직임을 놓치지 않았다는 뜻이다. 그래서 카이가 달려들었을 때 반응할 수 있었다.

'막았……?'

쟈오 린이 황급히 패왕검을 들어 올렸다. 하나 카이의 성검은 한 박자 더 빠르게, 패왕검을 미처 들기 전에.

서걱!

그의 몸을 길게 훑고 지나갔다.

촤아아악!

가슴에 횡으로 검흔이 새겨지며 피 분수가 쏟아져나왔다.

'방어구를…… 무시했다고!?'

파이널 어택. 대상의 방어력을 무시하고, 공격력을 일순간 세 배로 끌어올리는 기술.

'추가타! 추가타를 대비해야……!'

쟈오 린은 생명력이 뚝 떨어진 것을 회복할 틈도 없이 몸을 돌렸다. 하나 몸을 돌린 그의 시야 가득 들어온 것은, 맹렬한 속도로 회전하는 검날이었다.

까드드득!

"크억!"

미드 온라인에서 공격을 받는다고 한들, 실제로 느끼는 고통은 크지 않다. 기껏해야 볼펜의 끝으로 세게 누른 정도의 아픔? 하지만 인간의 상상력은 무궁무진하다.

까드득!

회전하는 검날이 자신의 가슴에 박힌 채 살점을 갈아버리고 있다면, 인간은 어떤 감정을 느끼게 될까.

"으, 으으……."

공포다. 그 공포는 뇌 속에서 없는 현실조차 만들어낸다.

"크윽!"

쟈오 린이 볼썽사납게 몸을 굴렸다. 흙 먼지를 가득 뒤집어쓴 그가 엉금엉금 기어서 뒤로 도망쳤다.

카이는 굳이 그 뒤를 쫓지 않았다.

"허억, 허억."

간신히 빠져나온 쟈오 린의 동공이 세차게 흔들렸다. 그는 자신의 심장 부근을 더듬거리며 떨리는 목소리를 높였다.

"사, 사제! 사제는 어디 있느냐! 어서, 어서 치료해라!"

긴장으로 인해 건조해진 입술에서 나오는 목소리는 잔뜩 찢어진 상태였다. 하나 그 누구도 그를 치료해 주지 않았다.

정확히 말하면, 치료해 줄 이가 남아 있지 않았다.

"너희 군대에 이제 사제는 없어."

카이가 단호하게 말했다. 그야 듀라한들에게 명령을 내려놨으니까. 자신이 쟈오 린과 싸우는 동안, 그들은 사제들만 골라서 죽여놨을 것이다. 실제로 쟈오 린의 몸으로는 그 흔한 신성력 하나 떨어지지 않았다.

"이런…… 이런 말도 안 되는……."

자신은 절대자여야만 한다. 아니, 조금 전까지만 해도 충분히 그런 대접을, 대우를 받아왔었다.

흑룡 길드의 마스터. 그 직함이면 게임 내에서 어디를 가도, 아니, 심지어 현실에서조차 대우를 받는다. 그런데 지금 자신을 보라. 패배자처럼 구르고 있지 않은가.

"이이⋯⋯."

콰앙, 콰앙!

쟈오 린이 주먹으로 바닥을 때렸다. 그것만으로도 울분이 풀리지 않았는지 주먹을 꽈악 쥐었다. 티노움 평야 바닥에 깔린 흙이 그의 손 안에 들어왔다.

"이건 말도 안 된단 말이다!"

별안간 자리에서 일어난 흑룡이 몸을 돌리며 손에 쥐고 있던 흙을 카이에게 뿌렸다. 카이는 재빨리 눈을 감았다.

'걸렸다!'

쟈오 린의 눈이 탁하게 빛났다. 살기가 번들거리는 눈을 내비춘 그가 카이에게 득달처럼 달려들었다.

"죽어라!"

패왕검의 검신에 푸른 기운이 어리기 시작했다. 군주 클래스가 400레벨에 배우는 스킬. 공격력을 3배 올려주고 100% 치명타를 터뜨리며, 출혈 효과를 내는 '군주의 검'이다.

서걱!

패왕검이 카이의 심장을 찔렀다. 순백색의 사제복이 붉게 물들었다. 출혈 효과로 인해 피가 나온 것이다.

'내가 느꼈던 고통을 똑같이 느껴라!'

쟈오 린이 저주를 퍼부었다. 하나 천천히 눈을 뜬 카이의 눈동자에는 애매함만이 가득했다.

"아…… 피나네."

"큭, 왜. 네놈은 천년만년 피를 흘리지 않을 줄 알았나?"

"아니, 그게 아니고……."

그의 안색이 검게 물들었다.

"으으윽……."

그의 무릎이 절로 꿇렸다. 몸에 힘이 하나도 들어가지 않았기 때문이다. 카이는 무릎을 꿇은 채 몸을 덜덜 떨고 있는 쟈오 린을 내려다보며 한숨을 내쉬었다.

"네가 불쌍해서 그러지."

마계에서 두 대공과 대련할 때 카이는 몇 가지 스킬을 새롭게 획득했다. 그중 하나가 바시온에게서 배운 스킬, 체내의 혈액을 독으로 바꾸는 '혈독술'이었다.

[혈독술]

등급 : 유니크

체내의 혈액을 독으로 바꿉니다. 독은…….

포이즌 마스터가 있기에 배울 수 있었던 스킬이다.

"뭐, 내가 원했던 결말은 아니지만……."

쟈오 린의 생명력이 45% 남았다. 카이는 검을 내리며 주변을 둘러보았다. 이미 흑룡의 군대는 승기를 잃고 연신 물러서는 중이었다. 언데드 군단은 수십만으로 불어난 상태.

"……끝을 내자."

카이가 성검을 내질렀다.

"일점폭발."

쟈오 린의 심장에 꽂힌 검에서 빛이 뿜어져 나왔다.

콰아아아앙!

엄청난 흙먼지가 피어올랐고, 두 사람의 고도가 낮아졌다. 그들이 밟고 있는 땅이 움푹 파이며 크레이터가 생겼기 때문이다. 남아 있는 쟈오 린의 생명력은 20%.

"깔끔하게 보내줄게."

성검이 천천히 들어 올려졌다. 태양빛을 머금은 성검은 찬란하게 빛났다. 정신력과 집중력이 방전된 쟈오 린은 지친 눈으로, 이를 올려다보았다.

'눈…… 부시군.'

눈이 멀어버릴 것 같은 태양빛이 시야를 가득 메웠다.

서걱!

깨끗하고 깔끔한 소리가 그의 몸을 흔들었다. 귀를 통해서 들린 것이 아니다. 쟈오 린은 그 소리를 목을 통해서, 자신의 전신을 통해서 들었다. 동시에 의식도 수명 다한 촛불처럼 흐려졌다.

[사망했습니다. 군주는 항상 승리해야 하는 존재입니다. 패배가 용인되지 않는 고독한 자리입니다. 히든 클래스, '군주'가 박탈됩니다.]

✳

전쟁이 끝났다. 단순히 리버티아를 침공하려던 흑룡 군의 대패 뿐만이 아니라. 알데바란 군대가 몰살했다.

물론 상황이 빠르게 정리된 이유는 간단했다. 라시온이 낳은 새로운 전쟁 영웅, 카이와 유하린이 있었으니까.

동부의 흑룡을 몰살한 카이는 유하린과 함께 북부, 서부의 적들을 차례대로 무너뜨렸다. 덕분에 라시온 NPC들 사이에선 그의 명성이 하늘을 찌를 듯이 높아졌다. 베오르크 국왕은 논공행상에 카이를 호출하였으나, 카이는 그 약속을 잠시 뒤로 미뤘다. 국왕의 명령까지 거스르면서 그가 방문한 곳은 다름 아닌 아르칸 아카데미였다.

똑똑똑.

문을 두드리자 안 쪽에서 부시럭거리는 소리가 들려온다.

"누구세요?"

익숙한 목소리에 미소를 머금은 카이가 대꾸했다.

"카이입니다."

"앗."

안에서 의자가 끼익 밀리는 소리가 들리더니 문이 열렸다.

빼꼼. 헬릭이 문틈 사이로 얼굴을 쏘옥 내밀며 카이를 올려 다봤다.

"짜잔. 카이입니다."

"훙."

'……어?'

뭐지? 엄청 반겨줄 줄 알았는데, 반응이 시원찮다. 헬릭은 심드렁한 표정으로 문을 열더니, 팔짱을 끼고 턱을 까딱였다.

"뭐, 들어오너라."

"그, 그럼 실례하겠습니다."

안으로 들어가자 귀엽게 잘 꾸며진 방이 한눈에 들어왔다. 아 카데미의 기숙사 방은 제법 넓은 편이었는데, 각 방마다 20평 정 도는 된다. 원체 고귀하신 분들이 많아서 이것만큼은 카이도 어 쩔 수가 없었다.

물론, 그 방을 혼자서 쓰는 건 아니다. 방 안에는 침대와 책 상이 두 개씩 놓여 있었고, 왼쪽은 핑크핑크한 인테리어로 오 른쪽은 푸른 계열의 모던한 인테리어로 꾸며져 있었다.

'딱 봐도 왼쪽은 헬릭 님, 오른쪽이 라샤 님 공간이네.'

예전에 입학할 당시, 이사장인 자신의 권한으로 두 사람이 같은 방을 쓰도록 알버트에게 부탁해 놨었다. 카이는 마치 딸아이의 기숙사에 방문한 아버지처럼 어정쩡한 자세로 입구에 서 있었다.

　"어…… 그런데 라샤 님은요?"

　"뒤뜰에 심어놓은 작물들 물 주러 갔느니라."

　카이는 어색한 공기에 뒷머리만 긁적였다. 헬릭과 제대로 이야기를 나누는 것은 굉장히 오랜만이다. 거의 두 달만.

　끼이익.

　헬릭은 자신의 책상에서 의자를 빼 오더니, 뚱한 표정으로 카이의 앞에 놓았다.

　"앉거라."

　"예?"

　"앉으라고."

　아무 감정도 담겨 있지 않은 눈이 무섭다.

　'혜, 헬릭 님이 무서워지셨어?'

　침을 꿀꺽 삼킨 카이가 얌전히 그녀의 명령에 따랐다. 하나 자신만 앉아 있고, 누가 봐도 기분이 나빠 보이는 헬릭은 서 있으니 묘한 죄책감이 밀려온다. 안절부절못하던 카이가 조심스럽게 입을 열었다.

　"저…… 헬릭 님도 앉으시죠?"

"아니. 난 서 있을래."

"그, 그럼 저도……."

카이가 슬며시 일어나려고 하자, 헬릭의 눈이 가늘어졌다.

"나는 분명 앉아 있으라고 하였는데?"

"……넵."

냉큼 도로 앉은 카이는 바닥만 쳐다보았다.

오늘의 헬릭, 너무 무섭다.

121장
대화가 필요해

바닥만 바라보던 카이가 힐끔힐끔 헬릭의 눈치를 살폈다. 입을 꾹 다물고 팔짱을 끼고 있는 그녀는 눈을 부리부리하게 떴다.

'화내고 계시는 모습조차 귀여우시지만······.'

따끔따끔.

시선을 바닥으로 돌려도 정수리가 따끔거린다. 차마 이 상황에서 귀엽다고 말할 수는 없다. 카이는 미래를 볼 수 없었지만, 그것이 확실하게 배드 엔딩이라는 것 정도는 보였다.

한참 뒤, 무거운 공기를 헬릭이 깨뜨렸다.

"그대여."

"예, 예!"

바짝 군기 든 카이가 고개를 번쩍 들자 헬릭은 손가락으로 자신을 한 번 가리키더니, 이어서 카이를 가리켰다.

"그대는 나의 사도이자 대리인이지?"

"그야 물론입니다."

"그대의 나이가 몇이었지?"

"이, 이제 스물셋……이요."

"그래, 스물셋. 나는 말이다. 그 정도 나이라면 알 건 다 아는 나이라고 생각하는 것이야."

"예……."

"스물셋의 나이라면 약속이 얼마나 중요한 것인지는 잘 알고 있겠지?"

"물론입니다."

"그럼 약속이 무슨 뜻이지?"

"어…… 상대방이랑 앞으로 어떻게 하겠다…… 안 하겠다…… 미리 정해두고 그걸 지키는 거죠."

"잘 아는구나."

헬릭은 몸을 돌려 자신의 책상으로 가더니, 그 위에 올려진 달력을 들고 왔다. 달력에는 약 한 달 반 전부터 매일매일 빨간색 크레파스로 동그라미가 쳐져 있었다.

"그대가 예전에 말했었지. 항상 옆에서 보필해 주겠다고."

'어……? 그런 말을 했던가?'

카이가 대답하지 못하자, 헬릭의 미간이 찌푸려졌다.

"말했었잖아? 천계에서 신들을 불러놓고 연회를 할 때."

카이가 눈을 감고 그때의 기억을 잠시 되살려 보았다.

'그런데 헬릭 님. 저는 제 것이지 헬릭 님의 것이 아닙니다. 사물이 아닌 인격체라고요.'

'뭐, 뭐……? 그대는 내 것이 아니었더냐?'

'아닙니다. 하지만, 영원히 헬릭 님만의 대리인이 되겠습니다.'

그런 말 한 적 없다. 분명히 없다! 하지만 헬릭의 차가운 눈동자를 보자니 디테일한 부분을 따질 생각이 들지 않았다.

"그, 그랬던 것 같기도……."

"역시 그렇지? 하지만 이 달력을 보거라."

헬릭이 동그라미를 하나씩 세기 시작했다.

"하나, 둘, 셋, 넷……."

이제는 숫자도 잘 센다. 순식간에 동그라미를 47개나 헤아린 그녀가 가슴을 쭉 폈다.

"47일."

헬릭이 책상 위에 다시 달력을 놓았다.

"사도가 자신의 신에게 일언반구도 없이 47일 동안 자리를 비우다니. 이건 역사적으로도 유례가 없는 일이니라."

"그 부분에 대해선…… 죄송합니다."

할 말이 사라지게 만드는 화법이었다.

어쨌거나 카이는 헬릭에게 아무런 기별도 없이 연락이 두절되었고, 반올림해서 두 달 가까이 돌아오지 않았으니까.

동시에 헬릭이 왜 이러는지 알 것 같았다.

'······많이 섭섭하셨구나.'

"나는 약속을 잘 지키는 사람이 참 좋다."

휙! 헬릭이 몸을 돌려 창가 쪽을 바라봤다.

"그대는 항상 나를 지키고, 보필해 준다고 약속하였다."

"예."

"이번 한 번만······ 음."

헬릭이 고개를 숙이더니, 무언가를 주섬주섬 꺼내 들었다.

"봐주는 거고······ 만약 다시 한번 더 나와의 언약을 위반할 시, 그때는 상호 간의 약조대로 엄중하게 처벌할 것이라고 적혀 있······ 아, 아니. 처벌할 것이야."

읽고 있던 무언가를 품속에 넣은 헬릭이 몸을 돌려 카이를 쳐다보았다. 근엄하기 짝이 없는 위풍당당한 표정.

그런데 뒤쪽 창가에서, 익숙한 색 머리카락이 빼꼼 나왔다가 쏘옥 들어간다.

카이는 자리에서 일어나 창가 쪽으로 다가갔다.

"어, 어어······ 내가 앉아 있으라고 했는데! 그랬는데!"

근엄한 표정이 유리 조각처럼 깨진 헬릭이 발을 동동 구르며 소리쳤다. 가볍게 무시한 카이는 창문을 활짝 열더니, 난간에 팔을 기대며 아래쪽을 내려다보았다.

"……거기서 뭐 하세요?"

외벽에 바짝 기대어 앉아 있던 소녀에게 묻자, 라샤가 어색한 미소를 지으며 카이를 올려다봤다.

"헤헤…… 안녕하세요."

"네. 라샤 님도요."

주섬주섬. 바닥에 쪼그려 앉아 있던 라샤가 자리에서 일어나더니 자신의 교복에 묻은 먼지를 털었다.

"그럼 안녕히 계세요."

"거기 스탑."

"꺄악!"

카이는 중력장을 사용해 라샤를 창문 안으로 데리고 왔다.

다시 창문을 닫은 카이가 두 소녀를 차례대로 바라보았다.

"일단 여쭤볼게요. 라샤 님은 뭘 하고 계셨던 거죠?"

"그게……."

라샤가 헬릭을 힐끔 쳐다봤다. 그 시선을 느꼈을 것이 분명한데, 헬릭의 고개는 슬머시 반대쪽으로 향했다.

"하아."

옅은 한숨을 내쉰 라샤가 천천히 입을 열었다.

"그…… 카이 님이 잘못하셨잖아요. 말도 없이 연락도 끊어지시고…… 마계 가신 거죠?"

"예."

"카이 님께서 사라지시니까 헬릭이 너무 불안해하고, 걱정하고 그래서…… 두 번 다시 말없이 떠나지 못하게 만들어야겠다고 생각해서……."

"그래서 대본을 써주신 건가요?"

라샤가 혀를 쏙 내밀며 머쓱하게 웃었다. 이미 자신의 근엄함이 연기였다는 것을 들킨 헬릭은 안절부절못하는 상태가 되어 있었다. 하지만 가장 놀란 것은 그녀가 아닌 카이였다. 그는 부릅 뜬 눈으로 헬릭을 바라봤다.

'그게…… 다 연기였다고?'

순간이지만 바짝 쫄아서 바닥만 바라봤을 정도였다.

헌데 그게 모두 라샤와 헬릭의 설계였다니? 연기였다니?

'스필벅스 감독의 말이 맞나? 진짜 연기 천재인가?'

알듯 모를 듯 애매한 표정을 짓던 카이가 돌연 무릎을 굽혀 두 소녀와 눈높이를 맞췄다. 두 사람이 합심해서 속이려 든 것은 괘씸했지만, 이 일의 원흉은 다름 아닌 자신이었다.

"두 분 가까이 오세요."

"보, 볼 당기려고……?"

헬릭이 우물쭈물하며 물었다. 하지만 카이는 이에 대꾸해주지 않고 다시 한번 말했다.

"어서 오세요."

"힝."

두 소녀는 마치 도살장에 끌려가는 소처럼 어기적거리며 다가왔다. 어른을 속이다가 걸려서 혼나는 아이들처럼, 고개를 푹 숙인 두 신들. 카이는 자신의 두 팔을 뻗어 그녀들을 꼬옥 안아주었다.

"말도 없이 사라져서 죄송합니다. 걱정 끼쳐 죄송해요. 다시는 안 그럴게요."

자신의 잘못에 대해 구차한 변명을 늘어놓는 대신, 진심 어린 사과를 건네고 책임을 지는 것. 그것이 어른이다. 카이는 두 소녀를 꼬옥 안은 채, 머리를 쓰다듬으며 사과했다.

"이제 다시는 함부로 떠나지 않을 테니까요."

품 안에 안긴 두 소녀는 카이의 어깨에 턱을 걸친 채 서로를 돌아보았다.

말똥말똥.

서로를 쳐다보기를 잠시, 라샤가 베시시 웃으며 입 모양으로 말했다.

'잘됐네.'

'응······.'

한 번도 안겨본 적은 없지만 카이의 품에 안길 때면 마치 아버지의 품에 안긴 것처럼 아늑한 느낌을 받게 된다.

헬릭은 그에게 조금 더 몸을 기댔다.

"킁킁."

카이의 냄새가 난다.

그가 돌아왔다는 것이 정말로 실감 나기 시작하자, 억지로 참아왔던 눈물이 후두둑 떨어지기 시작했다.

"끄으읍…… 끕……."

"우, 울어요?"

어깨가 뜨거워지자 당황한 카이가 헬릭을 돌아보았다.

"헤, 헬릭 님?"

"으허헝…… 나쁜 카이…… 으엉……. 맨날 밤늦게까지 기다리고…… 주신님한테 기도도 드리고…… 양치질도 하루 세 번씩 꼬박꼬박 잘했는데에…… 으엉……."

"어이구, 우리 헬릭 님. 착하게 잘 기다리고 계셨네요?"

카이는 전력으로 그녀를 달랬다. 마치 출장에서 돌아온 아버지가 토라진 딸 아이를 달래듯이.

"선물로 과자라도 사 왔어야 했는데……."

카이가 진한 아쉬움을 담아 중얼거리자, 헬릭이 고개를 도리도리 흔들었다.

"크흥. 그건 괜찮으니라."

그녀는 조막만 한 손을 들어 카이의 머리를 쓰다듬었다.

"그대만 무사히 잘 돌아왔다면, 최고의 선물인 것이야."

말을 이렇게 예쁘게 할 수가 있다니!

'딸이다. 무조건 딸이야.'

카이는 훗날 결혼하면, 반드시 딸을 낳겠다고 다짐했다.

"그, 그런 의미에서……."

헬릭이 두 손을 꼬물거리더니, 새끼손가락을 내밀었다.

"약속하자꾸나. 이제는 말도 없이 사라지지 않기로."

"약속……."

그녀의 고사리 같은 새끼손가락을 빤히 쳐다보던 카이가 피식 웃었다. 자신의 새끼손가락을 마주 건 카이는 이를 가볍게 위아래로 흔들었다.

"네, 약속입니다."

"헤헤."

헬릭이 그제야 방긋방긋 웃었다. 눈이 퉁퉁 불어 있어서 엄청 웃겼지만, 카이는 따뜻한 시선으로 그녀를 바라보았다.

"잘 돌아왔느니라. 나의 사도여."

"저희가 어떻게 마계에 갔었냐면요……."

대륙의 온갖 진귀한 식물과 꽃들을 모아놓은 아르칸 아카데미의 화원. 평소에는 여학생들이 티타임을 가지거나, 남자 학생과 여자 학생들의 미팅이 활발히 이루어지는 장소다.

하지만 전쟁이 막 끝난 지금 이곳을 찾는 학생은 없었다. 전쟁이 끝나자 학생들은 자신의 집으로 돌아갔고, 학기가 재개되는 것은 한 달 후다. 카이와 유하린, 칼 라샤와 헬릭은 그곳에 도란도란 모여앉아 간식을 먹고, 차를 마셨다. 그들은 못 본 사이에 있었던 이야기들을 풀어내기 시작했다.

"내가 막 공부를 했는데. 너무 성적이 잘 나오는 것이야. 교수님이 막막 칭찬했다."

"정말요?"

"응응, 여기 성적표."

헬릭이 성적표를 내밀더니, 정수리도 내밀었다.

성적표를 보니, 그녀의 말은 사실이다.

'의외인데?'

그녀를 너무 무시했던 걸까. 그래, 명색이 신인데 이 정도는 해줘야지. 전 과목 만점 수준은 아니었지만, 신학은 만점.

그밖의 암기 과목들도 성적이 매우 준수한 편이었다. 물론 수학이나 마법학 과목의 성적은 매우 저조했지만.

"잘하셨네요."

카이가 헬릭의 정수리를 부드럽게 쓰다듬었다.

"에헤헤."

헬릭이 칭찬을 받고 나자, 라샤도 성적표를 내밀었다.

"저도요. 저도 성적 잘 받았어요."

놀랍게도 라샤의 성적은 전 과목 만점. 깜짝 놀란 카이가 눈을 휘둥그렇게 떴다.

"이, 이건 대단한 거 아니에요?"

189명 중 1등. 111등인 헬릭과는 110등이나 차이 난다.

"와, 진짜 잘하셨어요. 이건 대단하네요!"

카이가 라샤의 머리를 격렬하게 쓰다듬어 주었다. 대륙의 난다 긴다 하는 대단한 핏줄들의 자손이 모두 모인 학원에서 1등이라. 물론 신이라면 당연한 게 아닌가 싶다가도.

"으음."

헬릭의 미묘하게 우수한 성적표를 보면, 대조가 되어서 그런지 엄청 대단해 보인다.

"흐흥. 다음엔 더 잘 볼 것이야."

볼을 잔뜩 부풀린 헬릭이(화가 나서 공기를 넣은 것이 아니라, 케이크가 엄청 들어 있었다) 물었다.

"너희들은 마계에서 뭐 특별한 일 없었느냐."

"있었죠."

"있었어요."

카이와 유하린이 동시에 대답했다.

"헤에……."

라샤가 두 사람을 번갈아 쳐다보더니 미묘한 음성을 뱉어냈다. 재미있다는 미소를 짓더니 등받이에 몸을 기댔다.

"왠지 하린 님께 듣는 게 더 재미있을 것 같은데, 들려주시겠어요?"

"뭐, 저야 상관없는데요."

어차피 그녀와 자신은 겪은 일이 똑같다.

'당연히 나올 말도 거기서 거기일 테니까, 뭐.'

카이는 빨대로 자몽 주스를 쪼옥 빨아먹으며 유하린에게 고개를 돌렸다. 그녀는 부끄러운 듯 고개를 푹 숙이더니, 천천히 입술을 열었다.

때는 정우가 아직 집에서 독립하기 전 주말이라 후줄근한 차림으로 소파에 늘어져 있는 누나와 드라마 재방송을 본 적이 있다.

-지 딸도 아닌 나예를 왜 달고 가?

-나예, 정선이 딸이에요.

쥬르르르륵.

"이런 게 재밌다고?"

"어, 완전 흥미진진해!"

사람들이 흔히 막장 드라마라고 말하는, 자극적인 요소만 잔뜩 때려 박은 드라마들. 정우는 그런 드라마를 재미있게 보는 누나를 도저히 이해할 수가 없었다.

"저런 걸 몰랐다는 게 말이 안 되잖아. 그리고 음료수 줄줄 흘리는 것도 완전 어색한데?"

"모를 수도 있지. 그리고 너도 음료수 마시다가 충격적인 말 들으면 저럴걸?"

"설마, 뿜으면 뿜었지 저렇게 주르륵 흘리진 않을 텐데."

"글쎄~ 너 사람 일 모르는 거다?"

＊

정우, 그러니까 카이의 머릿속으로 그때의 기억이 비디오처럼 스쳐 지나갔다.

쥬르르르륵.

'아…… 이래서 음료수가 흐르는 거구나.'

갑작스럽게 충격적인 말을 들으면, 턱이 빠져 버린다. 그 때문에 입안에 머금고 있던 음료수가 흘러내리는 것이다. 사실을 깨닫는 것과 동시에, 고요한 침묵이 피부로 느껴졌다.

화원이 침묵에 잠겼다. 헬릭은 깜짝 놀란 표정을 지었고, 라샤는 재미있는 것이라도 발견한 표정으로 연신 카이와 헬릭의 얼굴을 번갈아 가며 쳐다봤다.

"어…… 뭐, 뭐라고 했느냐?"

유하린이 두 뺨을 붉게 물들이더니, 조용히 말을 꺼냈다.

"카이 님이 고백하셨고…… 저희는 연인이 되었어요."

'우리가 언제?'

유하린이 다소곳하게 왼손을 내밀었다.

"바, 반지도 받았어요…… 고백 반지……."

'왜 그런 거짓말을?!'

카이가 입만 멍하니 벌리며 유하린을 처다봤다.

"……음?"

누구보다 먼저 눈치챈 라샤가 고개를 갸웃거렸다.

"카이 님, 잠시 이쪽으로."

그녀는 카이를 끌고 화원에서 떨어진 곳으로 가서 물었다.

"카이 님, 혹시나 해서 묻는 거지만, 반응이 왜?"

"그야……. 와, 미치겠네."

그는 머리를 벅벅 긁으며 라샤에게 속삭였다.

"아니, 제가 미친 걸까요? 전 고백한 기억이 없거든요."

"그게 무슨 소리예요?"

"말 그대로요. 전 고백한 기억이 없어요."

"그럼 하린 님이 거짓말을 하고 있다는 소리세요?"

"그건 잘 모르겠지만요."

"저 반지도 카이 님이 준 게 아닌가요?"

"아, 그건 제가 준 게 맞……."

동시에 카이의 머릿속으로 당시의 기억이 흘러 지나갔다. 약지에 끼워달라던 그녀의 모습이 선명하게 떠올랐다. 그의 얼굴이 딱딱해지자, 밑에서 라샤가 폴짝폴짝 뛰었다.

"왜요? 뭐 새로운 거 생각나신 거죠? 저도 알려주세요."

"에, 에이. 설마…… 아니겠지……."

카이가 어색하게 웃으며 고개를 절레절레 흔들었다.

간단하게 상황을 요약한 카이가 간절한 목소리로 물었다.

"설마 그 상황을 오해하지는 않았겠죠?"

"보통은 하죠?"

"하는구나!"

카이가 손으로 제 입가를 가렸다.

'큰일 났다.'

이제 부끄러워서 하린 씨의 얼굴을 어떻게 본단 말인가. 심지어 더 큰일이 남아 있었다.

'그때 고백한 게 아니었다고…… 말해야겠지.'

유하린은 자신과 연인 사이로 발전했다고 생각하고 있다.

'그러고 보니 최근 들어 문자나 전화를 자주 하셨지.'

며칠 전에는 직접 요리를 해주고 싶다며, 언제가 괜찮냐고 물어본 적까지 있다. 그때는 친해져서 그런 줄 알았는데…….

"후우, 그게 아니었구나."

카이가 자리에 쭈그려 앉아 고개를 숙이자, 라샤가 마주 쪼그려 앉으며 물었다.

"카이 님은 하린 씨가 싫으신가요?"

"예? 그럴 리가 없잖아요."

카이가 무슨 소리를 하냐는 목소리로 대답했다. 유하린이 오해하고 있는 것과 별개로, 카이도 유하린이 좋았다. 그저 동료로서, 사람으로서 좋게 보고 있다는 소리가 아니었다.

'저번에 반지를 줬을 때……'

그때 그녀의 아름다운 미소를 보며 마음이 떨렸던 건 사실이니까. 그 이후로 알게 모르게 그녀가 신경 쓰였다.

"그럼 뭐가 문제예요?"

"그야…… 양심의 문제잖아요. 이런 건."

아무 말 없이 넘어가면, 이건 엄청난 실례다.

"역시 제가 어떤 욕을 듣더라도, 진실을 말해줘야겠어요."

카이가 결의를 드러내며 자리에서 일어나려고 할 때.

"잠깐 스탑이요."

라샤가 어깨를 살포시 눌렀다. 그녀는 상냥하게 웃으며 입을 열었다.

"그러니까 카이 님은 하린 님이 싫지는 않으신 거죠?"

"네."

"기회만 된다면 연인 사이로 지내실 의향도 있으시고요?"

"네! 하지만 이렇게는 아닙니다. 정정당당하게 제가 고백한 뒤에⋯⋯."

"일단 들어보세요. 그럼 진실을 말씀하신 뒤에는 어떻게 하실 생각이에요?"

"비 온 뒤 땅이 더 굳어진다고 하잖습니까. 서로 간의 오해가 풀리면 사이가 더 돈독해지지 않을까요? 그러면 그때 또 새로운 관계로 발전을⋯⋯."

"그렇군요⋯⋯."

라샤가 한숨을 쉬더니 잘못된 생각을 바로잡아 주었다.

"우선, 지금 카이 님이 진실을 얘기하시면 그건 단순히 비가 오는 게 아니에요. 태풍이지."

"⋯⋯태풍이요?"

"네. 단단해질 땅이고 뭐고, 다 날아가는 초강력 태풍. 그리고 솔직히 말씀드리면, 지금 진실을 말하고 싶다는 것도 굉장히 이기적인 생각이에요."

"하지만 이대로 모른 척할 수는 없잖아요. 그건 하린 씨를 속이게 되는 거니까."

"때로 모르는 것이 약이 되기도 해요. 게다가⋯⋯ 사랑에 빠진 여자를 그런 식으로 상처 주시면 안 돼요. 절대로."

"그럼 더욱더 말해야 하는 거 아닙니까? 더 상처받기 전에."

"왜 상처를 줄 생각부터 하세요? 그냥 말하지 마세요. 다시 한번 말하지만, 자신을 좋아해 주는 이성에게 상처를 주지 마세요. 사랑과 증오는 종이 한 장 차이라구요."

"그, 그런……."

카이는 등줄기가 축축하게 젖어가는 것을 느꼈다. 마왕 앙골모아를 상대할 때도, 흑룡의 300만 대군을 상대할 때도 느껴본 적 없던 긴장감이었다.

"그래도 하린 씨에게…… 오히려 소중한 사람이니까 속이는 건 더욱더 조심해야……."

"아, 답답해. 솔직하게 결국, 카이 님이 하린 님에게 진실을 말하고 싶은 건, 본인 스스로에게 떳떳하기 위함이에요. 상대방의 기분은 전혀 고려하지 않은 이기적인 생각."

카이가 입을 꾹 다물었다. 어쩌면 라샤의 말이 맞을지도 모른다. 오해에서 일어난 유하린의 착각. 그것은 자신의 실수에서 벌어진 일이다. 실수를 바로 잡는 것은 자신에게 있어선 당연한 일일지도 모른다. 하지만 유하린의 입장에선?

"하린 님 입장에서 생각해 보세요. 북 치고 장구 치고. 얼마나 창피하겠어요. 아마 먼지가 된 듯한 기분이 들걸요?"

"……그럼 제가 뭘 어떻게 해야 합니까."

"아무것도 하지 마세요."

라샤가 카이의 손을 꼬옥 잡으며 눈을 감았다.

"저희 둘만의 비밀인 거예요. 무덤까지 가져가요."

"정말 이래도 되는 걸까요."

"그렇게까지 양심의 가책이 느껴지신다면, 나중에 제대로 된 고백을 하시면 되잖아요. 가령 결혼을 할 때라던가."

카이의 눈동자가 흔들렸다.

결혼이라. 그래, 연인의 사이가 가까워지면 언젠가 결혼을 하게 되겠지.

"……알겠습니다."

솔직히 말하면 라샤의 말에 100% 납득한 것은 아니었다. 하지만, 고개를 돌려 쳐다본 하린 씨는 미소를 짓고 있었다. 자신을 미안하게 만들어서 죽일 셈인가 싶을 정도로 행복해하는 모습이 들어온다.

"자, 어서 돌아가요."

두 사람이 자리로 돌아가자, 헬릭이 물었다.

"무슨 이야기를 그렇게 하고 오는 것이냐?"

"비이밀."

"무, 무엇이냐. 나도 알려줘라……."

"어쩔까?"

헬릭이 생떼를 부렸지만, 라샤는 그녀를 놀리며 말을 아꼈다.

"……하린 씨."

"네?"

카이는 밝게 웃는 유하린을 향해 말했다.

"행복하게 해드릴게요."

"······어머."

손바닥으로 볼을 감싼 유하린이 부끄러운 듯 중얼거렸다.

"지금도······ 매일 행복해요."

말 안 하길 잘했다. 카이는 라샤의 말이 옳았다는 것을 깨달았다. 자기 합리화일지도 모르지만, 그녀의 행복한 감정을. 이 기분을 망치는 주범이 되기는 싫었다.

'내가 잘하자. 최선을 다해서. 절대 울리지 말고.'

굳게 다짐한 카이는 세 사람과 즐거운 대화를 이어갔다.

To Be Continued

나는 몰 놈이다

글쓰는기계 게임 판타지 장편소설
WISHBOOKS GAME FANTASY STORY

판타지 온라인의 투기장.
대장장이로 PVP 랭킹을 휩쓴 남자가 있다?

"아니, 어디서 이런 미친놈이 나타나서……."

랭킹 20위, 일대일 싸움 특화형 도적, 패배!

"항복!"

'바퀴벌레'라고 불릴 정도로
끈질긴 생명력을 가진 성기사조차 패배!

"판타지 온라인 2, 다음 달에 나온다고 했지?"

평범함을 거부하는 남자, 김태현!
그가 써내려가는 신개념 게임 정복기!

마왕성 플레이어

Wishbooks

트레샤 퓨전 판타지 장편소설
WISHBOOKS FUSION FANTASY STORY

신들의 전장, 하멜.

집으로 돌아가기 위한 마지막 싸움.
믿었던 동료가 배신했다!

[영혼 이식의 대상을 선택해 주십시오.]

뒤바뀐 운명. 최약의 마왕. 그리고…….

"이번에는 좀 다를 거다!"

어둠 속에 날카로운 칼날을 감춘,
마왕성 플레이어의 차가운 복수가 시작된다.

흙수저 판타지 장편소설

회귀자
사용설명서

어느 날, 이세계로 소환되었다.

짐승들이 쏟아지고, 믿을 수 없는 위기가 닥쳐오나.
가지고있는 재능은 밑바닥.

[플레이어의 재능수치는 최하입니다.]
[거의 모든 수치가 절망적입니다.]

선택받은 용사든, 재능 있는 마법사든,
시간을 역행한 회귀자든,
모든 것을 이용해야 한다.

살아남기 위해.

"쓰레기면 뭐 어떻습니까. 살아남기 위해서
뭔 짓인들 못 하겠어요?"

스켈레톤 마스터

WISHBOOKS GAME FANTASY STORY
더페이서 게임 판타지 장편소설

오직 힘으로 지배되는 세상 일루전!

"스켈레톤 소환."

┗ 미친…….
┗ 저거 스켈레톤 맞아요?
┗ 뭐가 저렇게 세?

수백이 넘는 소환수를 지휘하는 자,
극악의 난이도를 자랑하는 직업 조폭 네크로맨서!
8년 전으로 회귀한 강무혁의 도전이 시작된다.

「스켈레톤 마스터」

"나는 이곳에서 강자가 되겠다!"